시조 문학 특강

시조 문학 특강

이찬욱 김봉군 김석회 신웅순 유지화
황충기 임종찬 간호윤 엄해영 송지언

景仁文化社

머리말

우리가 잘 알고 있듯이 1926년 무렵의 시조부흥운동은, 우리의 옛 시 형식 중에서 가장 풍부한 시조를 현대적으로 되살리자는 움직임이었다. 당시 일제의 지배 아래 쇠퇴의 길에 있던 전통 문화와 계급 문학에 대항하는 우리 문학의 방향을 되찾고자 한 것이었다. 이에 대한 문학사적 판단은 다양하지만, 최남선, 이병기, 이은상 등의 훌륭한 시인들을 통해 시조가 우리 민족의 대표적인 문학 양식이라는 것을 알 수 있게 되었다. 이 같은 정신은 시대를 달리하는 오늘날에도 여전히 이어지고 있음을 이번 『시조 문학 특강』을 출판하면서 새삼 느끼게 된다.

『시조 문학 특강』의 집필에는 국문학 분야 중에 시조문학에 관심을 많이 가지고 있는 연구자들이 주로 참여하였다. 집필 분야도 작가론, 작품론, 그리고 시조사와 작가와 관련된 이야기인 배경론, 시조 교육의 현황과 작품 창작 지도에 관련된 교육론, 시조와 그림, 음악 등 이웃 예술 장르가 어떻게 소통하고 있는가 하는 문화론에 이르기까지 다양하다. 우리는 이를 통해 시조문학은 현대에도 우리 문학이 대표적인 문학 양식으로 큰 흐름을 이어가고 있음을 확인할 수 있었다.

이 같은 글쓰기는 국어교육과에서 40여 년간 국문학 연구와 강의를 전념해 온 나에게는 의미 있는 작업이다. 그동안 시조문학은 내가 지속적으로 관심을 가져오던 분야이다. 나는 초등학교 교육 현장에 시조문학의 중요성을 널리 알려왔고, 특히 시조 창작 교육을 통해 시조 창작의 활성화와 이를 위한 여러 가지 방안을 제시하고 실천하였다. 이러한 맥락에서 퇴임에 즈음하여 『시조 문학 특강』을 기획하게 되었다. 시조 교육과 시조 창작의 활성화에 대한 취지에 공감한 여러 대학의 교수들께서 기꺼이 참여해 주셨다. 이 자리를 통해 집필에 참여하신 모든 분들께 감사드린다.

『시조 문학 특강』이 출간되기까지는 집필에 참여한 분들뿐만 아니라 여러분의 도움이 있었다. 시작부터 책이 간행되기까지 모든 순서를 주관한 서울교대 국어교육과 엄해영, 이병규 교수, 표지화에 작품을 제공한 미술교육과 류재만 교수 그리고 이들과 함께 출판의 전 과정을 헌신적으로 도운 간호윤, 유지화 교수의 노고는 잊을 수 없다.

앞으로 『시조 문학 특강』이 이 분야의 전공자는 물론 시조를 사랑하고 아끼는 수많은 독자들과 영원히 함께 하게 되기를 바란다.

2013년 8월
서초 우면 연구실에서 강경호 배상

축사를 겸하여
한국 고유의 정형시인 시조에 대하여

이우걸(한국시조시인협회 이사장)

우리 민족의 사유와 정서를 노래해 온 시조의 발생 시기는 대체로 고려 말엽(13세기)으로 본다. 그리고 그 명칭은 짧은 형식의 노래라는 뜻의 단가로 불려왔으나 영조 때의 가객 이세춘이 '시절가조'라는 곡을 만든 후부터 '시조'라고 부르게 되었다. 3장 6구 12음보 45자 내외로 된 가장 기본적인 형태인 평시조와 평시조에서 초·중장 중 어느 한 장의 한 구가 길어진 엇시조, 평시조에서 두 구 이상 길어진 형태의 사설시조가 있으나 대부분의 시인들이 평시조를 즐겨 짓고 있다. 시대상의 갈래로 갑오경장(1894) 이전의 시조를 고시조, 그 이후의 시조를 현대시조라고 하며 현대시조는 고시조와 다른 여러 특징을 지니고 있다. 고시조가 음악을 위한 창작이었다면 현대시조는 시를 위한 창작이고 전문작가가 없는 고시조에 비해 전문 시인이 있다는 점, 유교적 이념이 지배하던 고시조에 비해 현대시조는 개인의 정서를 중시한다는 점, 제목이 없는 고시조에 비해 현대시조는 제목을 두고 쓰인다는 점, 그리고 고시조가 관념적, 상투적 표현이 많았다면 현대시조는 이미지에 의한 주지적 표현에 초점을 맞추고 있다는 점에서 큰 차이가 있다.

현대시조는 새로운 가치체계의 뒤섞임 속에서도 고유한 전통의 끈질긴 생명력을 이어가는 한국의 유일한 장르다. 3장 6구의 정형이 현대적 양식 변화에 맞게 거듭나면서 우리는 전통적 질서와 가치 체계를 오늘의 문화 공간 속에 계승한다. 이처럼 현대시조가 지속적으로 보여준 근대적 변형은 전통을 계승하면서도 소재의 다변화와 인식의 새로움으로 말미암아 다양한 개성을 보여주게 된다.

한국의 현대시조는 1926년 시조부흥운동을 기점으로 하여 혁신적인 전개를 거듭한다. 최남선, 이병기, 이은상 등에 의해 시작된 시조부흥운동은 조선적인 것의 복고적 성향을 띠고 있으며, 전통적 가치의 회복을 주요 목적으로 하고 있다. 고시조의 탈을 벗은 현대시조는 육당 최남선의 『백팔번뇌百八煩惱』의 발간으로부터 출발한다. "시조를 한 문자유희의 구렁에서 건져내서 엄숙한 사상의 일용기―容器를 만들려고 했다."는 저자의 서문에서도 알 수 있듯이 그는 시조의 사상성을 높이고 새로운 시조 문맥을 일구는데 앞장섰다. 육당에 의해서 드디어 시조는 노래에서 읽는 시조로 바뀌었고, 평시조, 엇시조, 사설시조는 단형, 중형, 장형시조라는 이름으로 불렸으며, 장별 구별 배행도 생기게 되었다. 우리 고유의 전통시가인 현대시조의 활기찬 변혁은 초장과 종장만으로 이루어진 '양장시조'의 출현과 평시조의 파격을 통한 새로움에의 몸부림 등에서도 찾을 수 있다.

1933년 발간된 이은상의 『노산시조집』은 그 서문에서 아버지를 여읜 10년의 시간 동안 시조 창작에 몰두하면서 이룬 공적임을 밝힌 바 있다. 『노산시조집』은 시조가 전통에 근거하고 있음을 강조하면서도 역사의 자취나 빼어난 경치를 담아 정교하게 엮는 기교와 시조의 대중화운동으로 현대시조를 자리매김하였다. 1939년에 간행된 이병기의 『가람시조집』 역시 최남선과 이은상에 이은 결실로 시조의 혁신성과 시적 대상에 대한 섬세하고 진실한 묘사를 보여주었다.

이 외에도 안자산의 『우야우성雨夜偶成』, 서민 애환을 따뜻하게 묘사한 조운의 『구룡폭포九龍瀑布』(1922), 정인보의 『자모사慈母思』 등의 시편들이 시조 창작의 다양성을 꾀하면서 현대시조의 밝은 앞날을 모색했다. 이 중에서도 조운은 가람의 선비정신과 노산의 민족 예찬에서 나아가 자연 사물 속에서 인간적 삶을 발견하려고 애썼다. 또한 현대적 기사형식과 사설시조의 시도와 같은 조운 시조의 특징은 오늘의 현대시조로 이어지는 계기가 되었다. 특히 민중의식과 역사정신의 진정성은 그동안 자연예찬에 기대왔던 시조를 인간 중심으로 바꾸어 놓는 계기를 마련했다.

한편 1940년 『문장』지에 「달밤」이 당선되면서 작품 활동을 시작한 이호우와 그의 여동생 이영도의 활약이 돋보인다. 『휴화산』 등의 시집에서 이호우는 감성적 서정 세계를 뛰어넘는 직관을 보여주었고, 이영도 역시 『청저집』에서 만남과 이별의 정서를 섬세하게 그리고 있다. 이어 1950년대에 등단한 박재삼, 이태극, 장순하, 박경용, 최승범, 송선영 등에 의해 현대시조는 탄탄한 이론적 토대를 다지면서 현대를 새로운 안목으로 조명하였다. 특히 『내 사랑은』에서 박재삼은 가난과 설움을 승화시킨 향토적 정서를 현대시조로 아름답게 형상화한 점에서 긍정적인 평가를 받았다.

한편 1960년대 현대시조는 정완영, 김제현, 이근배, 이상범, 서벌, 박재두, 조오현, 윤금초 등에 의해 현대적 양식으로 탄탄하게 정립되었다. 자연 서정과 사물과 현실을 예리하게 인지하려는 이들의 다각적인 노력은 사회 현실을 우회적으로 폭로하고 개인의 체험을 사회가 감당해야 할 문제와 연결시키는 방식으로 이후 현대시조의 민중적인 변화를 선도하였다.

이후 1970년대에는 박시교, 이우걸, 유재영, 한분순, 심영재, 민병도, 조동화, 이승은 등의 등단으로 현대시조의 격변기를 맞았다. 시조시단과 자유시단의 활발한 교섭과 다양한 독자층의 확보를 통해 현대시조는 질적으로 한층 더 원숙한 자리를 잡아가게 되었다. 이러한 현대시조의 역사적 배경은 과감한 형식 실험과 상상력의 세계를 보여주는 오늘의 현대시조를 고착시키는 밑거름이 되었다.

이렇듯 현대시조는 정형의 울타리를 유지하면서도 다양한 변화를 시도하였다. 시조가 현대를 수용하는 감각적 사유로 확장된 것은 현대시조의 자리매김을 위해 각고한 노력을 기울였던 시인들의 역사정신과 맞물려 있다.

현재 한국은 천여 명의 전문시조시인이 국내외에서 활동하고 있다. 머지않아 일본의 하이쿠와 더불어 세계인이 사랑하는 정형시로 그 독자층이 확대되리라 기대한다.

끝으로 『시조 문학 특강』 집필진에게는 축하를, 평생을 시조 교육과 창작에 애오라지 마음을 주신 강경호 교수님께는 정년을 경하합니다.

차 례

제1장 시조론

시조론 • 이찬욱

제2장 작가론

절제와 노작 또는 거듭나기의 시조시학 • 김봉군

도산십이곡의 구조와 서정적 특질 • 김석회

제3장 작품론

제4장 배경론

제5장 문화론

제6장 교육론

제1장 시조론

시조론
- 시조의 율격구조와 미의식을 중심으로 -

이 찬 욱*

1. 서론

  시조는 우리 민족의 고유한 시가형식이다. 위로는 왕후장상으로부터 아래로는 서민대중에 이르기까지 신분상하를 막론하고 오랜 세월 동안 애호되었던 시조는 영조 때 가객 이세춘李世春에 의해 하나의 악곡구조로 굳어졌다. 그것은 곧 초장 5·8·8·5·8 박자 / 중장 5·8·8·5·8 박자 / 종장 5·8·5·8 박자라는 단일장단의 시조창인 것이다. 3장 총 94박의 이 단일장단 속에 노랫말 가사가 서로 다른 수많은 시조작품을 만들고 가창되었다. 이 시조 형식에서 유의할 것이 바로 운율이다. 시에서 미적 감흥을 유발하는 운율의 근간은 율격이기 때문이다.

  운율은 개별 작품에 구체적으로 실현된 음성현상인 율동과 모든 작품에 보편적으로 드러나는 음운현상인 율격을 포괄하는 상위개념이다. 이의 범주에는 음운론적 차원의 율격과 음성론적 차원의 압운 및 음성상징, 그리고 의미의 운율로 존재하는 통사·의미론적 차원의 형식 등이 모

* 중앙대학교.

두 포함된다. 즉 운율론은 구체적인 개별 작품의 전면에 실현된 모든 소리 구조에 대한 분석과 음미를 그 대상으로 한다. 그러므로 운율은 시에 있어서 흥분의 원천이며 운문과 산문을 변별해주는 기능을 지닌 시문의 형식으로 개념화된다.[1)

그러나 이 운율의 근간인 율격은 어디까지나 추상적이고 일반화된 원리로서 작품의 아름다움을 생성하는데 작용하는 주체일 뿐 결코 그 자체가 미적 현상이 될 수가 없다. 그런 점에서 율격형성의 근원적 요인은 자연적인 보편성을 요구하고 인위적인 개별성을 거부한다.

우주생성에 근원적인 역동하는 원기元氣는 대자연의 주기적인 리듬으로 형성되고 이 경이로운 순환적 리듬은 자연과 조화일체의 상보관계를 생리적으로 요구하는 인간에게 선험적으로 체득된다. 이 선험적으로 체득되어진 언어 이전의 원초적 리듬이 청각으로 분명히 지각될 수 있는 구체적인 음성과 결합할 때 율격은 형성된다.

이렇게 형성된 "율격은 국어의 언어학적 자질을 기반으로 하나, 일상어의 언어규칙을 초월 가능한 일종의 관습적 산물로서, 일정한 주기적 반복구조를 지닌 하나의 추상적 규범으로 개념화 된다."[2)

다시 말하면 상이한 음성 요소들이 대립적으로 반복 규칙화 한 것이 율격이다. 그래서 시조를 정형시라 할 때 시조 형식에는 이 반복적이고 규칙화 한 일정한 양식이 존재한다는 것이다. 그러므로 시조의 형식을 연구하는 작업의 궁극적인 의의는 시행을 단위로 존재하는 반복적이고 규칙화 한 일정한 양식의 실체를 찾아서 시조가 지니는 독특한 율적 자질을 실현시키는 것이다. 동시에 시조의 형식이 지니는 독특한 미의식을 구명하는 일이다.

---

1) 이찬욱, 「운율과 율격」, 『우리문학연구』 제13집, 우리문학회, 2000, 189쪽.
2) 성기옥, 「한국시가의 율격체계연구」, 『국문학연구』 제48집, 서울대학교 대학원 국문학연구회, 1980, 4~21쪽 참조.

이에 본고에서는 장구한 역사의 부침 속에서 지속적으로 한국인에게 애호된 시조의 율격구조와 미의식을 기왕의 논의를 바탕으로 고찰하여 시조의 특성을 해명하고자 한다.

2. 시조의 율격구조와 미의식

(1) 시조의 율격구조

시조는 시가의 양식으로 존재하였다. 시가의 양식이란 문학과 음악이 서로 분화되지 않고 혼재된 양식이다. 이런 점에서 시조의 창사唱詞(문학)와 창곡唱曲(음악)은 서로 상관적이다. 즉 시조의 창곡은 창사를 이상적으로 발성할 수 있는 원리에 준하여 작곡된 것이다. 그러므로 문학적 측면에서 시조의 율격구조와 음악적인 측면에서 시조창의 악곡구조는 상호 어떤 연관성을 지닐 개연성이 다분하다.

그러나 시조의 율격구조와 시조의 악곡구조를 결코 동일시하여서는 안 된다. 왜냐하면 시조창은 동일한 하나의 단일장단 속에 문학적 형식이 판연히 서로 다른 수많은 이질적인 노랫말 가사의 평시조·엇시조·사설시조 등을 모두 수용하여 가창되기 때문이다. 그러므로 시조가 비록 시가의 양식으로 존재하였지만 문학적 측면에서의 시조 연구는 음악적인 관점에서의 시조창의 연구와 동일한 선상에서 이루어 질 수 없는 특수성을 지니는 것이다. 이러한 문제점을 해결하는 하나의 방안으로서 시조가 실제로 연행된 연행양식에 보다 세심한 주의를 기울일 필요가 있다.

(가) 시조의 연행양식

시조는 가곡창, 시조창, 노랫가락 등의 악곡으로 가창된 시가이다. 그러나 율격은 어디까지나 문학적인 현상이다. 그래서 시조의 율격구조를 해명하는 작업에 선행하여 시조라고 하는 하나의 정형시 형태가 구체적으로 언제 어떠한 상황 아래에서 어떻게 연행된 것인지 구명해 볼 필요가 있다. 만일 시조의 형식이 음악적 요구에 의해 형성된 것이라면 시조의 형식은 음악의 악곡구조에 부수되는 하나의 결과적 현상에 지나지 않는 것으로서 문학적으로는 어떠한 의의도 지니기 어려울 것이기 때문이다.

시조의 형성 시기는 대체로 고려 중엽으로 추정된다. 그러나 시조가 창곡으로 가장 먼저 불리어진 것은 가곡으로서, 이의 형성 시기에 대해서 고려 말엽까지 소급하는 경우도 있었으나 이를 뒷받침할 아무런 증빙 자료도 없는 상황이다.[3]

이로 볼 때 만약 문학으로서의 시조가 음악인 가곡에 선행하였다면 이는 곧 선사후곡先詞後曲으로서 시가 곡을 제약한 경우이다. 그러므로 가곡의 악곡구조나 시조창의 악곡구조는 결코 시조의 율격구조가 아님이 밝혀진다.

그러면 가곡 이외의 시조는 어떠한 모습을 지녔을까?

시조의 연행양식은 통시적으로 음영 → 가창 → 낭독의 세 가지 연행양식으로 변천하여 시대의 추이에 따라서 복선적으로 전개되었다.[4] 즉 시조의 연행양식 가운데 가장 초기의 연행양식인 '음영吟詠'은 시조의 형성 시기인 고려 중·말엽부터 현재까지 연행되고 있으며, '가창歌唱'의 양식인 가곡창은 대략적으로 조선 초기부터 현재까지 그리고 시조창은 조선 후기 영조대왕 시절부터 지금까지 연행되고 있는 실정이다. 그리고 가장 후기에 연행된 '낭독朗讀'의 양식은 육당 최남선이 "부름 위주의 시조를 읽는 시조, 맛보는 시조, 관조하는 시조"[5] 즉 현대시조로서의 전환을

---

3) 장사훈, 『한국전통음악의 이해』, 서울대학교출판부, 1982, 135쪽.
4) 이찬욱, 「시조의 운율구조 연구」, 중앙대박사학위논문, 1995, 62~69쪽.
5) 최남선, 『조선상식문답속편』, 1946, 고대아세아제연구소, 『육당전집』3, 현암사, 1973, 119쪽.

모색한 시조부흥운동 시기인 1920년대부터 오늘날까지 연행되고 있다.

　일반적으로 의미의 리듬에 치중하는 산문인 소설을 낭독하는 경우와 음성의 조화와 운율의 반복적 리듬을 중시하는 서정시조를 음영하는 것은 그 각각의 양식적 특징에 따라 미적 쾌감이 다르게 전달된다. 그러므로 개인의 서정을 표출하는 서정시인 시조의 율격체계에 대한 연구는 궁극적으로 음영의 연행양식에 초점이 맞춰져야 한다. 이는 입으로 소리 내어 읊조리고 청각으로 작품의 미적 가치를 인지하는 음영의 양식적 특징과 즉흥즉사卽興卽寫하는 시조 창작시의 상황을 결부해 볼 때 더욱 명확하다. 결론적으로 영성詠聲하면 노래의 가사가 될 수 있는 시, 곧 시조의 율격은 음영의 양식이 지니는 본질적 특징을 천착하는 작업 속에서 가능한 것이다.

　음영의 양식은 한국인에게 가장 이상적인 리듬의 구현이다. 음영은 율격의 실현인 율독律讀과 동질적인 것으로서 한국인에게 선험적으로 체득되어진 생래적인 리듬의 표출양상이다. 그 구체적인 실현은 음영민요의 발화와 동일한 양상을 지니며 발화의 속도는 산문의 연행양식인 낭독보다는 빠르고 현행 4분 빠르기의 시조창의 속도보다는 느리다. 그러므로 시조의 율격체계는 한국어의 언어적 특성을 수용하는 입장에서 가창의 양식으로 연행된 음악의 개별악곡 구조가 아니라 음영의 양식으로서 한국인에게 선험적으로 체득되어진 보편적인 가락의 형성원리를 통하여 살펴야 한다.

　한국음악은 정악장단과 민속악장단으로 대별된다. 이중 시조창의 장단은 5박(3박+2박)장단과 8박(3박+2박+3박)장단이 혼합으로 구성된 정악장단이다. 이에 반해서 민요나 판소리의 장단은 9박 장단(세마치장단)이나 12박 장단(중모리장단)의 어느 한 장단으로만 구성되는 민속악장단이다. 따라서 시조의 율격이 시조창의 악곡구조와 일치하지 않는다는 것은 시조의 음영이 정악장단으로 행하여지는 것이 아니라 민속악장단으로 실행된다는 의미이다. 그 이유는 민속악장단은 바로 한국인에게 선험적으로 체득되어진 생래적인 리듬이기 때문이다. 이로 미루어 볼 때 시조의 음영은 1박이 삼분박 되는 3박자계의 민속악장단 가운데에 12/8박자인 약간 느린 중모리장단으로 실행된다. 12/8박자를 3박자로 나누면 4개의 마디가 된다. 여기서 마디를 음보로 대치하면 시조는 자연히 1행이 4개의 음보로 이루어진 시 형식으로 귀결된다.

남구만 <동창곡> 제1행

| 동창이 | 밝았느냐 | 노고지리 | 우지진다 |

1음보　　　　　2음보　　　　　3음보　　　　　4음보

(나) 정형성의 실체 등장의 음보

음보로 논의되는 율격론에서 가장 중요한 문제는 음보의 등장성等長性 실현이다. 음보는 음절이 모여서 시행을 이루는 등가적等價的 반복의 기층단위로서 율격적 정형성을 측정하는 실체이다. 음보가 규칙적인 반복의 단위로서 등장성을 지니기 위해서는 시행을 구성하는 개개의 음보가 동일한 질량을 지녀야 한다. 동일한 질량이란 시간적 질서 위에 나타나는 일정한 양으로서 음보를 구성하는 개별음들이 지니는 음지속량音持續量의 총합인데 호흡상의 실체적 단위로서 나타난다.

시조 한 음보의 음지속량은 6모라로 산정된다. 이는 시조가 음영의 양식으로 존재하였다는 점과 한국음악이 3박자계라는 점 그리고 한국어는 두 자로 구성된 어휘수가 가장 많다는 점을 고려한 결과이다. 달리 말하면 한국인에게 가장 이상적인 음영의 발화량을 6모라로 간주한 것

이다.[6]

율격에 맞춰 시조를 율독한다는 것은 바로 시조 1행을 6모라 단위의 음보 4개로 분할하여 음영하는 것이다.

음보의 분할은 6모라의 음량을 단위로 다음의 세 가지의 원리에 따라 실현된다.

첫째, 통사적 배분(어절)에 의한 음보 분할

둘째, 문맥상 의미의 친소親疎에 의한 음보 분할

셋째, 율격적 관습에 의한 음보 분할이 그것이다.

위 음보 분할의 세 가지 원리 가운데 율격적 관습에 의한 음보 분할은 시조의 악곡구조 내에 내재되어 있는 한국인에게 선험적으로 체득되어진 선단후장과 선장후단의 보편적인 장단 구성 원리에 따른 것이다.[7]

6모라 단위의 음량으로 분할된 개개의 음보는 동일한 음량을 갖는다. 동일한 음량을 지닌 음보의 배열은 규칙적이고 주기적인 반복으로서 그것은 바로 시조가 정형시임을 밝혀주는 실체이다.

김종서 <호기가> 제1행

⌐ 6모라 ⌐ ⌐ 6모라 ⌐ ⌐ 6모라 ⌐ ⌐ 6모라 ⌐

삭풍은	나무 끝에 불고	명월은	눈 속에 찬데
1음보	2음보	3음보	4음보

(다) 율적 기저자질로서의 장단

규칙적이고 주기적인 음보의 반복은 정형성의 실체이나 그것은 기계적이고 단순한 반복으로서 율적 가치를 드러내지는 못한다. 율적 가치는

6) 이찬욱, 「시조의 율독」, 『우리문학연구』 제11집, 우리문학회, 1998, 144쪽.
7) 이찬욱, 「시조의 음보 분할에 대한 일고찰」, 『한국시조학논총』 제11집, 한국시조학회, 1995, 75쪽.

어디까지나 상이한 음성요소들이 규칙적으로 대립 반복함으로써 획득되는 것이다.

그러므로 시조를 정형시라 할 때 부동의 변하지 않는 규칙성의 실체가 어떠한 단위에서 주기적으로 반복 실현되는 지를 찾는 것은 율격 논의에 있어서 하나의 관건이다. 즉 시조를 4보격으로 보는 단순음보율은 반복의 단위를 음보로 설정하고, 이에 반해서 장단율은 반복의 단위를 장단에서 찾아야 한다.

한국어에서 의미를 변별할 수 있는 대립적 교체의 음운론적 자질은 장단이다. 그러나 이 장단은 일부 언어에 국한되어 나타나는 잉여적 자질로서의 한계성을 지닌다.[8]

그러나 율격의 대상 연행양식은 일반적인 언어생활에서의 대화의 양식이 아니라 음영의 양식이다.

바로 이러한 점 때문에 본고에서는 주기적 반복구조를 지니는 규칙성의 측정단위는 음절로 구성되는 등장의 음보에서 찾고, 상이한 음성요소들이 규칙적으로 대립 반복함으로써 획득되어지는 율적 가치는 장단에서 찾고자 한다. 이는 장단이 현대 국어에서 의미를 변별하는 잉여적 자질로서 일단 유효하다는 사실과 아울러 한국인에게 선험적으로 체득되어진 생래적인 리듬의 한 표상인 어단성장語短聲長의 발성원리가 율격의 본질적 속성 가운데 하나인 관습적 산물이라는 점과 부합된다는 사실을 중시한 결과이다.

시조의 율적 가치는 음보를 구성하는 개별음의 음지속량을 달리하여 실현시킬 수 있다. 그러므로 시조가 율적 가치를 지니기 위해서는 시행

---

8) 시가율격연구에 있어서 장단의 음운을 인정하는 국어학계의 논문으로는 정연찬,「국어의 성조와 운율」,『어문연구』제3권 제1·2호, 일조각, 1975; 정광, 「한국시가의 운율연구시론」,『응용언어학』제7권 제2호, 서울대 언어연구소, 1975 등이 있다.

의 기본단위인 음보 내에 각기 음지속량이 다른 장음과 단음의 대립이 존재하여야 한다.9) 율격의 본질적 속성으로서의 관습적 산물이란 시조창에서 창사를 발성하는 어단성장의 원리를 말한다.

여기서 '어단성장'이란 "依其言咏以歌歌卽永言語短聲遲"10)의 '어단성지語短聲遲'와 동일한 의미로 말은 짧게, 소리는 길게 발성하라는 것으로서 '어語'는 의미를 지니는 실사에 해당되고 '성聲'은 자체적으로 구체적인 의미를 지니지 못하는 조사나 어미와 같은 허사를 가리킨다.

곡조의 고저장단 억양반복이며 언군의 대소소밀은 물론이고 어음을 분명히 하여야 하며 말씨를 늘여 놓는데 조리정연하게 할 뿐더러 특히 어단성장에 실격하지 아니하여야 한다. 어단성장이라는 말은 부르기 좋고 듣기 좋게 하자는 데에서 나온 말인데 소리를 할 때에 호흡의 조절과 성량의 분배를 가장 생리적으로 하자는 것이다. 가령 예를 들면「적성의 아침날은」이란 소리에 있어서 적성赤城은 짧게 하고 '의'는 얼마간 길게 하라는 것이다. 다시 말하면 명사나 한문어구같은 것은 짧게 부르고 형용적 동사나 '에', '으로'같은 받침은 길게 부르란 말이다.11)

그러므로 어단성장은 국어가 지니는 통사적 특성(실사+허사)에 기반한 부르기 좋고 듣기 좋은 자연스러운 발성법이다. 또한 호흡 조절과 성량의 안배를 생리적으로 이상화한 한국인에게 가장 자연스러운 리듬의 표상이다. 그러므로 어단성장을 좇아 음절에 장단을 부여하여 율적 가치를 획득하는 것은 논리적 타당성이 있다. 서로 상이한 음운자질인 장단이 음보내에서 대립적으로 교체하면 율적 느낌을 생성하기 때문이다. 그러므로 장단은 율격의 기저자질이다. 그리고 등장이 음보는 정형성의 실

---

9) 음보를 구성하는 음절의 장단음을 인정한 연구로는 성호경, 『조선전기시가론』, 새문사, 1988; 김대행, 「시조의 구조적특성」, 『선청어문』 제19집, 서울사대국어국문학회, 1976 등이 있다.
10) 김수장, 『해동가요』 서문.
11) 정노식, 『조선창극사』, 조선일보사출판부, 1940, 65쪽.

체를 규명하는 율격의 기본단위이다.

무명씨 <태산곡> 제1행

(2) 시조의 미의식

(가) 2단 구조와 4음보격

등장等長의 두 음보가 지니는 의미의 결속상과 보통 사람이 호흡에 부담을 느끼지 않고 음영할 수 있는 음지속량의 범위를 고려할 때, 율독 실현의 기본 단위는 구句가 적절하다고 본다. 친밀도가 강한 두 음보, 즉 구 단위로 율독하게 되면 이해하여야 할 말의 양이 지나치게 많거나 적지도 않고, 또 호흡도 자연스럽게 유지되므로 작품의 의미를 전달하거나 이해하는 데 있어서 가장 효과적이다.

그리고 동량同量의 음보가 시행을 단위로 규칙적으로 반복할 때 시행은 율격을 측정하는 기본 단위가 된다. 그러므로 시조는 1행 4음보격의 율격을 지닌 서정시로서 총 3행 12음보로 이뤄진 정형시가 된다.

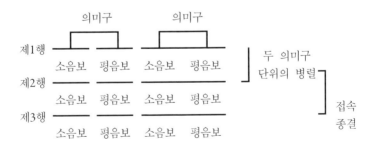

시조의 율격체계를 이렇게 보았을 때 이는 시조의 의미구조와도 잘 조화된다. 지금까지 제시된 시조의 의미구조에 대한 견해는 대체로 세 가지로 요약할 수 있는데, 2단 구조론·3단 구조론·4단 구조론이 그것이다.[12]

3단 구조론은 제1·2·3행을 의미 전개의 논리적 방법인 서·본·결의 구조에 초점을 맞춘 것이며, 4단 구조론은 잘 알려진 한시의 기승전결의 구성법으로 본 것이다. 그리고 2단 구조론은 제1·2행의 병렬과 그것이 극복되는 행으로서의 제3행, 다시 말하면 대상과 자아가 병렬관계에 있는 1·2행과 그것이 극복되고 대상과 자아가 합일화하는 3행의 2단으로 분석·파악한 것이다.

이 2단 구조는 음양론陰陽論으로도 설명이 가능하다. 서로 대대적인 무형무상無形無象의 음과 양은 그 각각으로서는 강유剛柔·동정動靜·소식消息·굴신屈伸·왕래往來·진퇴進退·흡벽翕闢 등과 같이 상반하는 성질을 지닌다. 그러나 이것이 하나로 합하여 조화의 극치인 태극이 되었을 때 가장 이상적인 상생의 강한 힘을 발휘하는 것과 같이 시조의 3행은 바로 이러한 정치한 구조로 이루어져 있다. 달리 말하면 천인합일의 송대 주자학적 철학 이념이 강호의 자연 속에서 유유자적하며 음풍농월하는 은일한 삶을 지향한 조선조 선비들의 강호가도의 시 정신으로 결집된 것이 바로 시조의 2단 구조인 것이다.

그리고 1행이 4음보로 이루어진 시조의 율격적 특징은 "사대부 계층의 리듬, 인위적 리듬, 교술적 리듬, 장중한 맛, 음송에 적합, 안정과 질서를 대변"[13]하는 간결하면서도 우아한 미의식의 표출시켰다. 이와 같은 4음보격 시조의 미의식은 시조문학 담당층의 주류를 이룬 조선 전기 사대부들의 왕도정치를 통하여 안정된 이상적인 사회를 건설하고자 한

---

12) 김대행, 『한국시가구조연구』, 삼영사, 1976, 제3장 참조.
13) 김준오, 『시론』, 삼지원, 1994, 92쪽.

가치관과 연관시켜 볼 때 결코 무관하지 않는 미적 자질이다.

(3) 제3행의 율격구조

(가) 제1음보의 3자 불변

시조의 율격 논의에서 의심 없이 수용되는 제3행 제1음보의 음절수 3자 불변은 어떠한 의미를 지니는가? 이에 대한 다음의 논의는 시조의 율격 형성의 근원을 설명하는 것으로서 주목된다.

시조 종장 첫 구의 감탄적인 요인이나 중요성은 아마도 원시 시가의 잔재가 아니면 적어도 원시무격신앙(sharmanism) 발상에서 생긴 것으로 볼까 한다. 즉, 원시인이 누대를 거쳐 생리화했던 인간 내면적 요구에서 시작된 규성叫聲의 전통이 그대로 신라·고려·조선을 내려온 것이라는 말이다. 이것이야말로 버리지 않고 재창조된 시가 전통의 잔영인 것이니, 즉 이는 가장 원시적이었던 여음적餘音的 시가가 변용되어 계승된 시적 유산물인 것이다. 우리는 근대적 시조에서 대개 어의적 감탄사를 볼 뿐이요, 상대로 올라갈수록 간투사間投詞(감탄사) 즉, 3장 첫 구의 여음이라는 것은 인간의 내적 흐느낌이나 탄성이 아니면 북소리를 흉내 낸 여음뿐인 것을 잘 안다.14)

원시인이 생리화했던 인간 내면적 요구에서 시작된 규성의 전통이 향가·속요·경기체가를 거쳐 시조에 재창조되었다는 것이다. 즉, 신에 대한 기원, 찬양의 감탄사는 신과 인간을 수신자와 발신자로 하는 하나의 약속된 암호로서 신과 인간을 매개하는 기능을 한다. 이러한 기능을 지니는 감탄사는 원시종합예술체에서 원시인이 전쟁의 승리를 자축하고자 모닥불 주위에서 술 마시며 원을 그리며 춤을 추고 노래 부를 때나, 가뭄과 홍수 같은 대자연의 재앙을 물리치고 풍성한 수확을 가져다 준 신

---

14) 김선풍, 「향가·시조·가사·종장고」, 『어문론집』 제19·20 합집, 고대국문학연구
   회, 1997, 282~283쪽.

에 대한 감사의 축하 제전에서 신탁의 계시를 받드는 사제자司祭者의 공수로 연결되어 사뇌가詞腦歌에 그 유전적 인자를 남긴다. 그리하여 신에 대한 외경심의 자연스러운 표출인 감탄사의 의미기능은 시대의 추이에 따라서 그 발화대상이 '신(향가) → 절대적인 님(속요) → 서정적 자아(시조)'로 점점 변화되면서 무의미한 탄사에서 유의미한 탄사로 자리바꿈 하여 초월적·신성적 기능은 약화되어 서정적·현실적 기능으로 변화한다.15) 이는 통시적으로 장르를 달리하여 나타나는 한국시가의 전형적인 시적 유산으로서의 율격적 특성이다.

이상으로 제3행 제1음보의 감탄사적 의미기능을 살펴보았다. 다음으로 문제가 되는 것은 제3행 제1음보의 음절수가 왜 3자로 고착되었는지에 대한 의문이다. 이는 사뇌가의 대종을 이룬 차사嗟辭인 '아야阿也'·'아사阿邪'등의 2자 탄사가 고려속가의 '아소 님하'의 4자 탄사로 길어지다 시조에 와서 '어즈버'·'두어라'·'아희야' 등의 3자 탄사로 고정되는 시대적 상황을 고려할 때 적어도 고려 말엽부터 서서히 현대 국어에 근접하는 음운적 통사적 변화의 기미가 보이다 한글 창제 이후 그 구체적인 윤곽이 드러난 것으로 생각된다. 다시 말하면 조선 전기의 역사적 문화적 시대상황에 의하여 자연스럽게 2자 1어가 일반화되고 이 2자 1어가 시어화 할 때 조사나 어미가 1자 첨가됨으로써 제3행 제1음보는 3자로 고착되는 것이다. 물론 이러한 변화의 저변에는 한국인에게 선험적으로 체득되어진 이상적인 리듬인 삼분박·삼박자의 특성이 탄사의 발화자인 서정적 자아의 정서에 자연스럽게 수용되어 드러난 것으로 보인다.

(나) 제2음보의 과음보

시조의 형식에 대한 이병기의 삼장팔구체설의 제언 이후 학계에 가장

---

15) 이찬욱, 「고시가에 나타난 감탄사의 의미기능」, 『시조학논총』 제14집, 1999, 281쪽.

의견이 분분한 것은 제3행 제2음보의 처리 문제이다. 그러나 제3행 제2음보가 여타의 음보와 달리 비록 평균 5음절 이상의 과음보過音步로 나타난다 할지라도 이는 시조를 음영의 연행양식으로 해석할 때 하등 문제시되지 않는다. 앞에서도 밝혔듯이 음영의 양식은 그 발화의 속도가 낭독보다는 느리고 현행 4분 빠르기의 시조창의 속도보다는 빠른 특징을 지닌다. 그리고 등장의 음량으로서 정형성을 측정하는 음보의 음지속량은 6모라로 산정된다. 이는 한국 음악의 박자가 3박자계16)라는 점과도 연관이 있다. 즉 시조의 율격은 한국인에게 생래적으로 체득되어진 보편적인 3박자의 배수인 6박자(6모라)로 음보 분할이 이루어지고, 6모라의 기준 내에서 음보내의 개별음이 장단음으로 설정되어 율독시 율적 가치를 획득하는 것이다. 그런 점에서 제3행 제2음보의 과음보는 6모라의 음량 내에서는 충분히 음영이 가능하다.

율격에 의한 감정의 변화는 율격이 보이는 운동감에서 비롯하는 것이라고 할 수 있는데, 이 운동감은 한 시행 내에서의 시간치時間値(time value)나 음절의 양(quantity) 등에 의해서 결정되는 것이다. 일반적으로 운동감은 한 시행 내에서 정형성의 측정단위인 음보의 반복이 많아질수록 더 빨라지며 반복이 적어질수록 느리게 되는 것이다. 같은 논리적 측면에서 한 음보 내에서 운동감은 음절의 반복이 많아질수록 더 빨라지며, 반복이 적어질수록 느리게 되는 것이다. 즉 소음보의 율독은 장중하고 안정된 느낌을 주며, 반면에 과음보의 율독은 경쾌감이나 격렬한 흥분을 야기하는 것이다. 그러므로 과음보인 제3행 제2음보를 한 음보로 음영하여 처리하면 호흡상의 변화는 3자 불변의 제1음보에서 평평하게 진행되어 오던 운율에 변화를 일으킴으로서 시상의 굴절과 아울러 감정 변화의 기복을 드러낸다. 이는 가사의 끝 행이 지니는 율적적 특징과 동

16) 이혜구, 「음악과 시가의 운율」, 『국어국문학』 제23호, 1960.

일한 양상으로서 시조 작품을 완결시키려는 닫힌 구조로 해석된다.

(다) 제3음보의 평음보

제3행 제3음보는 평음보로 실현된다. 여타의 홀수계 음보가 모두 소음보인데 유독 제3행 제3음보만 평음보인 것은 무슨 이유일까?

대상으로서의 자연과 자아로서의 인간이 제1·2행에서 병렬관계를 유지하다 제3행에서 전환하여 종결하는 시조의 2단 율격구조상 제3행 제3음보는 작품 전반에 드러난 시적 자아의 의지나 태도가 최종적으로 표명되어 확정되는 서술적 기능을 지닌다. 일예로 시조작품에 빈번히 등장하는 관용적 표현인 "일러무삼 하리오"에서 보는 바와 같이 '일러무삼'(3행 제3음보)이 '하리오'(3행 제4음보)보다 1음절이 더 많은 평음보로 설정된 까닭은 3행 제3음보인 '일러무삼'이 작품 전반에 드러난 서정적 자아의 서술적 기능을 지니기 때문이다. 이와 연관하여 볼 때 실제 시조창에서 3행 제4음보의 '하리오'를 노래 부르지 않고 생략하는 것도 '하리오'가 서술적 기능을 갖지 않고 '일러무삼'이 서술적 기능을 지닌다는 점을 시사하는 것이다. 그러므로 3행 제3음보가 여타의 다른 홀수계 음보보다 서술하여야 할 내용이 많은 것은 자연스런 현상이다. 이러한 이유에서 제1·2행의 제3음보가 소음보인 반면에 제3행 제3음보는 평음보로 실현되는 것이다. 시조의 제3행이 지니는 이러한 율격적 다양성은 한국인이 추구하는 다양의 통일성이라고 하는 일종의 미학적 원리의 소산이자 작품을 완결시켜주는 닫힌 구조로서의 당연한 귀결이다.

3. 결론

시조는 한국인의 정서를 가장 잘 표출할 수 있는 시 형식이다. 이는 그 전래하는 작품 수나 향유 층의 광범위함, 그리고 현재까지도 창작되고 있는 점을 감안한다면 명백한 사실이다. 이러한 시조에 대한 연구는 시조가 외형상으로 드러내는 정형성의 실체를 구명하는 방향으로 전개되었다. 이는 시가 내용과 형식의 조화로운 형상화라는 시학 원리에 따른 자연스러운 결과이다. 그리하여 시조에 대한 연구는 자연히 미적 가치의 근간인 율격에 논의가 집중되었다. 그러나 기존의 시조 율격론은 지나치게 서구 이론에 경도한 나머지 그 연구 업적은 방대하면서도 기실 시조의 참다운 면모를 극명하게 드러내지는 못한 실정이었다. 이에 본고에서는 가급적 기존의 서구적 율격론을 탈피하여 시조 율격구조의 실체를 파악하고 그 연장선상에서 미의식을 해명했다.

그리하여 시조의 연행양식을 음영의 양식에 초점을 맞춰 정형성의 실체를 등장의 음보에서 찾고, 상이한 음성요소의 규칙적인 대립에서 획득되는 율적 기저자질을 장단으로 규정했다. 그 결과 시조는 4음보격 3행 시인 정형시로 판명되었다.

3행의 구조는 제1행과 2행은 병렬되며 그것은 제3행과 결합하여 종결되는 2단 구조의 양상을 띤다. 이는 자연(1행)과 인간(2행)이 조화일체(3행)를 이루는 송대 주자학의 천인합일의 철학이념과 서로 대치하는 음과 양이 조화의 극치인 태극太極으로 상생한다는 『주역』의 사상을 담고 있다.

1행 4음보격은 같은 논리적 측면에서 강호의 자연 속에서 유유자적하고 음풍농월하는 은일한 삶을 지향한 조선조 선비들의 강호가도의 시정신과 왕도정치를 통하여 안정된 이상적인 사회를 건설하고자한 사대부들의 가치관이 반영된 것이다.

제3행 제1음보의 3자 불변은 원시인이 생리화했던 인간 내면적 요구에서 시작된 탄사가 계승된 시적 유산물이다.

제3행 제2음보의 과음보는 제1·2행에서 대립 병렬하여 평평하게 진행하던 시상이 제3행에서 접속 종결되면서 심하게 굴절하여 감정의 기복이 격렬하게 일어난 결과이다.

제3행 제3음보는 시조의 의미구조상 시적 자아의 의지나 태도가 표명되는 서술적 기능을 지니기에 평음보로 나타난다.

시조의 율격체계에 대한 이러한 제반 현상들은 시조를 직접 음영할 때 호흡의 정도와 정감적으로 감지하게 되는 리듬이 서로 일치하는 점에서 객관성이 입증된다. 그리고 시조의 제3행이 지니는 율격적 다양성은 한국인이 추구하는 다양의 통일성이라고 하는 일종의 미학적 원리의 소산이자 작품을 완결시켜주는 닫힌 구조로서의 결과이다.

이상에서 간단한 시조의 율격구조가 단순한 심상에 간결한 표현의 단아한 색깔로 채색될 때, 이는 민족 고유의 미의식을 훌륭하게 형상화한 하나의 표상이 된다는 점을 밝혔다. 이런 점에서 시조는 민족의 정서를 대변하는 민족시가로 자리매김한다.[17]

────────────

17) 본 연구는 중앙대학교 연구기자재구입지원 프로그램의 도움을 받아 수행한 논문을 이 책의 체계에 맞추어 일부 수정·보완하였음을 밝힌다.

참고문헌

김수장, 「서문」, 『해동가요』.

김대행, 『한국시가구조연구』, 삼영사, 1976.

김대행 편, 『운율』, 문학과 지성사, 1990.

_____, 『우리시의 틀』, 문학과 비평사, 1989.

_____, 「운율론의 문제와 시각」, 『운율』, 문학과 지성사, 1984.

_____, 「시조의 구조적특성」, 『선청어문』 제19집, 서울사대국어국문학회, 1976.

김선풍, 「향가·시조·가사·종장고」, 『어문론집』 제19·20 합집, 고대국문학연구회, 1977.

김준오, 『시론』, 삼지원, 1994.

김학성·권두환 편, 『고전시가론』, 새문사, 1984.

김흥규, 「한국시가율격의 원리 Ⅰ」, 『민족문화연구』 제13호, 고려대민족문화연구소, 1978.

성기옥, 『한국시가율격의 이론』, 새문사, 1986.

_____, 한국시가의 율격체계연구, 『국문학연구』 제48집, 서울대학교 대학원 국문학연구회, 1980.

성호경, 『조선전기시가론』, 새문사, 1988.

이찬욱, 「시조의 운율구조연구」, 중앙대학교박사학위논문, 1995.

_____, 「시조의 음보 분할에 대한 일고찰」, 『한국시조학논총』 제11집, 한국시조학회, 1995.

_____, 「시조의 율독」, 『우리문학연구』 제11집, 우리문학회, 1998.

_____, 「고시가에 나타난 감탄사의 의미기능」, 『시조학논총』 제14집, 1999.

_____, 「운율과 율격」, 『우리문학연구』 제13집, 우리문학회, 2000.

이혜구, 음악과 시가의 운율, 『국어국문학』 제23호, 1960.

장사훈, 『한국전통음악의 이해』, 서울대학교출판부, 1982.

정 광, 한국시가의 운율연구시론, 『응용언어학』 제7권 제2호, 서울대 언어연구소, 1975.

정노식, 『조선창극사』, 조선일보사출판부, 1940.

정연찬, 「국어의 성조와 운율」, 『어문연구』 제3권 제1·2호, 일조각, 1975.

최남선, 조선상식문답속편, 1946, 고대아세아제연구소, 『육당전집』 3, 현암사, 1973.

D·W·prall, Aesthetic Judgement, New York, 1929.

E·A·Poe, The Poetic Principle. Edgar Allan poe, poems and Miscellanies, oxpord univ. press, 1956.

Frye,N,Anatony of Criticism, 임철규 역, 『비평의 해부』, 한길사, 1982.

Jan Mukarovsky, 『On Poetic Language』, 김성곤 역, 『무카로브스키의 시학』, 현대문학사, 1987.

L·Altenbernd & L·L·Lewis, A Handbook for the study of Poetry, New York : Macmillan, 1966.

Monroe C·Beardseley, Aesthetics, New York, 1958.

Roman Jakobson, 『Languagin Literaturg』, 신문수 편역, 『문학속의 언어학』, 문학과 지성사, 1989.

제2장 작가론

절제와 노작 또는 거듭나기의 시조시학
- 김상옥 시조의 역사성 -

김 봉 군*

1. 서론

딜타이식 생의 철학에 따르면, 시조는 19세기 이전의 장르다. 문학의 장르는 생명적인 것이어서, 발생·성장·소멸의 길을 걷는 것이 순리라는 뜻이다. 그 순리를 거스르고 20세기 이후에도 살아남은 한국 문학 유일의 장르가 시조다. 1920년대 후반 국민문학파의 '시조부흥운동'이야말로 꺼져 가는 시조의 불씨를 되지핀 결정적 계기다. 그 중심에, 근대 지향의 '바다'에서 전통 지향의 '산(뭍)'으로 회귀한 최남선의 에너지가 잠복하여 있다. 그것이 '조선심朝鮮心', '조선혼朝鮮魂'으로 언표화한 국민문학파의 정신적 지주였다.

오늘날의 글로벌 정신으로 볼 때, 이 운동의 방향추는 '열림'이 아닌 '닫힘'의 정신 질서를 가리키는 것이었다. 이는 해일과도 같은 '열림'의 기세에 궤멸의 위기를 직감한 자기 정체성 수호를 위한 필연이었다. 최남선·정인보 등의 터 닦기에 이어 이은상의 '그리움과 비탄의 서정'이

---

* 전 가톨릭대학교 교수.

분출하였고, 이병기가 그 감정 분출의 열기 식히기에 나섰다. 이은상의 탄식과 울음의 민족애·조국애를 가다듬어 절제된 감수성으로 근대적 미학의 모색과 실천에 임한 것이다. '들려주기의 시학'을 '보여주기의 시학'으로 창조적 변혁을 시도한 것이다.

이러한 변혁의 시조시학사의 흐름 위에 초정艸丁 김상옥金相沃의 시학이 자리한다. 김상옥 시조의 새로움, 그것의 정체는 어떤 것인가? 우리가 궁금해 하는 것은 지속과 변이의 양상으로 파악되는 김상옥 시조의 시조시사적 의의다.

2. 전통미의 지속과 변이

김상옥은 『문장』 출신이다. 1940년에 천료된 작품이 시조 「봉선화」다. 같은 『문장』 출신 조지훈의 「봉황수」, 「고풍 의상」과 함께 우리 전통 또는 '멸망해 가는 것의 아름다움'을 재현한 작품이다.

> 누님이 편지 보며 하마 울까 웃으실까
> 눈앞에 삼삼이는 고향 집을 그리시고
> 손톱에 꽃물 들이던 그날 생각하시리

시조 「봉선화」의 둘째 연이다. 작품의 소재가 된 「봉선화」 이야기는 동북아시아 설화 문학의 주요 모티프이고, '누님'과 '고향집'은 농경 시대의 삶터와 가족 관계로 맺어져 '존재의 근거'를 표상하는 상관물들이다. 이 데뷔작은 김상옥 시조의 맥을 이루는 원초적 상상력과 깊이 관련되는 것으로 보인다. 또한 그의 첫 시집 『초적草笛』(1947) 제1부의 표제를 '잃은 풀피리'로 한 것 또한 우연이 아니다. 그는 애초에 '잃을 것'이나 '잃을지도 모르는 것'에 대한 짙은 애착을 보이고 있다.

아닌 게 아니라, 풀피리 소리는 유년의 고향을 향한 그리움을 애잖게 환기하는 절묘한 상관물이다. '방랑의 기산하畿山河/눈물의 언덕을 지나/피ㄹ 닐늬리'를 노래하던 한하운의 그 풀피리는 한국 시가사상 '애잔한 향수'의 절정을 지향한다. 이런 풀피리 소리로 비롯되는 김상옥 시조시학의 상상력과 서정의 곡절曲折이야말로 그의 시사詩史 전반을 지배한 존재의 끈, 삶의 벼리[綱]다.

> 송아지 몰고 오며 바라보던 진달래도
> 저녁 노을처럼 山을 둘러 퍼질 것을
> 어마씨 그리움 솜씨에 향그러운 꽃지짐

시조 「사향思鄕」의 제2연이다. 송아지·진달래·저녁노을·어머니·꽃지짐 등은 농경 시대 고향의 정경을 제시하는 객관적 상관물이다. 그의 토속적 정서, 정신 지향성과 함께 모더니즘(주지주의)적 기교를 여기서 소박하게 만난다.

김상옥을 지칭하는 시詩·서書·화畵·도예陶藝의 '사절四絶'(송화선)이나, '대자재大自在의 시인'(이원섭)이라는 말은 이 농경 시대의 자연과 가족을 중심으로 한 삶의 터전, 자연낙원自然樂園에 대한 애착으로 귀결된다. 농경 시대의 고향에 대한 그의 '관심의 언어'(N프라이의 말)가 확장된 것이 민족이며 그 문화다. 그것의 상관물이 청자·백자·추천鞦韆·옥저[玉笛]·십일면관음·다보탑·촉석루·선죽교·포석정 등이며, 그것은 '멸망의 위기'에 치힌 우리 문화재다. 그의 시는 이같이 우리 문화 성체성 훼손의 위기감에서 비롯된다. 그가 시조뿐 아니라 서예·한국화·도자기에서까지 애착을 보인 것은 모두 이 같은 위기감의 '승화'와 관련된다고 하겠다.

① 휘영청 버들가지 포롬히 어린 빛이

눈물 고인 눈으로 보는 듯 연연하고
몇 포기 蒲 그늘에 물오리가 두둥실
― 「청자부」에서

② 찬서리 눈보라에 절개 외려 푸르르고
바람이 절로 이는 소나무 굽은 가지
이제 막 白鶴 한 쌍이 앉아 깃을 접는다.
― 「백자부」에서

③ 의젓이 連坐 위에 발돋음하고 서서
속눈썹 조으는 듯 東海를 굽어 보고
그 무슨 緣由 깊은 일 하마 말씀하실까
― 「십일면관음」에서

④ 지긋이 눈을 감고 입술을 축이시며
뚫린 구멍마다 임의 손이 움직일 때
그 소리 銀河 흐르듯 서라벌에 퍼지다.
― 「옥저」에서

위의 ①~④가 모두 우리 시조시사의 '거듭나기'에 관련된다. 가람 이
병기의 시조가 노산 이은상의 비탄과 애상哀傷을 씻는 거듭나기의 선구
적 좌표에 놓인다면, 초정 김상옥의 시조는 이병기의 묘사적 기법을 창
조적으로 계승한 데다 노산의 비탄의 어조를 맑혀 거듭나기를 완성한
공적을 남긴다. 화자의 어조가 시 텍스트 자체를 지향하는 '심미적 실존'
의 자세를 취한다. 시인과 독자가 심미적 소통의 차원에서 만나게 되는
예술시다. '백로'는 충신, '까마귀'는 간신이라는 식의 우유偶喩(알레고리)

의 소통 방식을 관습으로 하던 전근대적 화법을 청산하였다. 직설이나 영탄에 의존하기보다 객관적 상관물을 동원한 묘사의 기법으로 서정의 분출을 절제한 근대적 기법이 탁월성을 확보한다. 본격적인 비유나 상징을 도입하지는 못한 채 주로 서술적 이미지에 의존하였으나, 유한정적幽閒靜寂의 전통미를 역동적 이미지로 되살리고 있다. '물오리가 두둥실', '바람이 절로 이는', '앉아 깃을 접는다', '발돋움하고 서서', '입술을 축이시며', '임의 손이 움직일 때', '은하 흐르듯 서라벌에 퍼지다' 등의 역동성은 가위 절조絶調를 지향한다. '눈물'이라는 비애의 상관물이 등장하나, 그것조차 비탄에 그치지 않는 '맑은 비애미'를 표출한다. N. 하르트만이 말한 우아미가 우리 전통 미학의 정수라 할 때, 그 정수가 김상옥의 시조에 결정되어 있다.

김상옥의 시조는 이 같이 전통미의 지속과 변이에 성공하고 있다. 형태도 예외가 아니다. 3음보의 율격과 초·중·종자의 음수율과 길이의 규칙형은 두 차례 변형을 시도한다. 근대 자유시의 세계를 넘나든 그의 시 세계는 시집 『삼행시三行詩』(1973)를 거쳐 『느티나무의 말』(1998)에서 결산된다.

김상옥 시업詩業의 단초는 자유시였다. 동인지 『맥貘』에서 자유시 「모래」·「다방」(1938)을 썼고, 『동아일보』에 당선된 「낙엽」(1939), 『문장』에 추천된 「봉선화」는 시조였다. 그는 시조의 '닫힌 서정'을 '열린 형태미'로 극복해 보려는 노력의 지향점을 자유시형에 두었다. 그가 『초적』을 '시조시집'이라 한 것부터 이 같은 지향성과 무관치 않아 보인다. '창唱'과 결별한 20세기 시조의 빈자리를 무엇으로 채울 것인가를 두고 고심한 것이다.

김상옥의 『삼행시』에는 전통적 음수율을 계승한 것과 변형을 시도한 것이 섞여 있다.

나목(裸木) 가지 끝에 서성이던 머언 소식
퍼얼펄 쏟아지게 함박눈 내리는 날
어디에 아련한 길로 문이 한 채 열린다.
                              - 「강설」에서

전통적인 4음보에 3·4(5)·4·3 음수의 완급률緩急律을 그대로 이은 시
조다.

아무리 굽어봐도 이는야 못물이 아닌 것을
그날 그리움으로 하여, 그대 그리움으로 하여
내 여기 살도 뼈도 혼령도 녹아내려 질펀히 괴었네.
                              - 「아가」에서

시조 형태로는 파격이다. 한 음보가 4모라(mora)인 시조의 전통 율격
이 심하게 요동쳐 완급률상의 편차를 드러낸다.

한 장의 無色 투명한 거울이 垂直으로 걸어온다. 맞은편에서도 꼭
같은 無色 투명한 거울이 수직으로 걸어온다. 이 두 장의 거울은 잠
시 한 장의 거울로 密着되었다가, 다시 둘로 갈라져 제各己 발뒤축을
사뿐 들고 뒤로 물러선다.
                              - 「과학 비과학 비과학적 실험」에서

산문시다. 주지주의 쪽의 모더니즘 시를 지향한다. 매우 이질적인 작
품이다. 서정의 '가슴(heart)'과 지성의 '머리(brain)' 사이에서 김상옥의
상상력은 심각한 갈등상을 드러낸다. 그런 갈등과 고심의 결산이 시조집
『느티나무의 말』이다.

⑤ 여윈 숲
　마른 가지 끝에
　죽지 접은 작은 새처럼,

　물에 뜬
　젖빛 구름
　물살에 밀린 가랑잎처럼,

　겨울 해
　종종걸음도
　창살에 지는 그림자처럼
　　　　　　　　　- 「근황」에서

⑥ 숨쉬지 않는
　잠이 있나요?
　― 바로 저런 겁니다.

　잠자지 않는
　꿈이 있나요?
　― 바로 저런 겁니다.

　꿈꾸지 않는
　넋이 있나요?
　― 바로 저런 겁니다.
　　　　　　　　　- 「돌」

ⓒ 바람 잔 푸른 이내 속을 느닷없이 나울치는
해일이라 불러다오.

저 멀리 뭉게구름 머흐는 날, 한자락 드높은
차일이라 불러다오.

천년 한 눈 깜짝할 사이, 우람히 나부끼는
구렛ᅡ롯이라 불러다오.
-「느티나무의 말」

위의 시 ⑤와 ⑥은 배열 형태로 '규칙형'이다. 전통적 배열 형태를 3행씩의 3편 형식으로 변형하였다. ⑥은 동어반복, ⑤와 ⑦은 이어반복異語反復의 형식을 취하였다. 음악의 반복과 변이, 균형과 대조의 기법을 원용한 것이다. 이 밖에 산문시 한 편이 있을 뿐 그의 말기 시는 이같이 절제와 균형의 미학으로 거듭나 있다.

김상옥이 붙인 '시조시'·'삼행시'라는 용어에 대한 비판(임선묵)은 재고해 볼 필요가 있다. '창'을 비워 버린 현대 시조는 '시조시'일 수 있고, 세계 시의 보편성을 볼 때 시조는 삼행시다(조동일).

3. 결론

김상옥은 바다에서 산으로 회귀한 최남선의 전통 지향적 에너지, 정인보 등 국민문학파의 시조부흥운동에 호응한 이은상의 회고·비탄·그리움의 정서, '들려주는 시'를 '보여주는 시'로 변용한 이병기의 시조 미학을 창조적으로 계승한 시인이다.

그는 '멸망해 가는 것', 민족 정체성의 위기에 직면하여 이에 '현존성'

을 부여하기 위해 고심에 고심을 거듭했다. 이화월백梨花月白·설월만창雪月滿窓·이화우梨花雨·만중운산萬重雲山의 이미지, 유한적정幽閑寂靜·전전반측輾轉反側의 초려焦慮·별리別離와 그립고 아쉬운 추회追悔와 정한情恨 애이불비哀而不悲의 전통 정서의 역사성을 두고 고심한 노작勞作의 소산이 김상옥의 시조요 자유시다. 삼분인사칠천분三分人事七天分이라 하여 그 시적 천분과 영감靈感을 극찬한 평설(이원섭·송한선)은 타당하나, 그의 노작은 더욱 값지다. 그는 전통적 서정의 세계에서 고요한 관조의 시조로, 다시 '우주와 생명의 무한한 경지'(김창완)를 추구한 자유시·산문시의 세계로 전이하며 고심하던 그는 만년에 낸 「느티나무의 말」에서 다시 절제와 균형의 시조 시학을 완결 지었다.

초정은 노산의 회고·비탄의 정서와 가람의 묘사적 '보여주기' 시학을 지양·통합한 공적을 남긴다. 그의 시조·자유시·산문시에는 맑은 비애, 우아한 회화미, 반복과 변이의 형태미, 우주와 인간 존재에 대한 탐구 등 고심의 자취가 역연하다. 모국어의 아름다움을 위한 절차탁마의 노고는 물론, 불립문자不立文字·기어綺語의 죄에서 자유롭고자 한 선적禪的·노장적老莊的 언어 의식은 경이롭기까지 하다.

초정 김상옥은 분명 한국 시조사상 그 혁신의 분기점에 자리한다. 독학과 직업 편력, 역사의 파란 같은 통고痛苦의 체험밭에서 변용된 맑은 정서, 개결한 품격, 회화적 이미지, 열린 형식미와 세계관의 끊임없는 모색은 큰 공적으로 남는다. 다만, 통영시 남항동에서 출생한 그의 시에 바다의 정서와 이미지가 가뭇없는 까닭은 무엇인가? 통영 출신 김춘수의 바다 이미지와 대비 연구가 필요한 부분이다.

도산십이곡의 구조와 서정적 특질
- 퇴계 노경 내면 풍경의 문학치료적 조명 -

김 석 회*

1. 서언

「도산십이곡」은 퇴계退溪 이황李滉(1501~1570)이라는 인물의 역사적인 비중과 위상 때문에, 이미 많은 논의가 이루어져 왔다. 그러나 정작「도산십이곡」이 한 편의 시가로서 어떤 서정적 분위기와 특질을 지니고 있는지는 제대로 구명되지 않았다. 본격적인 구조 논의를 결여한 채로, 사상적 연관이나 교훈성, 설리성說理性의 탐구로 치달았기 때문일 것이다. 또 구조 논의를 펴고 서정성에 접근하고자 한 논의가 더러 있었지만, 그 경우에도 퇴계의 위상에 제약을 받아「도산십이곡」본연本然의 모습은 제대로 이해되지 못하고 있는 것 같다.

이에 필자는「도산십이곡」의 정서를 그 본래적인 분위기와 목소리에 맞게 해석하는 길을 모색하는 가운데, 우선 그 텍스트 실상을 정밀히 탐색해 보고, 그것이 어떤 서정적 특질로 귀결되고 있는가를 구명해 보기로 했다. 그리고 이러한 텍스트 실상과 서정적 특질이 노경에 이른 인간

* 인하대학교.

이황의 삶과 어떻게 조응하고 있는지에 관해서도, 작품과 생애를 좀 더 정밀하게 대조해 가면서 가늠해 보았다. 이러한 관찰에는 마침 문학치료학에서 구축해 나온 '자기서사'의 개념이 있어 상호연관의 심층 조명에 큰 도움을 얻을 수 있었다.[1]

2. 시상의 전개와 구조의 양태

「도산십이곡」 12수의 전문은 다음과 같다.

① 이런들 엇더ᄒ며 뎌런들 엇더ᄒ료
草野愚生이 이러타 엇더ᄒ료
ᄒ믈며 泉石膏肓을 고텨 므슴ᄒ료

② 烟霞로 지블 삼고 風月로 버들 사마
太平聖代에 病으로 늘거가뇌
이 듕에 ᄇ라ᄂᆞ 이른 허므리나 업고쟈.

③ 淳風이 죽다 ᄒ니 진실로 거즛마리
人性이 어디다 ᄒ니 眞實로 올ᄒ 마리

---

1) '자기서사'란 이미 이루어진 진술을 말하는 것이 아니라, 한 인간의 내면에 자리를 잡고 그를 추동推動하며 규율規律해 나가는 '인생선제의 정사진'과 같은 것이다. 자기서사의 개념 및 ᄀ 응용가치에 대해서는 다음의 논저들을 참조할 수 있다.
정운채, 『문학치료의 이론적 기초』, 문학과치료, 2006; 정운채, 「문학치료학의 서사 및 서사의 주체와 문학연구의 새 지평」, 문학치료연구 제21집, 한국문학치료학회, 2011. 10; 정운채, 「심리학의 지각, 기억, 사고와 문학치료학의 자기서사」, 문학치료연구 제20집, 한국문학치료학회, 2011. 7.

天下에 許多英才를 소겨 말슴 홀가.

④ 幽蘭이 在谷ᄒ니 自然이 듣디 됴해
　白雲이 在山하니 自然이 보디 됴해
　이듕에 彼美一人을 더옥 닛디 못ᄒ얘.

⑤ 山前에 有臺하고 臺下에 流水ㅣ로다
　쎄 민흔 굴며기ᄂᆞᆫ 오명가명 ᄒ거든
　엇더타 皎皎白駒는 머리 ᄆᆞ슴 ᄒᄂᆞᆫ고.

⑥ 春風에 花滿山하고 秋夜에 月滿臺라
　四時佳興이 사ᄅᆞᆷ과 ᄒᆞᆫ가지라
　ᄒᆞ물며 魚躍鳶飛 雲影天光이야 어늬 그지 이슬고.

⑦ 天雲臺 도라 드러 玩樂齋 蕭灑ᄒᆞᆫ듸
　萬卷生涯로 樂事ㅣ 無窮ᄒ얘라
　이듕에 往來風流를 닐러 ᄆᆞ슴홀고

⑧ 雷霆이 破山ᄒᆞ야도 聾者ᄂᆞᆫ 몯 듣ᄂᆞ니
　白日이 中天ᄒᆞ야도 瞽者ᄂᆞᆫ 몯 보ᄂᆞ니
　우리ᄂᆞᆫ 耳目聰明男子로 聾瞽 ᄀᆞᆮ디 마로리.

⑨ 古人도 날 몯 보고 나도 古人 몯 뵈
　古人를 못 봐도 녀던 길 알ᄑᆡ 잇ᄂᆡ
　녀던 길 알ᄑᆡ 잇거든 아니 녀고 엇뎔고.

⑩ 當時예 녀든 길흘 몃히를 ᄇ려두고
　어듸가 ᄃ니다가 이제야 도라온고
　이제나 도라오ᄂ니 년듸 ᄆᄉᆞᆷ 마로리.

⑪ 靑山은 엇뎨ᄒ야 萬古애 프르르며
　流水는 엇뎨ᄒ야 晝夜예 긋디 아니ᄂᆫ고
　우리도 그치디 마라 萬古常靑 호리라.

⑫ 愚夫도 알며 ᄒ거니 긔 아니 쉬운가
　聖人도 몯다 ᄒ시니 긔 아니 어려운가
　쉽거나 어렵거나 듕에 늙ᄂᆫ 주를 몰래라.

　이 작품은 전체를 한 덩어리로 '「도산십이곡」'이라 불리기도 하지만, 전6수와 후6수를 각각의 한 덩어리로 '「도산육곡」'으로도 불린다. 그런데 각기 다른 이러한 명명은 퇴계 자신이 쓴 발문으로부터 유래한 것이기도 하다. 발문은 그 전체 표제를 「도산십이곡발」이라 했는데, 본문에서는 '이별의 육가를 모방해서 도산육곡 둘을 만들었으니 첫째가 언지言志요 둘째가 언학言學이라'고 했다. 그러니 육곡 둘이 합쳐져서 「도산십이곡」이란 한 작품을 구성한다고 볼 수 있다. 이러한 연유로 「도산십이곡」의 구조적인 특성에 주목하는 이들은 제1곡인 「언지」와 제2곡인 「언학」 사이의 구조적 상동성이나 그 둘을 통합하고 있는 원리가 무엇인가를 밝히려 애를 썼다.
　그러니 「도산십이곡」으로 보건 「도산육곡」으로 보건, 그 구조를 마치 병려문駢儷文의 짜임 같이 완벽한 대칭으로 보는 것은 텍스트의 실상과는 어긋난다. 정운채 교수나 성기옥 교수의 공 들인 구조 논의가 작품 이해를 크게 심화했음에도 불구하고, 「도산십이곡」의 서정적 특질을 정

합적으로 구명하는 데는 여전히 미진한 이유가 바로 여기에 있다.2) 따

---

2) 정운채, 「퇴계 한시 연구」, 서울대 석사논문, 1987, 93~106쪽, 제5장 '퇴계의 시세계와 도산십이곡' 참조; 성기옥, 「도산십이곡의 재해석」, 『진단학보』 91집, 2001, 247~275면 참조; 성기옥, 「도산십이곡의 구조와 의미」, 『한국시가연구』 11집, 2002, 195~229쪽 참조.
정운채 교수는 퇴계 성리학의 핵심을 짚어 그 서정적인 구현양상에 각별히 주목하고, 「도산십이곡」을 퇴계시학의 한 전형으로 보았다. 그는 「도산십이곡」이 '탕척비린'에서 '온유돈후'를 거쳐 '감발융통'에 이르는 정연한 짜임을 가진 것으로 보고, 「언지」나 「언학」 모두 '탕척비린', '온유돈후', '감발융통'이 각각 2수씩에 배당이 되어 단계적으로 실현된 것으로 보았다. 1~2수는 탕척비린의 단계이고, 3~4수에서 온유돈후의 단계로 나아갔다가, 마침내 5~6수에서 감발융통의 원만한 단계에 이른 것으로 보았다. 그 결과 「도산십이곡」은 「언지」를 통한 감발융통의 실현과 「언학」을 통한 감발융통의 실현이란 두 가지 등정登頂 코스가 나란히 마주서 있는 구조로 파악되었다.
성기옥 교수는 '자연'과 '사회'라는 두 개념을 기본 축으로 삼아 구조를 논하고 있다. 「언지」나 「언학」 모두 '자연'에서 시작하여 '자연과 사회 사이의 대립'을 거쳐 '자연과 사회의 합일'에 이르는 구도라는 것이다. 「언지」에는 세 가지 구조화 원리가 작용하고 있는데, 기저부인 각 연들은 병치의 원리를 따라 구성되고 있고, 연과 연이 중첩되어 이루는 구조는 2연과 3연의 대조, 4연과 5연의 대조가 서로 쌍을 이루어 대비적인 효과를 구현하고 있으며, 「언지」 전체의 구조는 점층을 이루고 있다는 것이다. 그리하여 이들 6수의 전체는 [서사부(1연)] → [본사부(2~3연과 4~5연)] → [결사부(6연)]의 구조로 분석될 수 있다는 것이다.
「언학」의 경우는 전반부 3수, 후반부 3수로 양분이 되고 있는데, 이들 3수의 상호관계는 '나 → 학생 → 일반'으로 나아가는 점층의 원리가 작용하고 있으며, 전반부와 후반부를 아우르는 전체의 구성에는 대조의 원리가 작동하고 있다는 것이다. 전반부는 '배움의 당위성'을 후반부는 '배움의 영속성'을 말하여 대조의 효과를 구현하고 있다는 것이다.
그리고 「언지」와 「언학」, 양자를 잇는 구조적 통일의 축으로는 『중용』의 「비은장費隱章」이 자리하고 있는데, 「언지」 제6수가 「비은장」의 후반부를 반영하고 「언학」 제6수가 「비은장」의 전반부에 정확히 대응됨으로 해서, 표면적으로는 무연無緣해 보이는 두 육곡이 12수 전체로서의 통일을 이루고 있다는 것이다. 두 분 모두 깊은 내공에 의한 치밀한 논증이어서 논의과정 자체가 「도산십이곡」의 이해에 도움이 된다. 그러나 구조 자체의 틀을 지나치게 앞세운 나머지, 이미 고정해 놓은 이 구조의 틀 속에서 작품이 일그러져 보이는 문제가 있다.

라서 「도산십이곡」의 바른 이해는 구조적 틀을 앞세우기보다 작품 실상의 평명한 관찰로부터 출발할 필요가 있다. 시상詩想이 맺히고 풀려 나간 양상을 텍스트의 결을 더듬어 좀 더 정밀히 살피는 것이 우선적으로 필요해 보인다. 그럼 텍스트의 질감에 유념하면서 시상 전개의 양상을 파악해 보기로 한다.

제1수는 "이런들 엇더ᄒ며"로 운을 떼어, 최종적으로는 "고텨 므슴ᄒ료"로 끝맺고 있다. 여기서는 초장, 중장, 종장에 동일하게 반복되고 있는 "~ᄒ료"라는 어미의 성격을 어떻게 파악하느냐가 아주 중요하다. 그 서법敍法의 특징과 어조語調의 기미를 어떻게 이해하느냐에 따라 「도산십이곡」 전체의 성격 파악이 판이하게 달라질 수 있기 때문이다.

'ᄒ료'는 'ᄒ리오'의 준말인데, '~리오'라는 어미는 "혼잣말에 쓰여, 사리로 미루어 판단하건대 어찌 그러할 것이냐고 반문하는 뜻을 나타내는 종결어미"라고 규정되어 있다.[3] 대자적對自的인 확인이나 설득의 서법이다.[4] 제1수에서 시적화자가 자기자신을 납득시켜 거듭 재확인하고 있는 것은 은거 실현의 자유와 홀가분함이다. 주된 논거는 '초야우생草野愚生'으로서의 자기 정체성 확인이다. 이는 마치 농암 이현보가 「어부단가」를 마치면서 "두어라 내 시름 아니라 제세현濟世賢이 업스랴" 하던 심경과 상통하는 바가 있다. '나는 이미 늙고 병든 몸이다. 게다가 산야의 기질을 타고나서 천석泉石에 들어야만 마음이 놓이는 사람이다. 그러니 이제는 온갖 염려 미련 다 떨쳐두고 이 도산을 마음껏 즐기며 살자!' 하는 정도의 뜻이 될 것이다.[5]

---

3) 국립국어원 편찬, 『표준국어대사전』, 두산동아, 1999.
4) "추풍에 지는 잎 소리야 낸들 어이 하리오", "가노라 희짓는 봄을 새와 무삼 하리오", "날 갓튼 석은 선비야 닐러 무슴ᄒ리오" 등등의 사례 참조.
5) 성기옥 교수는 '~ᄒ료'형 서법을 대타적인 선언의 어조로 보고 이 시조를 다음과 같이 현대어로 풀이한 바 있다. "물러남의 길을 택한들 어떠하며 나아감의 길을 택한들 어떻습니까/초야의 이 어리석은 사람이 물러남의 길을 택하였다

이러한 생각은 자연스럽게 제2수로 이어진다. '에덴동산의 아담'처럼, 노을과 안개, 바람과 달을 맘껏 누리며 도산의 풍광 속에 동화되어 사는 노인의 모습이 또렷이 부조浮彫되어 있다. '병으로 늙어가는' 다행多幸 속에 시적화자는 '허물이나 면할 수 있기를' 소박하게 염원하고 있다. 사화士禍의 시대를 헤쳐 나온 이의 남다른 감회와 늙음을 깨닫는 노인의 겸허가 그대로 배어든 표현이라 할 수 있다.

이에 비해 제3수는 다소 돌연한 느낌을 준다. 평지돌출의 인상이다. 갑자기 '순풍의 죽음' 문제를 화두 삼으며 어조도 높아지고 있다. '~하료', '~하네', '~고저!' 식의 감탄성 종결에서 단호한 단정의 이조로 바뀌어 있다. 초장 중장에 걸쳐 '진실로'를 구름판으로 삼아 그러한 단정을 한층 강화하고 있다. 강박에 가까운 이러한 단정에서 우리는 시적화자의 내면에 맺힌 번민의 자취를 확인할 수 있다. 그런데 이러한 파고波高는 종장에서 맹자의 말씀에 대한 신뢰의 표명으로 해소된다.

제4수에는 다시 도산의 풍광으로 돌아가 있다. 제1수와 제2수에서 천석泉石, 연하煙霞, 풍월風月 식으로만 막연하게 언급되던 물상이, 여기에 이르러 비로소 구체적인 풍광으로 제시되고 있다. 골짜기의 난초와 봉위의 구름이 모두 시적화자를 절로 기쁘게 한다. 그러나 이것들보다도 더욱 시적화자를 매혹하는 것은 '피미일인彼美一人'임을 토로하고 있다.

제5수는 제4수를 이어 도산의 또 다른 풍광을 제시하고 있다. 제4수가 서당 위쪽을 읊고 있는 데 비해, 제5수는 서당의 아래쪽 풍광을 읊고 있다. 천운대天雲臺라는 언덕배기 바위에서 시내 쪽을 바라본 광경이다.

해서 그게 어떻습니까/하물며 자연과 더불어 살고 싶은 이 마음 고쳐서 무엇하겠습니까"
이렇게 그는 텍스트를 팽팽한 긴장 속에서 바깥 세계를 향하여 던지는 고심에 찬 선언으로 읽고 있는데, 이는 무리한 해석으로 보인다. 그 서법의 파악부터가 실상에 맞지 않고, 시적인 분위기의 파악도 지나치게 어둡고 무거운 쪽으로 몰아간 것 같다.

갈매기 자유롭게 오락가락하는 지극히 한가로운 풍경이다. 초장에서는 감탄 종결 '~로다!'로 시작을 했는데, 중장에서 '~마는'이란 접속을 거쳐 종장에서는 '~하는고?'라는 의문 종결로 매듭을 짓고 있다. 특히 종장 첫머리에 '엇더타'라는 의문사를 두어 의문의 강도를 높였다. 지극히 만족함을 드러내는 감탄에서 강한 의문이나 당혹감의 표명으로 암전暗轉된 양상이다.

이에 비해 제6수는 일관된 감탄의 어조로 도산의 사시풍광을 예찬하고 있다. 온 산을 물들이는 봄의 꽃에서부터 달빛 가득한 가을의 시내 풍경까지 '사시가흥四時佳興'의 충만을 찬탄하고 있다. '인물기흥因物起興'이라 하여 사물로 말미암아 흥이 촉발된다는 게 통상의 논리인데, 여기서는 "四時佳興이 사름과 흔가지라"라고 표현하여, 시적화자의 흥취가 얼마나 근원적이고 드높은 것인가를 드러내고 있다.6) 이는 물론 정명도의 시를 차용한 것이지만, 제6수의 문맥에 딱 부합하는 적절한 배치요 표현이라 할 만하다. 종장은 성기옥 교수가 잘 구명한 바와 같이 『중용中庸』「비은장」의 후반부를 감탄의 어조 속에 잘 포장하여 차용해 들이고 있다. '물고기 뛰놀고 솔개 힘차게 날며, 자강불식自彊不息 천체의 운행이 그대로 드러나고 있는' 바로 그 현장이 이 도산임을 감격적으로 찬탄하고 있다. 시적화자는 생생활발生生活潑의 천리유행天理流行, 성리학적인 도체道體의 구현을 목도目睹하는 기쁨으로 충만하다.

이렇게 전육수前六首「언지」는 다소간의 우여곡절을 거쳐 마침내 제6수의 대단원에 이르러 성리학적인 관물觀物의 충만한 흥감興感으로 매듭지어져 있다.

후육수後六首의 시작인 제7수는 "완락재玩樂齋"라는 서재를 배경으로

---

6) 明道 程顥의 「秋日偶成」 전문은 다음과 같다. "閑來無事復從容 睡覺東窓日已紅。 萬物靜觀皆自得 四時佳興與人同。道通天地有形外 思入風雲變態中。富貴不淫貧賤樂 男兒到此是豪雄。"

한 진술이다. 도산서당의 몸체인 완락재는 도산의 중심이 되는 공간이다. 중장의 "萬卷生涯로 樂事ㅣ 無窮ㅎ애라"는 "완락玩樂"이라는 서재 이름에 대한 풀이이기도 하다. 종장은 이러한 학자적인 삶에 보우너스처럼 따르는 산책의 즐거움을 노래한다. '~ㅎ애라'나 '~하리!' 모두가 감탄성을 띠는 서법으로 찬탄의 어조를 형성하고 있다.

제8수는 '농자聾者'와 '고자瞽者'의 비유를 들어 자기 자신을 경계하고 있다. 제1수에서 완락재적 삶의 가능태可能態를 벅찬 감격으로 노래하고 나서, 비로 이어 귀머거리 소경을 떠올리는 것은 표면적인 문맥으로 볼 때는 자연스럽지 않다. 그러나 시적화자의 내면적 요청에 비추어 볼 때는 이러한 배치가 의외로 절실한 울림의 환기효과를 지녔을 것으로 보인다.

환갑을 지난 노인의 몸은 여러 모로 기능의 저하를 겪게 된다. 눈도 어두워지고, 청력도 떨어진다. 감각의 둔화에 비례하여 의욕과 결심도 이내 감퇴하기 쉽다. 서책이며 풍광이 완비되었다 해도 마음공부가 잡히지 않는다면 그것은 모두가 허사일 수밖에 없다. 그렇기에 가장 밝은 빛과 가장 요란한 소리에도 감응하지 못하는 '聾者'며 '瞽者'를 불러들이며 자성自省의 계기를 만들고 있는 것이다. '존심存心', '지경持敬'의 절박한 요청을 불현듯 떠올리면서 그는 스스로에게 경고를 보내고 있는 것이다. 학자적 소명을 향한 퇴계 내심의 강박이 이런 표현을 부르게 된 것으로 보인다.

이렇게 제7수와 제8수는 상호보완적으로 서로 의존하면서 「언학」의 벽두에 놓여 있다. 성학聖學7)의 두 근원, 서책을 통하여 만나는 고인古人

---

7) '聖學'이란 문자 그대로 성인을 배우는 학문인데, 성인이란 타고난 것인지 배워 가능한 것이지가 오랜 쟁점이었다고 한다. 일반적으로 송대 이전에는 타고난 것이라는 암묵적인 합의가 지배적이었는데, 주돈이나 정이천 같은 이들을 선구로 '聖人可學論'이 하나의 시대적인 조류로서 대두되었고, 이러한 흐름 속에서 성리학이 태동하게 되었다고 한다. 그러나 이러한 주장의 선구는 이미 전국시대 맹자에게 있었

과 눈앞에 펼쳐진 산수자연山水自然이 완비된 완락재지만, 이 모든 것을 일거에 무용지물로 만들어 버릴 수도 있는 방심放心과 태만怠慢을 경계한 것이다. 성학의 길이란 존심양성存心養性과 불가분리임을 두 수를 한 세트로 하여 다짐해 두고 있다.

제9수는 '고인에 이르는 길'의 확인이자 그 길로 매진해 가겠다는 다짐이다. 물리적으로는 단절이 되어 있지만, 그분들이 가고자 했던 그 길은 여전히 우리 앞에 환하게 열려 있다는 것이다. 그러니 표면적인 단절을 서러워 할 것이 아니고, 그 길로 간단없이 매진해 가야 한다는 것이다. 여기서는 각 장이 '~못 뵈!', '~있네!', '~어떨꼬!'로 감탄종결의 형태를 띠고 있다. 초장이 고인과의 단절 확인에서 오는 안타까움의 표출이라면 중장은 그 단절 극복의 길을 발견한 감격이다. 그리고 종장은 결의를 동반한 확신의 표출이다.

제10수는 '고인의 길'에 비추어 본 반성적 성찰이다. 일종의 고해성사告解聖事다. 학문과 구도의 길, 성학聖學의 길로부터 멀어져 허송세월한

기 때문에, 성리학은 맹자의 재발견과 궤를 같이 한다고도 설명되고 있다. 다음의 설명이 참고가 된다. [宋儒的这一"学以至圣人"思想并非自创, 它可以一直上溯到孟子的"人皆可以为尧舜"思想。孟子主张人性本善, 每个人都可以发展成尧舜那样的圣人, 并且认为"圣人与我同类者," 我们普通人与圣人在本质上并没有什么区别。宋代第一个提出"圣人可学而至"观点的是周敦颐。他在《通书, 圣学》说："圣可学乎？'曰：'可.'曰：'有要乎？'曰：'有.'请闻焉.'曰：'一为要, 一者, 无欲也." 这句话被看作理学学圣运动的纲领。系统的学圣思想主要见于程颐的《颜子所好何学论》。这篇文章里程颐开门见山便提出学圣问题："圣人之门, 其徒三千, 独称颜子为好学。夫《诗》, 《书》, 六艺, 三千子非不习而通也。然则颜子所独好者, 何学也？学以至圣人之道也。圣人可学而至欤？曰：然。…… 后人不决, 以谓'圣木生知, 非学可至,' 而为学之道遂失."《程氏文集》卷八）程颐认为圣人虽然有超常之处, 但是圣人仍然是人不是神。圣人有的是天生的, 但是普通人通过后天的学习, 也是可以成为圣人的。原因很简单, "人与圣人, 形质无异, 岂学之不可至耶？"（《程氏遗书》卷十八）"人与圣人同类……, 大抵须是自强不息, 将来涵养成就到圣人田地, 自然气貌改变."（《程氏遗书》, 卷二十三）此外, 朱熹也说："学之至则可以为圣人, 不学则不免为乡人而已。可不勉哉."（《论语集注, 公冶长》)]「宋代理学发展心理学思想初探」, 郭斯萍心理学博客에서 인용.

것에 대한 뼈아픈 반성이다. 초장 중장은 검사의 논고처럼 추궁하는 어조로 되어 있고, 종장은 선심판결善心判決을 베푸는 판사의 어조를 닮았다. 여기서의 "몃히를 부려두고"는 그저 막연한 과거가 아니라 퇴계의 개인사와 직결된 구체적인 시점을 지칭하는 것으로 보인다.

여기서 제10수는 제9수와 한 세트를 이루고 있는데, 그 결속의 양상이 제7수와 제8수가 결합한 양상과 유사한 측면이 있다. 제7수에서 무궁한 즐거움의 가능성을 제기하고 제8수에서 그러한 가능성을 원천적으로 봉쇄할 수 있는 위험성을 경고했듯이, 제9수는 '고인의 길'을 따라가는 벅찬 감격을 제시하고 제10수는 다시 그것으로부터 멀어질 수 있는 위험성을 경계하고 있다. 이들 두 수 또한 한 세트를 이루어 상호보완적으로 서로 의존하면서, '고인의 길'을 향한 결의를 반복적으로 재다짐하고 있다.

제11수는 다시 「언학」의 들머리인 제7수의 종장에서 열어두었던 "왕래풍류"에 접속하면서, '도산의 자연'으로부터 오는 격려激勵의 흥감興感을 매우 유정하게 노래한다. 청산이나 유수로부터 감발感發 받게 되는 만고상청萬古常青, 자강불식自彊不息의 도리를 수락하면서 그렇게 살겠노라 결의를 다지고 있다. 역시 서법과 어조는 감탄의 기조를 유지하고 있다. '~아니난고!'가 감탄의문의 형태라면 '~하리라!'는 감탄을 동반한 결의라 할 수 있다.

마지막 제12수는 최후적인 결의를 집약적으로 드러내 보이고 있다. '고인의 길', '성학의 길'이란 우부愚夫나 성인聖人 모두가 다 같이 갈 수 있는 길이요, 가야만 하는 길이니, 겸허히 그 길을 가겠다는 다짐이다. 이에서 「도산십이곡」은 대단원을 이루어, 이젠 더 이상의 방황도, 일탈도, 조바심도 없이, '쉬움'도 '어려움'도 '늙음'도 다 잊어두고, 자기 가야할 길을 기쁨으로 정진精進해 가는 경건한 한 구도자求道者의 형상을 또렷이 부조浮彫해 내기에 이른다.

이상에서 살핀 바와 같이 「도산십이곡」은 앞의 6수와 뒤의 6수가 그 결을 달리하고 있다. 「언지」와 「언학」이라 표제하지 않았더라도 충분히 감지될 만한 질감의 차이라 할 수 있다. 그 시상 전개, 배치의 구도도 각각의 6수가 독특한 흐름의 내적 질서를 형성하고 있다. 이상의 관찰 결과를 토대로 이 작품의 구조 양태를 정리해 보기로 한다.

「언지」 6수는 그 표제대로 입지立志와 관련한 마음 다잡기, 마음 추스르기의 구도로 정리될 수 있을 것 같다. 『대학』에 입각한 '지경持敬'의 도에 비추어 스스로의 자세를 반성적으로 성찰하면서 얻게 된 퇴계의 심경 토로인 것으로 보인다. 『대학』은 그 벽두에 "大學之道 在明明德 在親民 在止於至善. 知止而后有定 定而后能靜 靜而后能安 安而后能慮 慮而后能得. 物有本末 事有終始 知所先後 則近道矣."라는 구절을 전제해 두고 시작된다. 『대학』은 그 최후적 도달지점인 '지어지선止於至善'을 말한 이후 '지지知止', '유정有定', '능정能靜', '능안能安', '능려能慮', '능득能得'의 단계로 나아가는 절차를 설정하고 있다. '능정能靜', '능안能安', '능려能慮', '능득能得'의 전제로서 '지지知止', '유정有定'의 단계를 설정한 것이 각별히 주목된다. 이는 '止'와 '定'의 중요성을 말하고 있는 것으로, 또렷한 목표확인과 심지확정心志確定의 선결성先決性을 강조한 것이라 할 수 있다.[8]

「언지」의 제1수는 "이런들 엇더ᄒ며"로 시작하여 천석고황泉石膏肓의 표명으로 끝난다. 이미 다 마음 정리가 되어 '유정有定'의 단계에 들어섰

---

8) 학문과 수행, '大學之道'의 달성은, 止와 定에 기초하여 이루어지는 일련의 심직 과정 "靜 → 安 → 慮"를 거쳐야만 비로소 "得"의 경지에 이를 수 있다는 언명인데, 퇴계는 특히 이 점을 매우 중요시했다고 한다. 그는 '意誠'에서 '天下平'에 이르기까지의 8 단계의 모든 단계마다에서 "止→ 定→ 靜→ 安→ 慮"의 과정이 필수 불가결한 것으로 보고, 이 절차의 수련에 몹시 공을 들였다고 한다[최석기, 「퇴계의 대학 해석과 그 의미」, 퇴계학과 한국문화 36호(경북대 퇴계연구소, 2005), 기획논문 「퇴계학과 經學의 특징과 史的展開」, 참조].

음을 확인하면서 안도하고 있는 것이다.

그러나 제2수와 제3수를 보면 아직도 동요動搖하고 있는 마음의 그림자가 감지된다. 그리고 이것은 성현의 말씀에 대한 신뢰를 통하여 해소되고 있다.

제4수와 제5수 또한 또 다른 동요의 기미가 감지된다. 모든 것이 구비되어 있건만 이와는 어긋난 지향을 보이는 내면의 그늘과 동요에 탄식하고 있다.

이렇게 제1수에서 '지지知止', '유정有定'의 단계에 든 것으로 알았던 마음의 상태는 제2수, 제3수와 같은 현실적인 고뇌에 부딪지면서 작은 너울을 일으키게 되고, 제4수 제5수와 같은 잠재된 욕망의 분출을 경험하면서 좀 더 큰 너울을 만들고 있다. 그것들은 온유돈후의 너그러움을 통해 잠정적으로 해소되는 것으로 보이지만, 그 근본적인 해소는 제6수의 '합일체험'을 통해 달성된다고 할 수 있다. 정운채 교수의 지적대로 여기에 이르러 '감발융통'의 성취가 실현되면서 비로소 참다운 '지지', '유정'의 새로운 경지가 열린 것이라고 할 수 있을 것이다. 그리고 이 대목은 성기옥 교수의 논증대로『중용』「비은장」의 후반부로도 통하고 있다. 참다운 '지지', '유정'의 새로운 경지는 이렇게, 도산의 산수자연이 성리학적인 도체의 구현임을 확인하고, 스스로가 그에 완전히 합류 합일되는 체험을 통하여 달성된 것이라 할 수 있다.

「언학」 6수 또한 그 표제대로 '학문의 길 걷기', 그 구도자 상의 정립 구도라 할 수 있다.

제1수는 도산생활의 구심점이라 할 수 있는 '완락재'에서의 삶을 매우 흡족한 기쁨으로 노래하고 있다. 만권생애, 왕래풍류를 전유專有함으로 성학의 길을 걷게 된 감개무량이다. 이어지는 제2수는 '聾者'와 '聱者'를 들어 자성自省의 계기를 만들고 있다. '존심存心', '지경持敬'의 심법心法이라야 완락재적인 삶이 가능하리라는 다짐이다.

이렇게 제1수와 제2수는 상호보완적으로 서로 의존하면서 「언학」의 벽두에 놓여 있다. 성학聖學의 두 근원, 고인과 자연이 완비된 완락재의 무궁할 기쁨을 전망하면서도, 이 모든 것을 일거에 무용지물로 만들어 버릴 수도 있는 방심과 태만을 경계하고 있다. 성학의 길이란 존심양성 存心養性과 불가분리임을 두 수를 한 세트로 하여 다짐해 두고 있는 것이다.

이어지는 제3수와 제4수는 또 다른 한 덩어리로 묶인다. 두 수 모두에 공통되는 것은 "녀던 길"이다. 제3수는 고인의 녀던 길을 발견하고 확인하는 감개무량이고, 그 길을 나도 가겠다는 다짐이다. 제4수는 자칫 잘못하여 그 길로부터 멀어졌던 과거 행적에 대한 뼈아픈 자책이며 반성이다.

제3~제4수의 관계는 제1~제2수의 결속과도 유사한 측면이 있다. 제1수에서 무궁한 즐거움의 가능성을 제기하고 제2수에서 그러한 가능성을 원천적으로 봉쇄할 수 있는 위험성을 경고했듯이, 제3수는 '고인의 길'을 따라가는 벅찬 감격을 제시하고 제4수는 다시 그것으로부터 멀어질 수 있는 위험성을 경계하고 있다. 이들 두 수 또한 한 세트를 이루어 상호보완적으로 서로 의존하는 구조라 할 수 있다.

제5수는 '도산의 자연'으로부터 오는 격려激勵의 흥감興感을 매우 유정하게 노래하고 있다. 「언지」에서 드러내 보인 자신의 불완전성과 깨어지기 쉬움이 마지막 제6수의 자연합일 체험을 통해 극복되듯이, 「언학」의 경우에도 앞서 토로한 약점과 우려들이 이 제5수를 거치면서 후련하게 씻겨 나가고, 한결 든든하게 우뚝 시게 될 성학 수체의 탄생을 드러내 보이고 있다.

이렇게 제1~제2수를 통해 1차적으로 표명된 완락재의 삶은 제3~제4수와 제5수를 통해 2차적으로 좀 더 상세하게 반복 표명이 된 후에 제6수의 대단원으로 넘어간다. 이 마지막 대목은 성기옥 교수가 밝힌 바와 같이 『중용』 「비은장」의 전반부로 통한다. 여기서는 제5수를 거치면서 한결 든든히 서게 된 성학 주체의 묵묵히 떼어놓는 발걸음 소리가 들리는 듯하다. 이젠 더 이상의 방황도, 일탈도, 조바심도 없이, '쉬움'도 '어려움'도 '늙음'도 다 잊어두고, 자기 가야할 길을 기쁨으로 정진精進해 가는 경건한 한 구도자求道者의 형상이 여기 또렷이 부조浮彫되어 있음을 보게 된다.

이상이 「도산십이곡」을 이루고 있는 「언지」와 「언학」의 대체적인 구도의 얼개라 할 수 있다. 그런데, 각각의 대단원을 이루고 있는 제6수는 『중용』 「비은장」으로 통한다. 「비은장」의 후반부, 그 비유단락은 「언지」의 대단원으로, 그 전반부 요지단락은 「언학」의 대단원으로 거의 그대로 번역해 들였기 때문이다.9) 그리하여 「도산십이곡」은, 서로 그 지향이나 구성방식을 달리하면서도 최종적인 도달점에서는 합치하는, 육가계六歌系 연시조 둘의 통일적 결합이 되었다.

3. 서정의 맥락과 특질

「도산십이곡」은 퇴계라는 인물의 위상 때문에 지나치게 교훈시조 쪽으로 견인되어 해석되는 경향이 있다. 이 작품이 단순한 개인서정시를 넘어서는 파급효과를 지녔다는 점에서, 교훈시 내지 설리시說理詩로 해석하는 것이 무리는 아니다. 그러나 앞서 살핀 바와 같이 텍스트의 실상은 서정시의 본령인 내면독백에 가장 충실한 시다. 소위 '체험서정시'로

---

9) 이에 관해서는 성기옥 교수가 구조 논의를 하면서 이미 잘 밝힌 바 있다. 비은장을 전반 후반으로 나누어 보이면 다음과 같다.
① 君子之道 費而隱 夫婦之愚 可以與知焉 及其至也 雖聖人亦有所不知焉 夫婦之不肖 可以能行焉 及其至也 雖聖人亦有所不能焉 ② 天地之大也 人猶有所憾 故君子語大 天下莫能載焉 語小天下莫能破焉 詩云 鳶飛戾天 魚躍于淵 言其上下察也 君子之道 造端乎夫婦 及其至也 察乎天地

서의 울림이 있는 시다. 그 설리성說理性이나 교훈적 효과란 것은 이러한 울림에 의한 파급일 따름이지, 원래의 설계가 그런 것은 아니다.

「도산십이곡」은 일모도원日暮途遠을 자각하는 퇴계 자신의 자기치유, 자기양생, 노년 추스르기 기획이기도 한데, 그것들은 대체로 심리적 정서적인 측면과 맞물린 것이기도 하다. 「도산십이곡」의 심리적 정서적인 맥락은 대체로 두 가닥으로 정리될 수 있다고 본다. 그 첫째는 안도감에 토대를 둔 위무와 격려의 서정이고, 그 둘째는 찬탄에서 발원하여 확신과 결의에 이르는 서정이다. 그 구체적인 양상을 작품을 검토해 가며 살피기로 한다.

(1) 안도에서 위무와 격려에 이르는 서정

안도감은 「도산십이곡」의 전편을 지배하는 정서지만, 특히 전육곡인 「언지」에 편만하다. 제1수는 이러한 안도감의 폭발적인 표출이다.

    이런들 엇더ᄒ며 뎌런들 엇더ᄒ료
    草野愚生이 이러타 엇더ᄒ료
    ᄒ믈며 泉石膏肓을 고텨 므슴ᄒ료

초장엔 이래도 문제될 것이 없고 저래도 문제될 게 없는 홀가분함이 직설적으로 표출되어 있다. 그 홀가분함과 안도감은 어휘와 구조의 반복을 통하여 더욱 강화되어 표출된다. 초장 중장에는 동일한 서술어 '엇더ᄒ며'–'엇더ᄒ료'–'엇더ᄒ료'가 반복되면서, '아무 문제될 게 없음'이 동일한 구문 속에 거듭 재확인되고 있다. 종장은 천석고황泉石膏肓, 자신의 기질대로 살아가겠다는 다짐이다. 은거 실현의 자유와 홀가분함이 이러한 안도감의 표출로 드러난 것이라 할 수 있겠다.

제2수는 이러한 안도감의 구체화이자, 거기 토대를 둔 자기 성찰이다.

초장 중장은 '병으로 늙어가는 몸'이 도산의 풍광 속에 포근히 안겨 있음을 형상적으로 드러내 준다. 종장에서는 노쇠를 자각하며 자기 자신을 다독이는 음성이 드러나 있다. '허믈이나 없고자'는 공명심功名心에 대한 경계이기도 하고, 학문적 성취를 향한 과잉의욕을 경계하는 뜻이기도 할 것이다. 또한 이제까지의 삶이 '고만하면 됐다'는 자평自評이기도 하다. 자기 스스로를 위무하고 격려하는 목소리다.

제3수에는 '순풍淳風의 죽음' 문제가 초점이다. "淳風이 죽다 ᄒ니"라 하여 남의 말처럼 처리가 되어 있지만 어쩌면 내심에 출몰하는 망령ᄂ靈의 소리이거나, 퇴계 자신의 쓰라린 기억이 부르는 개탄의 음성이었을 개연성이 높다. 사약을 받고 죽은 절친했던 동료 임형수林亨秀(1514~1547)의 사례나 장독杖毒을 못 이기고 유배길에서 비명횡사한 동복형同腹兄 이해李瀣(1496~1550)의 사례, 아직도 제대로 신원 복권이 되지 않고 있는 정암靜庵 조광조趙光祖(1482~1519)의 일 등, 사화의 시대를 통과하며 그의 내면에 각인된 쓰라림과 개탄은 크고도 깊었을 것이다. 다른 곳과는 달리 단호한 단정의 어조로 되어 있는 초장 중장의 진술은 이러한 심리적인 강박을 떨쳐내기 위한 고뇌의 표출로 읽힌다.

그러나 그런 회의나 번민은 종장에 이르러 맹자의 말씀에 대한 신뢰 속에서 해소된다. "天下에 許多英才를 소겨 말슴 홀가!" 하는 설의법적 감탄은 성현의 말씀에 대한 신뢰 속에서 회복된 안도감의 표현이다. 중장에 거론한 '인성의 어짊'과 종장의 '天下英才'는 모두가 『맹자孟子』에서 차용한 것이지만, 맥락은 각각 동떨어진 것들이다. '天下英才'는 「진심편盡心篇」에 나오는 구절로서 성선설性善說을 설파한 「고자편告子篇」과는 멀리 떨어져 있다. 이 구절은 "천하영재를 얻어 교육함"에 대한 포부로 자연스럽게 이어지기 때문에, '순풍의 죽음'이라는 망령을 떨쳐 버리고 퇴계의 심중에 새롭게 자리 잡은 교육적 비전을 환기시킨다. 신뢰의 안도감을 바탕으로 자기 자신을 위무하고 격려하며 추슬러 가는 퇴계의 심법心法이 엿보인다.

제4수와 제5수에도 또 다른 동요의 기미가 감지된다. 성기옥 교수가 도산의 실경에 입각하여 추론한 바와 같이 '유란'과 '백운'을 읊은 제4수는 도산서당의 위쪽 골짜기와 봉우리를 배경으로 한 것이고, '천운대'를 지목하고 있는 제5수는 도산서당의 아래쪽 강가를 주 배경으로 한 것이다. 제4수와 제5수 모두 초장과 중장은 낙원의 조화라 이를 만한 도산의 시공간상이다. 하늘은 하늘대로, 봉우리와 골짜기와 그 속에 있는 것들은 그것들대로, 바위 언덕, 흐르는 강물, 그 사이를 오가는 갈매기들은 또 그것들대로, 서로 어울려 완벽한 조화경調和境을 이루고 있다. 모두가 유유하고 자적한 강호한적江湖閑寂의 정취다. 시적화자는 이에 대한 지극한 애호와 만족감을 표출하고 있다.

그런데 각수의 종장은 이와는 어긋난 지향의 발견으로 전환된다. 제4수는 '미인에 대한 그리움'의 확인이고, 제5수는 '세상길로 나가려 드는 망아지에 대한 탄식'이다. 은거의 여건도 완벽하게 구비되어 있고, 강호의 풍광이며 누림도 풍성하건만 정작 은거의 주인공은 딴 데 마음이 가 있음을 발견하고 있는 것이다. 표층적으로만 본다면 이것은 안도감과는 정반대에 놓인 정서지향이라 할 만하다. 그러나 내면정관內面靜觀을 통하여 이러한 미세한 그늘짐과 동요의 기미를 읽어내고 있다는 점에서, 이 것은 든든한 안도감에 기반한 도산생활 영위의 또 다른 흔적이라 할 만하다. 마치 '속마음 털어놓기' 치유상담과도 같은 절차가 제4수와 제5수를 통해 구현되고 있다고도 볼 수 있는 셈이다. 우리는 심리적 그늘과 동요를 만드는 숨은 욕망 자체를 객관적으로 성찰하고, 그 궤적을 추적하거나 전망할 수 있을 때, 자기 심리와 행위에 대한 확실한 통제력을 얻게 된다. '속마음 털어놓기'에 도달할 수 있다는 것 자체가 동요나 갈등을 진정鎭靜시킬 수 있는 출발점이 되기 때문이다.

마음속의 이러한 미세한 그늘과 동요, '유정有定'의 안도安堵와는 다소

엇갈리는 이러한 지향들에 대한 가벼운 탄식에 이어, 전육곡 「언지」는
제6수의 대단원에 이른다.

　　　春風에 花滿山하고 秋夜에 月滿臺라
　　　四時佳興이 사름과 흔가지라
　　　흐믈며 魚躍鳶飛 雲影天光이야 어늬 그지 이슬고.

　　제6수는 한 마디로 도산 풍광과의 '합일체험'이라 할 수 있다. 정운채
교수의 지적대로 여기에 이르러 '감발융통'의 성취가 실현되면서 비로소
참다운 '지지', '유정'의 새로운 경지가 열린 것이라고 할 수 있을 것이
다. 앞에서 보였던 미세한 그늘이나 자잘한 동요를 완전히 덮고 해소해
버릴 수 있는 크나큰 감화다. 제1수에서 직설적으로 반복하여 토로했던
안도감과 홀가분함은, 제6수의 대단원에 이르러 비로소 형상적으로 구
현이 된 것이라 할 수 있다. 동시에 스스로의 노력으로 추슬러 보던 자
기위무 자기격려의 시도도, 이 합일체험 속에서 새로운 차원의 승화를
겪게 된다. 다시는 동요하거나 그늘질 일이 없는 확고한 심리적 지지支
持가 구현된 것이라 할 수 있을 것이다.

(2) 찬탄에서 확신과 결의에 이르는 서정

　　찬탄의 정서 또한 「도산십이곡」의 전편에 충만하다. 특히 「언학」 6수
는 거의 모두가 그 서법이 감탄이나 감탄의문의 형태로 되어 찬탄의 서
정을 드러내고 있는데, 이러한 찬탄의 최종적인 귀결은 확신과 결의다.
제1수를 보기로 한다.

　　　天雲臺 도라 드러 玩樂齋 蕭灑흔듸
　　　萬卷生涯로 樂事ㅣ 無窮흐얘라

이듕에 往來風流를 닐러 므슴ᄒ고

　제1수는 그 도산의 구심점이라 할 수 있는 도산서당 '완락재'에서의 삶을 매우 흡족한 기쁨으로 노래하고 있다. 천운대를 돌아드는 홍취도, 정갈하게 완비된 완락재의 삶도, 틈틈이 거닐며 누리는 상자연賞自然의 풍류도 감격스럽다. 시종일관 찬탄의 어조인데, 이는 시적화자의 구족감其足感이 얼마나 큰가를 잘 드러내 주고 있다.

　그런 벅찬 감격에 접속하는 제2수는 의외로 찬탄이 아닌 경계다. 초장과 중장을 통하여 가장 굉대한 우레 소리와 가장 밝은 정오의 빛을 끌어들이는 이유는 완락재적 삶의 구족성其足性을 드러내기 위함이다. 그러한 구족함도 무용지물로 만들어 버릴 위험성을 경계하는 것이다. 그리고 종장에 이르러 모처럼의 기회로 주어진 도산생활을 망쳐 버리지 말자고 굳게 다짐하고 있다. 완락재적 삶의 가능성에 대한 찬탄으로 이루어진 제1수와, 그것을 망쳐서는 안 된다는 결의를 표명하는 제2수가 나란히 맞서 있는 꼴이다.

　제3수는 다시 찬탄의 어조로 돌아와 있다. 제1수에 버금가는 또 다른 찬탄이다. 그것은 '고인의 길'을 발견하고 확인하는 감격에 기초하고 있다. 이 감격, 이 찬탄을 토대로 시적화자는 그 길로 매진해 갈 것을 다짐한다. 이러한 다짐을 표출하는 종장의 어미가 설의법적인 감탄의문의 형태를 띠고 있는 것은, 시적화자의 확신에 찬 결의의 강도와 조응을 이루고 있다.

　세4수는 초·중상의 힐책의 어조와 종장의 관유寬宥의 어조가 대조를 이루고 있다. 마땅히 가야 할 그 길을 버려두고 어디 가 떠돌다가 이제야 돌아온 것이냐는 자책에 이어, 이제라도 돌아왔으니 딴 맘먹지 말고 정진해 나가자는 다짐이다. 제3수의 찬탄과 결의를 제4수에서 다시 지난날의 실패 체험을 거울삼아 새롭게 다짐한 것이라 할 수 있다.

제5수는 다시 찬탄으로 이어진다. 초·중장은 도산을 산책하며 대하는 청산의 변함없는 푸르름과 유수의 끊임없음에 대한 감탄이다. 종장은 이러한 찬탄적 발견에 이어 자강불식自彊不息의 도리를 깨우치는 결의와 다짐이다. 이것은 제1수의 종장에서 언급했던 '왕래풍류'로의 접맥일 것이다.

마지막 제6수는 초장 중장의 감탄의문과 종장의 감탄종결이 어울려 찬탄의 분위기가 극대화되어 있다.

> 愚夫도 알며 ᄒ거니 긔 아니 쉬운가
> 聖人도 몯다 ᄒ시니 긔 아니 어려운가
> 쉽거나 어렵거나 듕에 늙ᄂ 주를 몰래라.

초장 중장은 동일한 구문, 동일한 서법으로 이루어져서 반복 강조의 효과가 있다. 그러면서도 '우부와 성인', '쉬움과 어려움'이라는 양극단을 들어 대조를 통한 변화의 묘를 느끼게 한다. 그리고 종장에서는 늙음을 잊고 정진해 가는 구도자의 모습을 찬탄讚嘆의 어조로 그리고 있다. 시적화자 자신에 대한 진술이 분명함에도 마치 제3자의 모습을 객관적으로 묘사하듯이 해 두었다. 성학주체聖學主體로서 든든히 서게 된 시적화자 자신의 모습을 대견스레 여기며, 자기 자신의 모습에 스스로 찬탄하다 보니 이러한 진술태陳述態가 빚어진 것이 아닐까 여겨진다. 자기에 대한 믿음, 자신에 대한 신뢰, 스스로의 정체감에 대한 확신—이것만큼 사람을 든든하게 하고 고양시키는 것은 없다. 이러한 새로운 경지의 열림을 내다보면서 퇴계는 크나큰 안도감을 가지고 찬탄을 발하고 있었던 것이다.

이렇게 찬탄 속에서 무르익는 확신과 결의, 확신과 결의를 통하여 더욱 새로워지는 찬탄의 서정이 「도산십이곡」의 「언학」에 잘 구현되어 있다. 그리고 이러한 서정은 안도감 속에서 구현된 「언지」의 자기위무 자기격려에 의하여 든든히 뒷받침되고 있다. 결국, 「도산십이곡」 전편은 이렇게 안도감과 찬탄에 토대를 둔 위무와 격려, 확신과 결의의 서정으로서, 퇴계 자신의 노경 추스르기, 자기치유의 서사적 기획으로 이해할 수 있고, 그렇게 읽어야만 훨씬 더 정합적인 작품 이해가 가능할 것이다.

4. 결어: 노경의 마음 추스르기와 배움의 길 걷기

이제까지 「도산십이곡」의 텍스트 질감을 더듬어 시상의 전개양상과 서정의 양상을 파악해 보았다. 그 결과 「도산십이곡」은 교훈시로서보다는 체험서정의 순수서정시로서 이해될 필요가 있음을 확인하였다.[10] 그리고 그것은 한 마디로 '노경의 마음 추스르기와 배움의 길 걷기'로 요약될 수 있는 것이었다. 여기서는, 「도산십이곡」이 지어지던 환갑 전후 퇴계의 생애 사실에 비추어, 이에 관하여 좀 더 부연 보충해 보고자 한다.

그동안 「도산십이곡」을 교훈시로서 해석해 온 관습은 「도산십이곡발」의 언급으로부터 유래한 측면이 컸다. 그러나 이 글도 자세히 읽어보면 「도산십이곡」이 교훈시로서 지어진 것이 아니고 오히려 순수서정의 발로임을 알게 해 준다. 해당 대목을 보기로 한다.

老人素不解音律。而猶知厭聞世俗之樂。閒居養疾之餘。凡有感於情性者。每發於詩。然今之詩 異於古之詩。可詠而不可歌也。如欲歌之。必綴以俚俗之語。蓋國俗音節。所不得不然也。故嘗略倣李歌。而作爲陶山六曲者二焉。其一言志。其二言學。欲使兒輩朝夕習而歌之。憑几而聽之。亦令兒輩自歌而自舞蹈之。庶幾可以蕩滌鄙吝。感發融通。而歌者與聽者。不能無交有益焉。顧

---

10) 체험서정에 대한 논의는 최재남 교수의 『체험서정시의 내면화 양상 연구』, 보고사, 2012를 참조할 수 있다.

自以蹤迹頗乖。若此等閒事。或因以惹起鬧端。未可知也。又未信其可以入腔
調諧音節與未也。姑寫一件。藏之篋笥。<u>時取玩以自省。</u>11)

밑줄 친 대목들을 검토해 보기로 하는데, 우선 "閒居養疾之餘"라는 표
현에 주목해 보기로 한다. '거병去病'이나 '치질治疾'이라 하지 않고 '양
질養疾'이라 쓰고 있다. 노인의 몸은 어딘가 아프고 괴로운 상태에 있는
경우가 많다. 그렇다고 그것이 약이나 의술을 통해 금방 고쳐지는 것도
아니다. 그야말로 양생養生을 통해서 관리할 수밖에는 없는 깃이 노인의
몸이다. 이 표현은 그저 관습적이고 상투적인 표현이 아닌 퇴계의 노경
일상을 규정하는 가장 적확한 표현이었다. 이러한 사정은 58세 때에 올
린 「무오사직소戊午辭職疏」(1558)에 구구절절 소상히 밝혀져 있기도 하
다.12)

다음 대목은 이 노래의 효용에 대한 기대의 발현이라 할 수 있다. 아
이들로 하여금 익혀 가창을 하게 하면 들을만하리라는 것, 자발적으로

---

11) 『退溪先生文集』, 卷之四十三, 跋, <陶山十二曲跋>.
12) 『退溪先生文集』, 卷之六, 疏, <戊午辭職疏>. 자기의 병력病歷에 대한 주요 언급을
   적시하면 다음과 같다. ①에는 퇴계의 섬약한 체질과 여러 병증의 발병 과정이
   소상히 밝혀져 있고, ②에는 건강이상으로 인하여 직무를 감당하지 못했던 전력
   들이 밝혀져 있으며, ③에는 60을 바라보는 그의 병들고 쇠한 심신의 상태가 보
   고되어 있다.
   ① 臣稟性凡劣。憒不曉事。夙嬰疾病。氣血凋虛。遂至於沈痼難治。因此失學。年過三
   十。僥倖科第。中遭喪棘。加以心疾。屢瀕死地。僅而得甦之後。其患往復。一有勞煩。輒
   復發動。方寸不安。其職將何以效匪躬而應世務乎。
   ② 以理言之。自此當不復與於朝班之後。可也。猶且貪戀國恩。遲回歲月。至于癸卯。當
   中廟之末。犬馬之齒。四十有三。而病勢日深。身爲司成。不能供職。因受由而退歸。明年
   甲辰。以校理召還。已而。二聖昇遐。主上嗣服。哀隕佐惚之餘。增病艱仕。丙午之春。又
   以司僕正。受由而歸。又明年丁未。以應敎召還。戊申。出守丹陽。其年。換豐基。己酉。
   以久曠邑務。不得已呈狀徑歸。越三年壬子。復以應敎召還。自是而至乙卯。三數年間。
   恩愈加而病愈甚。每授一職。率不能堪。
   ③ 年垂六十。百疾纏綿。枯槁委頓。昏憒錯謬。而猶以爲可從王事也。

노래하면서 춤까지 추게 할 수 있다면 "蕩滌鄙吝, 感發融通"의 효과도 기대할 수 있으리라는 것, 그렇게만 된다면 듣는 자나 노래하는 자 모두에게 유익하리라는 것이 그 골자다. 여기서는 창작의 변을 밝히는 것이어서 실제 이렇게 시행이 되었는지의 여부는 정확히 알 수 없지만, 가창에 대한 퇴계의 기대가 얼마나 컸던가는 충분히 짐작할 수가 있다.

마지막 구절 "時取玩以自省"은 이 작품이 자기위안과 자성의 자료로 기능했던 것임을 드러내 준다. 가창이며 무도는 아이들이 기꺼이 따라줄 때만 가능한 것이고 또 전문적인 지도도 필요한 사항이어서 반드시 기약할 수 있는 것이 아니었을 터이나, '스스로 즐기며 자성하는 일'은 언제나 가능한 일이었을 것이다.

이상을 통하여 우리는 「도산십이곡」이 "閒居養疾"의 상관물 중 하나임을 알 수 있고, "蕩滌鄙吝, 感發融通"의 효과까지를 내다볼 수 있는 새로운 가창문화의 시도였음을 알 수 있다. 그러나 이런 효용들의 바탕에는 "玩以自省"을 가능하게 하는 「도산십이곡」 특유의 서정적 진정성이 자리 잡고 있음을 알게 된다.

그렇다면 노쇠해 가는 몸을 양생養生해 가며 스스로를 격려하고 자성하면서, 가야만 했고, 또 가고자 했던 퇴계의 길은 무엇이었는가? 이것은 그가 절박하게 인식하고 있었던 시대적 과제와 맞물린 것이기도 한데, 그 점에 대해서 좀 더 고찰해 보기로 한다. 그의 현실인식이며 시대관, 선비로서의 소명에 대한 인식을 가장 또렷하게 보여주는 글은 「정암조선생행장靜菴趙先生行狀」인데, 이에 관해서 우선 간략히 살펴보고 넘어가기로 한다. 퇴계는 쇄도하는 요청을 대부분 거절하고 행장이나 묘비 등을 많이 짓지 않았는데, 특히 행장은 7편만이 전한다. 행장수찬청行狀修撰廳 당상관이 되어 그의 이름으로 전하게 된 명종明宗의 행장과, 부친 이식李埴(1463~1502)[13]의 행장을 제외하면 5편인데, 모두가 다 퇴계 자신의 화두話頭를 반영하고 있는 글들이다. 입전 대상 인물들은 농암聾巖

이현보李賢輔(1467~1555), 금계錦溪 황준량黃俊良(1517~1563), 정암靜菴 조광조趙光祖(1482~1519), 회재晦齋 이언적李彦迪(1491~1553), 충재冲齋 권벌權橃(1478~1548)인데, 특히 정암의 행장은 침중한 문제의식을 가지고 매우 공력을 기울여 쓴 글이다.

「퇴계연보」에 의하면, 이 글은 퇴계가 64세였던 1564년(갑자년) 9월에 쓴 것으로 되어 있다. 아직도 조광조의 이름 석 자가 '뜨거운 감자'와도 같던 시절이었다. 중종의 비였던 문정왕후가 여전히 실권을 장악하고 군림하던 때여서, 조광조 복권復權과 신원伸寃은 사림士林의 공론이었음에도 불구하고 그 실현이 요원한 때였다. 물론 인종 원년(1544)에 1차 복관復官이 되었지만 인종이 8개월 만에 서거하자 곧바로 문정왕후가 집권하게 되었고, 문정의 치세 내내 '조광조'는 또 다시 입에 올리기를 기피하는 이름이 되고 말았다.14) 집필 당시의 상황은 「행장」 말미에 다음과 같이 기술되어 있다.

> 근래에 판관(*정암의 둘째 아들)이 또 사람을 보내어 편지를 전하고, 아울러 『음애일록陰崖日錄』 등 두 가지 서적을 보이면서 말하기를, "사적을 더 찾을 수가 없고, 사방으로 돌아보아도 저의 선인을 위하여 기꺼이

---

13) 선산부사善山府使 정정鄭禎의 손자로, 황滉의 아버지이다. 아버지 계양繼陽이 과거를 포기하고 자식들을 가르치고 독서하는 것을 주로 하였으므로 동생 우堣와 함께 학문을 배웠다. 장인인 예조정랑 김한철金漢哲이 서적을 많이 가지고 있었는데, 일찍 죽자 그 책들을 물려받아 이를 계기로 경사經史·제자백가諸子百家 등을 연구하였다. 1501년(연산군 7) 진사시에 입격하였으며, 고향 남쪽 근처에 건물을 짓고 생도들을 모아 교육하려고 계획하였으나 이듬해 병사하였다. 그의 공부하는 기풍과 자제 훈육은 아들 황으로 하여금 크게 성취하게 하는 기틀을 마련하였다(네이버 백과사전).

14) 문정왕후는 12세 어린 아들(명종)이 즉위한 1545년 수렴청정을 시작한 이래로 1565년 갑자기 서거하기 이전까지 20년 동안 권좌에 군림하고 있던 실질적인 통치자였다. 세종이나 세조도 마음대로 시행할 수 없었던 호불정책을 관철시켰고, 이기李芑(1476~1552) 등 훈구파를 중용하여 사림士林을 억제하였다.

붓을 잡을 자가 없으므로 감히 두 번 세 번 번거롭게 청합니다."하였는
데 사정이 매우 애처로웠다. 내가 혼자, '비록 선생의 문하에서 직접 배
우지는 못하였으나 선생에게 받은 영향은 많은데, 이미 비명碑銘을 사양
한 데다 또 행장을 짓지 않는다면, 어찌 정이 지극하면 일이 따른다 하
겠으며…

그 당시 모두가 꺼려하던 정암 조광조의 행장을 짓는다는 것은 각별
한 용기와 확신을 필요로 하는 일이었다. 실제 퇴계는 자료의 미비를 들
어 집필을 사양한 적이 있었으나, 더 이상 사양하는 것은 도리가 아니라
고 여겨 용기를 낸 것이었다. 이러한 모험적 결단을 내리게 된 데에는
고립무원의 그 아들을 애처롭게 여기는 인간적 배려가 물론 있었겠지만,
정암 조광조를 화두話頭로 당면한 과제를 확인하고 부박浮薄한 세태에
경종을 울리고자 하는 퇴계 자신의 의지가 작용하고 있었던 것으로 보
인다. 퇴계는 정암의 행장을 비빌 언덕으로 삼아 천도天道와 인도人道,
당위와 현실 사이 인간의 선택과 운명, 출처진퇴의 도리 등에 관하여 진
지하게 물음을 제기하고 대안을 모색해 가며 자기정리를 하고 있다. 퇴
계의 시대인식과 문제의식이 날카롭게 드러나 있는 대목을 한 군데만
인용해 보기로 한다.

하늘에 있는 것은 본래 알 수 없지마는, 사람에게 있는 것도 역시
일괄적으로 논할 수는 없다. 그러면 선생이 추구한 도를 이미 공자·맹
자·정자·주자의 도라고 하였으니, 선생이 세상에서 큰 일을 못한 것은
괴이할 것이 없고, 다만 벼슬길에서 물러나 그 도의 실상을 크게 천명하
여 우리 동방의 후세 사람들에게 복이 되게 하지 못한 것이 한탄스러울
뿐이다. 또 대개 하늘이 큰 임무를 사람에게 내리려 할 적에 어찌 젊을
때에 한 번 이룬 것만으로 대번에 만족하게 여기겠는가. 필시 중년과

말년에 풍족하게 공을 쌓은 후라야 자격이 크게 갖추어지는 것이다. ①가령 선생이 애초에 성세聖世에 갑자기 등용되지 않고 집에서 한가히 지내며 궁벽한 마을에 숨어 살며 더욱 이 학문에 힘을 다하여 오랜 세월에 걸쳐 깊이 연구했더라면 연마한 것이 관철되어 더욱 고명해지고, 수양한 것이 높고 깊어 더욱 넓고 해박해져서 환하게 낙건洛建의 근원을 찾고, 수사洙泗의 영향을 받을 수 있었을 것이다. 대개 이와 같이 되었더라면 당대에 받는 지우知遇는 받아도 좋고 못 받아도 괜찮았을 것이다. 믿는 것은 이 도와 도학자를 위하는 길은 교훈을 세워 후세에 전하는 한 가지 일이 있을 뿐이었다. 이제 선생은 그렇지 못하였으니, 첫째 불행은 등용되어 발탁된 것이 너무도 갑작스러웠다는 것이고, 둘째 불행은 벼슬에서 물러나기를 구하였으나 뜻을 이루지 못하였다는 것이고, 셋째 불행은 귀양 가서 일생을 마친 것이어서 앞에 말한 중년·말년에 풍족하게 공부할 만한 겨를이 없었던 것이다. 교훈을 세워 후세에 전하는 일은 더더군다나 이룰 수가 없었다. 그렇다면 하늘이 이 사람에게 큰 책임을 내린 뜻은 결국 무엇이었던가. 이 때문에 오늘날 선생이 남긴 것을 찾아 사람들의 마음을 맑게 하고 바른 학문을 열어 주는 방법으로 삼으려 하여도, 의거할 만한 단서가 거의 없었다. ②헐뜯는 무리의 끝없는 담론이 화복과 성패의 결과만으로 판단하는 데서 벗어나지 못하여 세도世道가 더욱 투박偸薄해졌다. 그리하여 마침내 멋대로 지목하여 서로 헐뜯자, 몸조심하는 이들은 말하기를 꺼리고 자식을 가르치는 자는 이를 경계로 삼았으며, 선량한 이를 원수로 여기는 것이 여기에서 비롯하게 되어서 더욱 우리 도에 병폐가 되었다. 아아, 이것이 어찌 실로 요 임금의 유지遺志를 순 임금[重華]이 계승하여 이 도학을 보호하고 나라의 기맥을 길이 이어가게 하는 장한 뜻이겠는가. 이것은 또 뒤에 오는 어진 임금과 현명한 재상 및 무릇 세상을 다스릴 책임을 진 자가 마땅히 깊이 근심하고 영구히 거울삼아서 힘써 구제할 점이다.

이 대목은 정암의 평생 사적을 길게 서술한 후에 이어지는 평결評結에 준하는 대목인데, 안타까움을 동반한 물음으로 시작되고 있다. ①은 가정법을 동원하여 바람직한 대안은 무엇이었을까를 모색해 보이고 있다. ②는 성패成敗나 화복禍福의 드러난 결과만을 가지고 인물을 평가하는 부박한 세태에 대한 개탄이다. 특히 조광조라는 이름을 경계 대상으로 지목하여 자녀들을 가르치기까지 하는 어처구니없는 행태를 비판적으로 성토하고 있다. 차탄嗟歎을 동반하여 매듭을 지은 이 대목의 결론은 후세 임금이나 정국을 운영할 대신들에게 두는 당부다. 실제 퇴계의 이러한 당부는 문정왕후의 급서急逝와 명종의 서거 이후에 새로 등극한 선조와 그 당국자들에 의하여 실현된 바가 있다. 선조 원년인 1567년의 공식적인 신원 복권이 바로 그것이다. 영의정 증직贈職과 문정文正이란 시호諡號 부여는 이러한 신원 복권의 완료를 알리는 사건이었다. 그리고 퇴계 사후 11년 되는 1581년(경진)에는 태학太學 제생諸生의 발의와 성금으로 묘역을 정비하고 묘비(율곡 이이 찬)와 신도비(소재 노수신 찬)를 건립하는 성대한 축제를 벌이기도 했다.15)

정암과 퇴계를 묶어주는 끈은 지치至治와 성학聖學이었다. 성학을 통한 지치의 구현이었고, 지치를 통한 성학의 전파 확대였다. 퇴계가 지극히 애통해 하는 것은 일세의 큰 스승으로 여기는 정암의 입언立言에 접할 수 없다는 점이었다. 너무 일찍 정사에 매이고 너무 일찍 화를 당하는 바람에 그렇게 된 것이라 여기고, 이 점을 못내 안타까워하고 있다. 이러 측면에서 「정암조선생행장」이야말로, 도산 은거 시기 퇴계가 품고 있었던 현실인식이나 시대관時代觀의 논리적 구체화라 할 수 있다. 노산

---

15) 이렇게 기묘사화가 일어난 1519년에서 묘역 정비를 마친 1581년까지, 반세기 이상에 걸친 조광조의 신원 복권 운동은 사림士林의 정치적 헤게모니가 정립되어 가는 과정이기도 했다. 이러한 도정道程에서 퇴계가 보여준 행장 집필의 조용한 결단은 퇴계 자신에게나 사림 전반에 중대한 모멘텀을 부여한 것이기도 했다.

경영의 근본취지도 이 행장에 드러난 과제인식이나 소명의식과 크게 다르지 않다.

이렇게 퇴계는 정암의 실패한 지점에서 다시 시작하고 있었다. 성학聖學의 길을 제대로 닦고 그것을 구현할 수만 있다면, 비록 내가 나서 지치至治를 실현하지는 못 한다 하더라도, 언젠가는 동지同志와 동학同學들을 통해서 그 실현이 가능하리라는 겸허한 자기다짐과 자기책려自己策勵가 「도산십이곡」에 구현된 것이라고 본다. 정암의 일생을 거울삼아 좀 더 철저히 공부하며 성학의 길을 정진해 가고 입언수후立言垂後의 기틀을 다지고자 하는 것이 그의 뜻이었고 삶이었으며, 그 이정표里程標와도 같은 것이 「도산십이곡」이었다.

퇴계는 62세경 「도산십이곡」을 짓고, 64세에 정암의 행장을 지었다. 다소간의 시차가 있지만, 정암 행장의 집필이 여러 복합한 사정 속에서 수년간 표류하고 있었다는 사실, 더욱이 퇴계는 제1차로 위촉을 받은 당사자로서 그 동안에 마음의 준비와 결단의 과정을 거쳐야 했다는 점에 미루어, 이 둘은 서로 표리表裏의 관계를 이루고 있다고 해도 과언이 아니다. 노쇠해 가는 몸을 추슬러가며 완수해 내야 할 시대적 과업을 퇴계는 또렷이 인식하고 있었다.

이 미완의 시대적 과제를 감내해 내기 위하여, 퇴계는 양생養生에 힘쓰는 한편 수신修身에도 각별히 유념하였다. 「도산십이곡」은 이 양생과 수신을 한데 아울러 "玩以自省"의 자료로 삼고자 했던 퇴계의 좌우명과도 같은 것이었다. 『대학』에 제시된 수신법의 절차나 『중용』이 계시하고 있는 성학聖學의 길을 충실히 반영하여 설계한 수신의 이정표里程標였고, 자칫 나약해지기 쉬운 노인심리를 추슬러 가며 스스로를 고무하고 격려하는 자기치유自己治癒의 양생기획養生企劃이었다.

이렇게 「도산십이곡」은 일모도원日暮途遠을 자각한 퇴계의 자기 양생을 위한 '마음 추스르기'의 산물이자, 더 이상 한눈팔지 않고 성학의 길을 흔들림 없이 정진해 가겠다는 '배움의 길 걷기'의 이정표와 같은 것이었다. 뚜렷한 스승이 없어 평생을 목말라 하던 퇴계가 『주자대전』으로 '큰 바위 얼굴'처럼 다가서는 주자와 자기 시대의 화두와도 같았던 정암 조광조를 재발견하고, 어떠한 마음가짐으로 성학의 길을 가야 할지를 경건하게 묻고 찾았던 자아성찰과 자기반성의 산물이었다. 참고로 도산생활의 또 다른 안내자이기도 했던 도연명에 화답한 시 한 편을 도연명의 원시와 함께 인용해 본다. 이 시에는 도연명에 대한 경도 못지않게 그로부터의 거리를 또렷하게 자각하는 퇴계의 구도적求道的 경건이 느껴진다.

東方有一士	동방 이 나라에 한 선비 살고 있어
夙志慕斯道	일찍부터 세운 뜻 이 학문을 연모하여
春糧欲往從	양식을 싸 가지고 찾으려 하였으나
守隅今向老	외진 곳 지키노라 이제 이미 늙었다오.
孰能論迷塗	뉘라서 나를 위해 아득한 길 잡아 줄꼬
人皆惡衰槁	노쇠하고 메마름을 사람들은 싫어하네.
蹙蹙顧四方	걸음을 주저하며 사방을 돌아봐도
不見同所好	내 뜻과 함께 할 자 보지를 못했다오.
空知五車書	부질없이 오거서를 읽어서 아는 것이
終勝萬金寶	만금에 견줄 일이 아닌 줄을 알았도다
至哉天下樂	아름답다 그지없는 천하의 즐거움이
從來不在表	예부터 마음에 있고 곁에 있음 아니리라.[16]

16) 『退溪先生文集』, 卷之一, 詩, 「和陶集飮酒二十首」, 其十一. 퇴계학연구원의 『退溪全書』에 있는 번역인데, 다소간의 조정이 필요해 보인다. 특히 마지막 4개구 "空知五車書 終勝萬金寶 至哉天下樂 從來不在表"의 해석이 그렇다. 이 번역대로 하면 '오거서를 아는 것이 부질없다'거나 '부질없이 오거서를 알았다'로 이해되기 쉽게 되어 있는데, "空知"에 걸리는 것이 "五車書 終勝萬金寶" 전체로 보아야 훨씬 더 정합적이다. "오거서가 만금의 보화보다 낫다."는 격언을 그저 들어 알고 있는 정

顏生稱爲仁	안연은 주변 사람들로 부터 존경받았고
榮公言有道	영계기는 도통했다고 이름이 높았으나
屢空不獲年	쌀독은 자주 비고 수명도 짧아
長饑至於老	늘 굶주린 채로 늙어가야 했다.
雖留身後名	비록 죽은 후에 이름을 남기기는 하였으나
一生亦枯槁	그 한 평생이 마른 나무와도 같았다.
死去何所知	죽은 후에는 어찌 알겠는가
稱心固爲好	마음에 맞게 사는 일이 실로 좋은 일이로다.
客養千金軀	천금 같은 제 몸 귀빈처럼 대접해 봤자
臨化消其寶	죽음에 다다르면 모두 사라져 없어지리니,
裸葬何必惡	맨 몸으로 묻히는 게 왜 굳이 나쁘랴!
人當解意表	사람이 마땅히 속 깊은 참 뜻을 알아야 하리.[17]

뒤에 인용한 것이 도연명의 시인데, 그는 구도자의 삶도 부귀 지향의 삶도 다 부정하고 제3의 길을 선언하고 있다. 안연과 영계기와 같은 현인들의 구도자적인 삶에 회의를 표명하고 있고, 사치와 호화를 극했다는 전설적인 부호의 삶도 하찮게 여기고 있다. 죽은 후의 명성이며, 성대한 장례, 후장厚葬 따위에 연연할 필요가 없음을 밝히고 있다. 이 양극단을 모두 부정하면서 그가 취하는 노선은 '칭심稱心의 삶'이다. 마음에 맞게 사는 삶, 마음에 드는 대로의 삶, 마음대로의 삶이다. 이것은 넓게는 '심위형역心爲形役'으로부터[18] 벗어난 삶의 지향 전체를 가리키는 말이지

도였다는 뜻일 것이다. 그렇게 보면 마지막 구절 "至哉天下樂 從來不在表"라는 감탄의 내용도 훨씬 명료하게 다가온다. "이제야 독서의 참맛을 알았다!"는 신선한 깨달음의 외침으로 볼 수 있는 것이다. 퇴계의 도산생활이 어떻게 무르익어 갔는지를 알게 해 주는 표현이다.

17) 『陶淵明集』, <飮酒二十首>, 其十一.
18) 「귀거래사」에서 그는 지난날의 삶이 심위형역心爲形役의 전도顚倒된 삶이었음

만, 「음주」라는 표제에 비추어 본다면 마음대로 술 마시며 즐겁게 살겠다는 뜻에 다름 아니다.

이에 비해 앞에 든 퇴계의 화시和詩는 도연명의 원시에 대한 공명共鳴 못지않게 분명한 이취異趣를 드러내 보이고 있다. 어조와 시적인 분위기도 확연히 다르다. 퇴계는 이 시를 통해 비록 사람들이 거들떠보지 않는 길이지만, 자기는 그 길을 가겠노라고 선언하고 있다. 안내해 줄 만한 스승을 만나지 못했었고, 이제도 함께 갈 길동무가 없을지라도, 일찍이 '사도斯道'에 뜻을 둔 이상 그 길을 혼자서라도 가겠다는 단단한 결의다. 한마디로 '동방유일사東方有一士'가 되겠다는 다짐이다. 그런데 이 '동방유일사'라는 표현 또한 도연명으로부터 차용한 것이기도 하다.19) 「의고擬古」 제5수에 구현된 은자隱者의 표상이 바로 그것인데, 퇴계는 이 은자의 상에 학구적인 구도자의 이미지를 덧입혔다고 할 수 있다. 결국 「화도집음주」 제11수는 퇴계가 도연명의 「음주」 제11수와 「의고」 제5수를 결합하면서도 퇴계 나름의 독특한 구도자상을 부조浮彫해 내고 있다고 할 수 있을 것이다. 그가 꿈꾸었던 것은 『주자대전』을 정독하면서 성학을 구현해 낼 그런 인간상, '동방의 한 선비'가 되고자 하는 것이었다.

그런데 바로 그런 성학의 주체, 성학 구현의 인간상은 「도산십이곡」의 최후적 대단원인 제12수에서 '쉽거나 어렵거나 들에 늙는 줄을 모르며' 정진해 가는 구도자의 상으로 형상화 되어 있다. 치유 비전의 궁극에 성학 구현의 구도자상을 부조浮彫해 둔 것이라 할 수 있다. 이렇게 「도산십

을 뼈저리게 반성한 바 있다. '마음이 몸(형체)의 부림을 받은 노예적 삶' 이었음을 뼈저리게 자각하며 그는 귀거래의 결심을 굳혔다.

19) 「擬古 五」의 원문은 다음과 같다. 가난하나 음악적 풍류 속에 사는 넉넉한 인품의 인물로 그려져 있다.

"東方有一士 被服常不完。三旬九過食 十年著一冠。辛苦無此比 常有好容顔。 我欲觀其人 晨去越河關。青松夾路生 白雲宿簷端。知我故來意 取琴爲我彈。上絃驚別鶴 下絃操孤鸞。 願留就君住 從今至歲寒。"

이곡」은 퇴계 자신의 심신 치유와 밀접한 관련을 맺고 있으며, 그 궁극적인 비전 제시를 통하여 성학적 이상사회와도 연결고리를 만들고 있다. 결국 「도산십이곡」은 정암 조광조를 비롯하여 뜻 있는 선배들이 꿈꾸었던 지치至治의 이상사회도 이러한 구도자상의 정립과 확산을 통하여 비로소 실현될 수 있을 것이라는 깨달음의 전망을, 조용한 기대감과 확신의 안도감 속에서 드러내 보인 자기다짐의 언어라 할 수 있을 것이다.

　　"쉽거나 어렵거나 듕에 늙는 주를 몰래라!"

참고문헌

『고문진보』

『대학』

『중용』

『맹자』

『도연명집』

김남주, 『사상의 거처』, 창비, 1991.

이황, 민족문화추진회 역, 『국역 퇴계집』, 1977.

___, 민족문화추진회, 『퇴계집』, 『한국문집총간』 제29~31책, 1989.

조광조 저, 정암조선생기념사업회 역, 『국역 정암조선생문집』, 1978.

성기옥, 「도산십이곡의 재해석」, 『진단학보』 91집, 2001.

_____, 「도산십이곡의 구조와 의미」, 『한국시가연구』 11집, 2002.

정운채, 「퇴계 한시 연구」, 서울대 석사논문, 1987.

_____, 『문학치료의 이론적 기초』, 문학과치료, 2006.

_____, 「문학치료학의 서사 및 서사의 주체와 문학연구의 새 지평」, 『문학
　　　치료연구』 제21집, 한국문학치료학회, 2011. 10.

_____, 「심리학의 지각, 기억, 사고와 문학치료학의 자기서사」, 『문학치료연
　　　구』 제20집, 한국문학치료학회, 2011. 7.

최서기, 「퇴계의 대학 해석과 그 의미」, 『퇴계학과 한국문화』 36호, 경북대
　　　퇴계연구소, 2005.

최재남, 『체험서정시의 내면화 양상 연구』, 보고사, 2012.

郭斯萍心理学博客, 「宋代理学发展心理学思想初探」.

제3장 작품론

시조의 분류
- 작품론을 겸하여 -

신 웅 순*

1. 명칭

(1) 음악

시조는 원래 음악상의 명칭이었다. 그러던 것이 근대에 들어와 서구 문화의 영향으로 다른 문학적 시형과 구분하기 위하여 음악상의 명칭을 차용, 문학상의 명칭으로 사용되고 있다. 현재 통용되고 있는 시조 명칭은 음악상으로는 '시조창'으로 문학상으로는 '시조'로, 문학과 음악의 서로 다른 장르로 사용되어오고 있다.

음악상의 명칭으로 사용된 '시조' 명칭의 문헌은 다음과 같다.

> 본조 양덕수가 금보를 만들었는데, 『양금신보』라 칭하고, 고조古調라 한다. 본조 김성기가 금보를 만들었는데 『어은유보』라 칭하고, 시조時調 라 한다.[1]

---

* 중부대학교.

1) 작자 미상의 『병와가곡집 瓶窩歌曲集』의 '음절도音節圖'(1776~1800추정).
   本朝 梁德壽作琴譜 稱梁琴新譜 謂之古朝 本朝 金聖器作琴譜 稱漁隱遺譜 謂之時調

처음 듣는 노래는 모두 太眞(양귀비)을 말한다.

지금도 마외 언덕 싸움터에서 죽은 한을 노래한 것 같다.

일반적으로 시조는 장단을 얹혀서 부르는 노래인데

장안에 사는 이세춘으로부터 비롯된 것이다.[2]

현 시조 명칭으로 불리기 이전까지의 '시조' 명칭은 고조古調와 상대
되는 '현재 유행하는 노래'의 뜻으로 쓰였다. 석북의 『관서악부』(1774,
영조 50년)의 시조 명칭은 현 시조창의 명칭인가는 확실한 전거는 없다.
이도 고조의 가곡이 아닌 새로운 곡조의 가곡창을 지칭한 것일 가능성
이 높다.[3]

구체적인 전거는 석북의 『관서악부』 이후의 자료에서 찾을 수 있다.

누군가 달 밝은 밤 연련하여 시조를 부르는 소리 처량하구나. (주)
시조는 시절가라고도 하는데 항간의 속된 말로 되어 있고 느린 곡조로
부른다.[4]

'기생 한 떼 미치광이와 같이 길을 막고 긴소매 나부끼며 시절단가
부르는 소리 질탕한데 찬바람 밝은 달밤에 3장을 부르더라.' 그 주해에
속가를 시절가라 한다.[5]

(麗朝 鄭瓜亭敍譜與漁隱遺譜同).

2) 석북 신광수(1712~1775)의 문집 《석북집》 권지십, 『관서악부』(1774, 영조
50년) 참조.
初唱聞皆設太眞 至今如恨馬嵬塵 一般時調排長短　來自長安李世春
3) 김용찬, 『교주 병와가곡집』, 월인, 2001, 25쪽; 박규홍, 『시조문학연구』, 형설출
판사, 1996, 24쪽; 신웅순, 「시조창연원소고」, 『한국문예비평연구』 제13집2003,
133, 4쪽.
4) 李學逵(1770~1835)의 『洛下生稿』 觚不觚詩集 '感事' 34章
…… 誰憐花月夜 時調正悽悽 (註) 時調亦名 時節歌 皆 閭巷俚語 曼聲歌之……

〈자료 1〉「유예지」악보

이학규(1770~1835)의 『낙하생고』, 유만공의(1793~1869)의 『세시풍요』(1843)에서는 시조를 '시절가'라 주에서 정의하고 있다. 지금의 시조창임을 알 수 있다.

서유구(1764~1845)의 『유예지』권 제6의 양금자보 말미의 '시조',6) 이규경(1788~?)의 『구라철사금보』말미의 '시조',7) 『삼죽금보』(1864, 고종 원년)의 '시조', '소이시조(지름시조)'8)는 현 시조창의 고악보들이다.

시조라는 명칭은 적어도 석북의 『관서악부』이전에는 고조古調의 상대되는 '현재 유행하는 노래'의 뜻으로 쓰였던 것으로 보이며 『관서악부』

---

5) 柳晩恭(1793~1869)의 『歲時風謠』(1843) 寶兒一隊太癡狂 裁路聯衫小袖裝 時節 短歌音調蕩 風吟月白唱三章 (註) 俗歌曰 時節歌
6) 『한국음악학자료총서 15』, 은하출판사, 1989, 149쪽.
7) 『한국음악학자료총서 14』, 은하출판사, 1989, 112쪽.
8) 『한국음악학자료총서 2』, 은하출판사, 1989, 104쪽.

〈자료 2〉「삼죽금보」악보

이후『낙하생고』이전 1800년 전후에 현 시조창이 생겨난 것으로 보인다. 이것이 1800년 후에서야 서유구(1764~1845)의『유예지』이규경(1788~ ?)의『구라철사금보』에 채보되었다.[9] 이때까지만 해도 시조의 명칭은 음악상으로서의 명칭으로 쓰였다.

---

9) 신웅순, 앞의 책, 137쪽.

(2) 문학

문학상의 장르 명칭으로 사용하게 된 것은 1920년대 후반부터이다. 1800년 이후에 '시조'가 음악상의 명칭으로 불리워지고 있다가 1920년대 시조부흥운동 이후 지금의 시의 형태인 시조로 고정되어 불리워졌다. 육당의 「조선 국민 문학으로서의 시조」[10](1926. 5)에서 문학상의 장르 명칭의 출발점을 찾을 수 있다.

> 「시조」라 하여 단가의 창작을 시도한 것은 단재(신채호) 육당(최남선) 등의 고전부흥운동의 일익으로 근대 민족주의 풍조가 우리나라에 발흥하려던 시대의 산물이었던 것이다. (중략) 「시조」라는 것이 국문학의 형태로 의식된 것도 이 시대의 일이었다.[11]

한국문학을 사적으로 체계화 시킨 첫 업적으로 안자산의 『조선문학사』를 꼽을 수 있다. 그런데 이 책에서 안자산은 가집 소재의 노래 작품들을 '가사'라고 하였을 뿐 '시조'라는 명칭을 사용하지 않고 있다. 그러나 그 뒤 그가 발표한 「시조의 체격·품격」(동아일보 1931. 4. 12~19) 등 여러 편의 논문들과 시조에 관한 전작 단행본으로는 첫 업적으로 추정되는 『시조시학』 등에서 이러한 상황이 달라졌음을 볼 때 적어도 근대 이후 창작이나 연구에서 시조라는 명칭을 사용한 것은 1920년대 후반부터라고 힐 수 있다. 따라서 특정 시 형태의 명칭으로 고정되었고 창작 혹은 연구 대상으로 부각된 계기는 이 시기의 시조부흥론이었고, 그 본

---

10) 최남선, 「조선 국민 문학으로서의 시조」, 『조선문단』, 1926. 5.
   내던젓든 부시쌈지 속에는 나를 좀 보아 주어야지 하는 시조란 것이 이 네의 새 주의 주기를 기다리고 잇섯다. 별것이나 차저낸 것처럼 시조 시조 하는 소리가 문단에 새 메아리를 일흐켯다.
11) 지헌영, 「단가 전형의 형성」, 『호서문학』 제4집, 1959, 128쪽.

격적인 출발을 육당의 「조선국민문학으로서의 시조」로 잡을 수 있다는 점에 이론의 여지가 없을 것이다.[12]

처음에는 음악상의 명칭으로 불리다가 1920년대 이후 문학상의 명칭으로 불리기 시작하면서 시조는 음악·문학상 통칭하는 명칭으로 부르게 되었다. 작금에 와서는 음악상의 명칭으로는 '시조창'으로 문학상의 명칭으로는 '시조'로 부르고 있는 것이 일반적이다.

그러나 1920년 대 이전에는 시조가 반드시 음악상의 명칭으로만 불리지도 않았던 같다. 석북과 동시대의 인물이기도 했던 채제공의 번암집에는 시조가 문학상의 명칭으로도 불리고 있었음을 말해주는 전거가 있어 이에 대한 고구가 필요하다.

> 내 일찍이 약산옹을 찾아뵈었더니 그 어른의 눈썹 사이에 즐거워하는 빛이 은은하게 서려 있었다. 미소 띤 어조로 내게 말씀하시기를, "오늘 선비를 얻었다네. 그의 성은 황씨이고 이름은 사술이라 하지. 얼굴은 옥 같고 두 눈동자는 가을 하늘처럼 맑더군." 하면서 소매 속에서 시 몇 편을 꺼내시었다. "이것이 다 시조인데 그의 재주가 썩 뛰어나서 칭찬할 만하다네. 내게 수업을 요청하므로 허락했지. 자네도 그 사람과 잘 사귀도록 하게." 하시었다.[13]

당시엔 새로운 음악 장르였던 시조라는 명칭은 언급한 바와 같이 1800년 전후 시조창이 생겨나면서부터였다. 원래 시조는 음악적인 명칭

---

12) 조규익, 『가곡 창사의 국문학적 본질』, 집문당, 1994, 47쪽.
13) 蔡濟恭(1720~1799)의 ≪樊巖集≫, '淸暉子詩稿序'. 余嘗侯藥山翁 翁眉際隱隱有喜色 笑謂余曰 今日吾得士矣 其人姓黃迯其名 貌如玉 兩眸如秋 水袖中出詩若干篇 皆時調也 而其才絶可賞 請業』於余 余肯之 君其興之遊……

으로 쓰여 왔으나 1920년대 시조부흥운동 이후부터는 같은 명칭이면서 하나는 음악 장르로 또 다른 하나는 문학 장르로 쓰여 오늘에 이르고 있다.

1800년 전후 → 1920년 대 → 현대
시조(음악) → 시조(음악) → 시조(음악)
　　　　　　→ 시조(문학)

2. 시조의 분류

(1) 음악

최초의 시조악보는 정조 때 학자 서유구의 임원경제지 중『유예지』의 거문고보 끝에 실린『양금보』이다. 이『양금보』시조는 현재의 평시조에 해당된다.[14] 같은 시대인 이규경의『구라철사금보』도『유예지』의 양금보와 동일하다. 지름시조인 소이시조는『삼죽금보』(1864, 고종 원년)에 와서야 생겼다. 고악보에는 사설시조가 기보되어 있지 않아 사설시조의 확실한 연대 산정은 어렵다. 1864년 소이시조 기보 당시 사설시조의 기보 기록이 없는 것으로 보아 시설시조는 그 이후에 생긴 것으로 보인다.

평시조는 평탄하게 부르고 지름시조는 초장을 드러내어 부르고 사설시조는 촘촘한 가락으로 엮어서 부른다. 평시조는 가곡의 평거, 지름시조는 가곡의 두거의 창법을 본받은 곡이고 사설시조는 가곡의 편수대엽과 비교될 수 있다.[15]

음악상으로서의 시조는 평시조류, 지름시조류, 사설시조류로 대별되는 것이 일반적인 견해이다.[16]

---

14) 장사훈,『시조음악론』, 서울대 출판부, 1986, 16쪽.
15) 장사훈, 위의 책, 484쪽.

초·중·종장을 평탄하게 부름 – 평시조

초장을 드러내어 부름 – 지름시조

리듬을 촘촘히 엮어 부름 – 사설시조

(가) 평시조 계열[17]

평시조는 시조의 원형, 정격 시조이다. 원래는 '시조'의 명칭이었는데 소이 시조(지름시조)가 생긴 이후부터 이와 구별하기 위하여 평시조라 불렀다. 전체를 평탄하게 부르는 시조로 평시조, 중허리 시조, 우조시조 등을 들 수 있다.

중허리시조는 중장 중간 부분에서 높은 음이 있는 것 외에 초 · 종장은 평시조의 가락과 흡사하다. 가곡의 중거 형식에서 그 명칭과 형식을 땄다.

우조시조는 계면조의 평시조에 우조 가락을 삽입한 시조로 평시조 계열에 속한다.

평시조 계열 – 평시조, 중허리 시조, 우조시조

(나) 지름시조 계열[18]

지름시조는 가곡의 두거, 삼수대엽 창법을 모방하여 변조시킨 곡으로 두거·삼수시조라고도 한다. 초장의 첫째, 둘째 장단을 높은 음으로 질러 대고 중·종장은 평시조 가락과 같다. 지름시조를 두거, 삼수 시조 외에 중허리지름시조, 중거지름시조 등의 명칭이 있다. 지름시조는 처음부터

---

16) 구본혁, 『시조가악론』, 정민사, 1988, 27쪽; 이주환, 『시조창의 연구』, 시조연구회, 1963, 7쪽; 김기수 편저, 『정가집』, 은하출판사, 1990.

17) 신웅순, 「시조창분류고」, 『시조학논총 24집』, 한국시조학회, 2006, 250~251쪽.

18) 신웅순, 위의 책, 251~252쪽.

청태주로 질러댄다. 남창 지름시조, 반지름시조, 중·종장도 지르는 가락으로 꾸며진 온지름시조도 있다.

우조지름시조는 가곡의 우조풍 가락을 섞어 부르는 지름시조로 계면조에 의한 지름시조의 각 장에 평조의 하나인 우조가락을 섞어 부른다.

사설지름시조는 초장 초입을 남창 지름시조에서와 같이 통목으로 높은 음을 질러 시작하고 하고 중·종장에 리듬을 촘촘하게 엮어 부르나 곡마다 선율과 장단형이 조금씩 다르다.

사설지름시조 계열에 엇엮음시조인 수잡가가 있다. 세마치의 빠른 장단으로 엮어가는 시조라는 뜻에서 휘몰이시조라고 한다. 처음에는 지름시조와 같이 부르다가 중간에서 요성 자리가 서도 소리와 같이 중간음인 중려로 옮겨지고 다시 잡가조로 바뀌었다가 다시 시조 장단의 시조 창법으로 되돌아간다.

지름시조 계열 - 지름시조, 남창지름시조, 여창지름시조, 반지름시조, 온지름시조, 우조지름시조, 사설지름시조, 휘몰이시조

(다) 사설시조 계열[19]

평시조나 지름시조는 대개가 단시조로 구성되어 있으나 사설시조는 긴 자수의 장시조로 구성되어 있다. 가곡에 있어서의 '편', 잡가에 있어서의 '엮음', '자진'과 같은 형식과 비길 수 있다. 장단은 평시조의 틀로 구성되어 있고 평시조와는 달리 한 박에 자수가 많은 리듬을 촘촘하게 엮어서 부른다.[20]

반사설시조는 사설시조의 파생곡으로 평시조와 사설시조가 섞여 있는 시조를 말한다. 사설시조보다는 글자 수가 적고 평시조보다는 자수가 많

---

19) 신웅순, 위의 책, 252~253쪽.
20) 신웅순, 위의 책, 30쪽.

다. 반각시조라 부르기도 한다.

각시조는 특수한 창법으로 가사의 길이에 따라 장단에 신축성을 갖고 있다. 초장과 종장은 대체로 평시조형이고 중장은 지름시조형이다. 각은 중장, 종장 등에서 늘어난다. 전체적으로 보면 선율은 중허리시조 형태를 띠고 있다. 장단이 평시조나 지름시조 틀로 구성되어있으나 리듬을 촘촘히 엮어 불러야 하기 때문에 사설시조 계열로 보는 것이 좋을 듯하다.

사설시조 계열   사선시조, 반사설시조, 각시조

(2) 문학

시조 형태는 세 가지, 즉 평시조·엇시조·사설시조가 있다.[21] 평시조·엇시조·사설시조는 창법상의 분류이다. 이 창법상의 분류는 언급한 바와 같이 평시조류·지름시조류·사설시조류로 나누어지는 것이 일반적이다. 문학상의 분류로는 단시조(단형시조)·중시조(중형시조)·장시조(장형시조)로 나누어진다.

서원섭은 많은 시조에서 공통된 요소인 음수율을 만들고 그것을 근거로 해서 시조의 개념을 규정했다. 평시조(단시조)는 각장 내외 2구로 각장 자수는 20자 이내로 된 시조로, 엇시조(중시조)는 삼장 중 초·종은 대체로 평시조의 자수를, 중장은 그 자수가 40자까지 길어진 시조로, 사설시조(장시조)는 초·종은 대체로 엇시조의 중장의 자수와 일치하고 중장은 그 자수가 무한정 길어진 시조로 규정했다.[22]

이태극은 단시조(평시조)를 3장 6구 45자 내외로, 중시조(엇시조)를 단시조의 기준율에서 어느 한 구가 10자 이상 벗어난 시조로, 장시조(사설시조)는 두 구 이상이 각각 10자 이상 벗어난 시조라고 규정하였다.[23]

---

21) 이병기, 『시조의 개설과 창작』, 현대출판사, 1957, 13쪽.
22) 서원섭, 『시조문학연구』, 형설출판사, 1991, 32~50쪽.

김제현은 단형시조를 3장 6구 12음보로, 중형시조를 3장 가운데 한 장의 1구가 2~3음보 정도 길어진 시형으로, 사설시조는 어느 한 장이 3구 이상 길어지거나 두 장이 3구 이상, 혹은 각 장이 모두 길어진 산문적 시형으로 규정했다.[24]

단시조는 3장 6구로 12음보로 정의되는 것이 일반적이나 중시조와 장시조는 개념 규정이 명확하지 않다. 중시조는 1구가, 장시조는 2·3구가 더 늘어난 형태들이다. 단시조는 원래의 시조로 정격이고 중시조와 장시조는 정격에서 벗어난 변격 시조이다. 중시조는 정격에서 1구 정도가, 장시조는 2·3구 혹은 그 이상 벗어난 형태라고 말할 수 있다. 중시조와 장시조는 같은 3장이라는 용기에 내용물을 얼마나 많이 넣었느냐의 양의 문제로 보아야하지 정확히 정의하기는 어렵다.

문학상으로서의 시조 분류 정격 – 단시조(연시조): 3장 6구 12음보
변격 – 중시조: 1구 정도가 벗어난 형태
장시조: 2·3구 혹은 그 이상이
벗어난 형태

(3) 단시조와 연시조

1932년 11회에 걸쳐 연재된 「시조를 혁신하자」에서 가람은 부르는 시조보다 읽는 시조, 짓는 시조로 발전시켜 나가야 한다고 하면서 연작시조의 도입을 주장했다. 과거의 각수가 독립된 상태였던 것을 제목의 기능을 살려 현대 시적법을 도입, 여러 수가 서로 의존하면서 전개 통일되도록 짓자는 주장이 제기 되어 시조혁신 운동 이후 연시조라는 새로운 시조의 용어가 등장하게 되었다. 이러한 연시조를 시조의 문학상의

---

23) 이태극, 『시조개론』, 반도출판사, 1992, 71~74쪽.
24) 김제현, 『시조문학론』, 예전사, 1992, 57~64쪽.

분류로 넣어야할지의 여부는 논의가 필요하다. 몇 개의 단시조를 결합해 만든 시형이기 때문이다.

현대의 연시조는 맹사성의 「강호사시가」나 윤선도의 「오우가」, 이이의 「고산구곡가」와 같은 고시조의 형식과는 다르다. 현대시조의 연시조는 하나의 주제로 여러 수가 서로 의존하면서 전개, 통일되도록 지어진 시조이고, 「강호사시가」나 「오우가」, 「고산구곡가」와 같은 고시조는 각 수마다 각각 독립되도록 지어진 시조들이다. 전통적인 시조는 독립된 시조 한 수로 마무리되기 때문에 현대시조의 연시조의 작법과는 그 형태가 다르다.

구름빛이 좋다하나 검기를 자로 한다
바람소리 맑다하나 그칠 적이 하노매라
좋고도 그칠 뉘 없기는 물뿐인가 하노라
　　　　　　　　　　- 윤선도의 「오우가」 중 둘째 수 ‘수’

꽃은 무슨 일로 피면서 쉬이지고
풀은 어이하여 푸르는듯 누르나니
아마도 변치 아닐손 바위뿐인가 하노라
　　　　　　　　　　- 윤선도의 「오우가」 중 셋째 수 ‘석’

짐을 매어 놓고 떠나시려 하시는 이 날
어둔 새벽부터 시름없이 내리는 비
내일도 내리오소서 연일 두고 오소서

부디 머나먼 길 떠나지 마오시라
날이 저물도록 시름없이 내리는 비

적이 말리는 정은 나보다도 더하오

잡았던 그 소매를 뿌리치고 떠나신다
갑자기 꿈을 깨니 반가운 빗소리라
매어둔 짐을 보고는 눈을 도로 감으오
                              - 이병기의 「내리는 비」

윤선도의 「오우가」와 이병기의 「내리는 비」는 같은 시조이면서 창작
법이 다르다. 윤선도의 작품은 각수의 의미가 독립되어 있고 이병기의
작품은 각수가 의존하면서 전개 통일되도록 지어져 있다. 전자는 전통
작법인 단시조들이고 후자는 현대시조 작법인 연시조이다.

현대시조의 연시조는 의미가 연결되어 있는 단시조들의 집합체이다.
이러한 연시조도 장시조처럼 문제 제기 없이 오늘날까지 꾸준히 창작되
고 있다. 3장 6구 12음보의 단시조의 연작이 현대시조의 한 부류가 된
것이다.

작금에 와서는 오히려 단시조보다 연시조가 주류를 형성하고 있다.
연시조는 단시조의 이체라 할 수 있는, 단시조의 집합체로 시조창으로
연행하기에는 적합하지 않은 구조로 되어 있다. 애초부터 창의 연행을
염두에 두지 않았고, 읽는 시조, 짓는 시조로부터 출발해왔기 때문이다.
현대시조는 창의 연행이 동반되지 않은, 시조로서 시조가 존재하는 것이
아닌, 시로서 시조가 존재하고 있는 형태가 되었다.

외에 단장시조니, 양상시조니 혼합시조라는 용어들이 있고 이를 실험
삼아 창작하는 이들이 있다. 단장 시조는 시조 3장 중 한 장이, 양장 시
조는 두 장이 있는 것을 말하고 혼합시조는 단시조·장시조·중시조·양장
시조 등 다양한 시조 형식을 모두 아우르는 혼합형의 시조 형태를 말한
다. 이는 시조의 3장까지도 벗어나 있어 시조라고는 볼 수 없다. 적어도

시조라는 용어를 충족시키기 위해서는 장시조와 같이 최소한 3장 형식은 갖추어져 있어야한다.

(4) 시대별로 본 시조 작품

고려 후기 형성기 시조는 주로 신흥 사대부들에 지어졌다. 이들은 성리학으로 무장하고 있었으나 실생활에 뿌리내리는 데는 많은 시간이 필요했다. 그래서 유교적인 이념보다 여말 체험이 주조를 이루고 있으며 애상적, 회고적인 것이 특징이다. 백발가, 다정가, 호기가, 절의가와 같은 시조들이 있다.

이성계 일파는 창왕을 폐위시키고 공양왕을 즉위시켰다. 이색이 이를 규탄하다 유배당했다. 정도전도 이색에게 등을 돌렸고 세상인심은 그를 떠났다.

　　　　백설이 잦아진 골에 구름이 머흐레라
　　　　반가운 매화는 어느 곳에 피었는고
　　　　석양에 홀로 서 있어 갈 곳 몰라 하노라

'백설이 잦아진 골에……'는 이때 지어졌다. 고려의 운명 앞에 그는 풍전등화였고 외로운 매화였다.

조선 건국 초기에는 고려 왕조의 회고가나 조선 창업의 송축가, 사육신의 충절가 등이 나타났고 기틀이 잡히고부터는 위국충절, 불사이군 같은 유교관 등이 나타났다.

　　　　이 몸이 죽어가서 무엇이 될꼬하니
　　　　봉래산 제일봉에 낙락장송 되었다가
　　　　백설이 만건곤할 제 독야청청하리라.

세조의 「하여가」에 화답한 성삼문의 「충의가」이다. '이 몸이 죽어가서 무엇이 될고 하니 봉래산 제일봉에 낙락장송 되었다가 백설이 천지를 덮을 때 홀로 청청하리라'고 대답했다.

세조는 단종을 왕에서 노산군으로 다시 노산군에서 서인으로 강등시켜 사약을 내렸다. 왕방연은 청령포에 단종을 두고 돌아오는 곡탄 언덕길에서 이 노래를 불렀다.

천만리 머나먼 길에 고운 님 여의옵고
내 마음 둘 데 없어 냇가에 앉자시니
저 물도 내 안 같아야 울어 밤길 예놋다

천만리 머나먼 길에 사모하는 님을 두고 떠나는 금부도사의 둘 데 없는 불사이군의 마음이 곡진하게 묻어있다.

조선 전기에는 붕당정치로 많은 선비들이 현실을 피해 산림에 은거했다. 이는 강호 시조, 군은 시조, 한정 시조, 인격 도야 시조, 인륜 도덕 시조, 교훈적 시조 등과 같은 유형의 시조들을 낳게 했다. 기녀들의 애정시조와 임란의 우국충정 시조 또한 이 시기의 큰 흐름으로 자리 잡았다.

꽃이 진다하고 새들아 슬허마라
바람에 흩날리니 꽃의 탓 아니로다
가노라 휘짓는 봄을 새와 무슴 하리오

송순의 「을사사화가」이다. 잔치 자리에서 기녀가 이 시조를 불렀는데 소윤의 일파인 진복창이 이 노래를 들었다. 그는 누군가를 비방하기 위해 이 노래를 지었다고 생각했다. 누가 지었느냐고 물었으나 기녀는 끝내 대답하지 않았다. 하마터면 노래 때문에 송순이 필화를 당할 뻔 했다.

「상춘가」처럼 보일지 모르지만 속뜻은 간단치 않다. 꽃이 진다는 것은 죄 없는 많은 선비들의 죽음을, 새들은 이러한 세상의 꼴을 바라보고 있는 백성들을 뜻하고 있다. 바람은 을사사화로, 꽃은 선비들로 그리고 휘짓는 봄은 득세한 소윤 일파로 대비될 수 있다. 새와 무삼하리오는 이를 어쩌겠느냐하는 것이다. 탄식과 체념이 섞인 당시의 사회상을 우회적으로 말해주고 있다.

임제의 호는 백호이며 39세에 요절했다. 그는 면앙정 송순의 회방연에 송강과 함께 송순의 가마를 멜 정도의 당대의 멋쟁이었다. 사람들은 당파 싸움이 싫어 속유들과 벗하지 않고, 법도 밖의 사람이라 하여 그와 사귀기를 꺼려했다. 권력, 벼슬보다는 그에게는 낭만과 정열이 있고 문학이 있었다. 그는 여인들과의 많은 염문과 일화를 남겼다.

북천(北天)이 맑다커늘 우장(雨裝)없이 길을 나니
산에는 눈이 오고 들에는 찬비로다
오늘은 찬비 맞았으니 얼어잘까하노라

북쪽 하늘이 맑아서 우산 없이 길을 나섰다. 산에는 눈이 오고 들에는 찬비가 내렸다. 오늘은 찬비를 맞았으니 찬 이불 속에서 자고 갈 수밖에 없지 않은가?

백호가 기녀 한우에게 준 「한우가」이다. 그녀는 재색을 겸비한 데다 시문에 능하고 거문고와 가야금에 뛰어났으며 노래 또한 절창이었다.

'찬비'는 '한우寒雨'를, '맞았다'는 '만났다'의 은유이다. '찬비를 맞았다'는 말은 기녀인 한우를 만났다는 말이 된다. '얼어잘까 하노라'는 '몸을 녹여 자고 싶다'는 역설이다. 오늘은 한우를 만났으니 자고 갈 수밖에 없지 않느냐고 에둘러 말하고 있다.

어이 얼어자리 무슨 일로 얼어자리
원앙침 비취금을 어디두고 얼어자리
오늘은 찬비 맞았으니 녹아잘까 하노라

무엇 때문에 얼어 주무시렵니까? 원앙침 베개, 비취금 이불 다 있는데 왜 혼자 주무시려고 하십니까? 오늘은 찬비를 맞았으니 저와 함께 따뜻하게 주무시고 가십시오. 한우는 임제에게 은근하게 그리고 속되지 않게 화답했다. 베개, 이불, 잠이라는 말은 했어도 야하거나 속되지 않았다.

임진왜란 이후 영조 대까지는 정묘·병자호란, 인조반정과 같은 굵직한 정치사들이 있었다. 임병양란은 신분 제도의 약화, 실학사상의 등장을 가져와 모든 생활에 많은 변화를 가져온 대사건이었다. 신분 제도는 중세사회를 떠받드는 하나의 큰 기둥이었으며 이에 대한 동요는 중세사회의 해체나 다름없었다. 그동안 사회 전반을 지배해왔던 관념적인 성리학보다는 먹고사는 현실 문제가 더 절실했다. 그로 인해 등장한 것이 실사구시의 학문이었다.

문학도 운문에서 산문으로, 귀족 문학에서 평민 문학으로 이행하고 있었으며 시조 문학도 임금, 선비할 것 없이 평민에 이르기까지 그 작사층들도 다양해졌다.

기존의 비분강개, 우국충정, 무위 자연 외에 실생활, 사회제도 풍자·비판, 음담·애욕 같은 성 문제 등에 이르기까지 솔직하고 대담한 중·장시조들이 평민층들에 의해 창작되었다.

청석령(靑石嶺) 지나거다 초하구(草河溝) ㅣ 어디메오
호풍(湖風)도 차도찰샤 구즌 비는 무슴일고
뉘라서 내 행색 그려내어 님겨신듸 드릴고

17대 효종이 청나라에 볼모로 잡혀갔을 때 지은 시조이다. 호풍은 차고 궂은 비마져 오는데 누가 초라한 행색을 님 계신 곳에 보내겠느냐는 효종의 비통한 심정을 읊은 시조이다.

인조15년 1월 30일 인조는 세자와 함께 삼전도(현 송파구 삼전동)에서 청태종에게 세 번 절하고 아홉 번 머리를 조아리는 항복의식을 치루었다. 청은 볼모로 세 아들 소현세자, 봉림대군, 인평대군과 김상헌 등 척화파 주요 인물들을 심양으로 데리고 갔다. 효종은 즉위 후 척화파 계열의 인물을 등용, 송시열의 적극적인 보좌를 받으며 북벌계획을 준비했다. 군비 증강에 따른 재정난으로 결국 실현시키지 못하고 41세의 나이로 요절하고 말았다.

> 두꺼비 파리를 물고 두엄 위에 치달아 앉아
> 건넌 산 바라보니 백송골이 떠 있거늘 가슴이 끔찍하여 풀썩 뛰어 내닫다가 두엄 아래 자빠지거고
> 모처라 날랜 낼싀망정 어혈질 번하괘라

서민의 삶을 다루고 있는 작자 미상의 장시조이다. 두꺼비는 토호 양반들이며 파리는 천한 백성들이다. 두꺼비가 파리를 문다는 것은 백성들의 착취를 뜻한다. 또한 송골매는 중앙 관리로써 토호양반, 두꺼비를 엿보는 존재이다. 물고 물리는 당시 사회의 비정을 희화, 신랄하게 풍자했다.

> 간밤에 자고 간 그놈 아마도 못 잊겠다
> 와(瓦)야놈의 아들인지 진흙에 뽐내듯이 두더지 영식인지 꾹꾹이 뒤지듯이 사공의 성녕인지 상앗대 지르듯이 평생에 처음이요 흉측히도 얄궂어라
> 전후에 나도 무던히 겪었으되 참맹세 간밤 그놈은 차마 못잊을까

하노라

성애를 다룬 작자 미상의 장시조이다. 기발한 비유와 재치·익살이 넘친다. 외설로 흐르기 쉬운 성애를 상스럽지 않게 박진감 넘치게 처리했다. 중장·종장 다 파격으로 형식도 거의 무시하다시피 했다.

조선 후기는 정조의 탕평책과 문물정비, 순조·헌종·철종의 세도정치, 삼정 문란, 대원군의 쇄국정치 그리고 개항, 갑신정변, 동학, 갑오개혁 등 서양문물이 정신없이 밀려온 시기였다.

16세기에 대두되기 시작되었던 실학도 18·9세기에 와서 그 폭과 깊이를 더해갔다. 현실에 대한 날카로운 비판과 양반들의 위선적 생활 풍자, 인간 감정들의 적나라한 묘사 등 서민의식 성장과 함께 한글 소설, 장시조, 판소리와 같은 서민문화가 본격적으로 대두되기 시작했다.

이 시기에는 평민 가객들이 등장하고 경정산, 노가재 가단 형성과 『청구영언』, 『고금가곡』, 『근화악부』, 『동가선』, 『남훈태평가』, 『가곡원류』 등 많은 가집들이 편찬되었다. 가곡은 이때에 정착되고 가곡의 영향을 받아 시조창 또한 발생한 것도 이때였다.

전통적 사대부들의 강호시가나 세상탄식, 교훈적인 시조들이 여전히 창작되었고 외에 육담·애정·서민생활·취락 등 세태 풍자나 현실 비판에 이르기까지 솔직·담백한 서민들의 시조들이 많이 창작되었다. 사회 모순을 풍자, 희화시킨 예각된 현실 인식의 장시조들이 이 시기의 한 줄기를 형성했다.

어리고 성긴 가지 너를 믿지 않았더니
눈 기약 능히 지켜 두세 송이 피었구나
촉 잡고 가까이 사랑할 제 암향조차 부동터라

안민영은 스승인 박효관과 함께 시가집 『가곡원류』를 편찬했다. 서얼 출신으로 성품이 고결하며 산수를 좋아하고 명예나 이익을 찾지 않았다. 박효관에게서 창법을 배웠고 음률 또한 정통했다.

위 시조는 그의 대표작 「매화사」 8수 중 둘째 수 절창이다. 감각이 날카롭고 언어가 세련되어 현대 시조와 같은 느낌을 주는 시조이다.

개화기는 흔히 갑오경장에서 한일합방 전후한 시기를 일컫는다. 중세에서 근대로 넘어가는 교량 역할로 개혁과 근대화라는 난제를 동시에 해결해야하는 시기였다. 서구 문물 수용과 일제 침략에 대한 저항, 관료들의 부패 척결은 이 시기의 중요한 지상 과제였다. 이런 시대 상황 속에서 형성된 것이 개화기 문학이다.

개화기 문학이 문명개화, 자주 독립, 저항 의식, 민족의식, 개화 의지, 비리·폐습 척결 같은 민중들의 근대화 열망에 부응하지 않을 수 없었던 것도 그러한 절체절명의 시대적 상황 때문이었다. 이 때문에 그들에겐 문학 본래의 기능보다는 공리적 기능이 더욱 절실했다. 작품은 양산되었으나 질적 저하는 어쩔 수 없는 시대적 산물일 수밖에 없었다.

개화기 시조는 근대화의 해일 앞에 고시조의 유교 윤리는 개화라는 신문명에게 그 바통을 넘겨주었으며 그로 인해 형식이나 내용면에서 일대 큰 변화를 겪게 되었다. 시조도 예외는 아니었다.

> 설악산 돌을 날라 독립기초 다져놓고
> 청초호(靑草湖) 자유수(自由水)를 영(嶺)너머로 실어 넘겨
> 민주의 자유 강산을 이뤄놓고 보리라
> － 남궁억의 「무제」

남궁억은 서재필과 함께 독립협회를 이끌었던 개화사상가요 민족 지도자이다. 초장의 자주독립 사상, 중장의 자유 민권 사상, 종장의 근대화

사상 등으로 짜어 있다.

> 개를여러마리나기르되, 요일곱마리갓치알밉고잣미우랴.
> 낫션타쳐사람오게되면꼬리를회회치며반겨라고내다러요리납죡죠리
> 개웃하되. 낫닉은집안사람보며는 두발을벗드리고코쌀을찡그리고니빠
> 리를엉셩거리고컹컹짓는일곱마리요박살할개야
> 보아라, 근일에새로개규칙반포되야개임쟈의셩명을개목에채우지아
> 니하면박살을당한다하니, 自然박살.
> ─ 『대한매일신보』 사조난 1909년 7월13일 '살구(殺狗)'

개혁이라고 파탄지경에 이른 경제와 사회를 구제할 수는 없다. 폐습에 대한 비리를 신랄하게 비판하고 있다.

사설시조는 17·18세기 영정조에 주로 정치·사회에 대한 비리를 조롱, 풍자의 도구로 사용되어왔다. 이는 실학의 영향이었으며 이러한 실학이 개화사상으로 연결이 되어 자연스럽게 사설시조가 1907~1909년 전후 개화기의 일부 지류를 형성하게 되었다.

개화기의 사설시조는 정치·사회 비판은 물론 문명·개화·항일 의식 등을 담고 있으며 이러한 사회 현실을 은유하거나 비판·풍자하고 있다.

비워서 충일한 화두
-茶兄 강경호의 시조 -

유 지 화*

1. 사유의 시인, 비워서 충일한 화두

강경호는 사유의 시인이다. 투철한 문학정신과 지성으로 점철된 그의 삶은 외롭지만 외롭지 않다.

그러기에 그의 시적 메타포는 닿지 않는 구름, 머물지 않는 파도, 비워서 충일한 화두다.

닿지 않는 구름만이
무심히 다녀갔다

머물지 않는 파도만이
집시처럼 왔다갔다

시려라

---

* 국민대학교.

홀로 쓴 내 비망록
증언 같은 달이 뜬다
- 「독도」 전문

영혼에 쓴 각서 같다. 절제된 언어 속에 냉철한 지성인의 살아있는 시 정신을 본다. 확고한 민족의식이 새겨져 있는 위의 시 「독도」는 가장 강경호 시인답다. 거센 바다 바람을 몸으로 이겨내며 해변을 지키는 조선 해송海松의 이미지가 시 전체를 관통하고 있다. 독도는 곧 시인 자신이다. 대상 속에 숨어있는 나는 홀로 비망록을 쓰는 독도 자신인 것이다.

그는 독도처럼 외롭다. 혼자서 갈지언정 의義가 아니면 애초부터 화해할 줄 모른다. 파도와 바람과 구름처럼 스쳐간 사람들을 시 속에 수용할 뿐이다.

결의만 하는 시보다는 이렇게 상황을 제시, 진술하는 방식의 입체적인 시가 시에 생명을 부여하는 원동력이다. "시조는 어느 한두 사람만이 만들어 낸 것이 아니라, 오랜 역대를 거쳐 오며 조선인의 마음과 피에서 결정된 그것입니다." 가람 이병기의 시 정신이 화자의 시를 통해 다시 예각화되고 있다. 증언 같은 그의 올곧은 정신이 오늘, 달로 떠서 재확인되고 있다.

짱짱한 하늘만을 사람들은 환호했다
가진 것 다 비우고 새 소리에 귀를 주는
지상에 홀로 세운 듯 묻는 이 없었나
- 「허수아비」 부분

다형茶兄 강경호 교수의 시에는 수식이 없다. 욕심과 허식을 비움으로써 마음에 충만을 채우고 있다. 허수아비란 무엇인가. 그저 허상으로 서

있는 듯하지만 여문 곡식을 지키는 들판의 수병이다. 그가 쓰고자 하는 것은 이런 수병정신이다. 연륜을 더하면서 주목하게 되는 삶의 주제다. 그는 문학이 어떤 역할을 할 수 있는지 통어하면서 시를 쓴다. 우리들 삶의 여정에서 넘치는 것은 얼마나 많으며 부족한 것은 또 얼마나 많은가. 시의 효능은 넘치는 것을 자르고 모자라는 것을 채워 주는 것이다. 그래야 활력이 돈다.

주제가 강렬히 살아나기 위해서는 시 속의 화자처럼 무심한 상황을 보여주면 되는 것이다. 현실의 잡다한 세속으로부터 초연한 정신세계는 차라리 구도의 경지라 해 두자. 이 시대 강 교수가 전하는 메시지는 순수한 인간정신의 회복이다. 쨍쨍한 하늘이란 무엇인가. 세속적인 화려함보다는 가진 것 다 비우고 깨끗한 길을 가겠다는 것이다. 고절한 선비적 경지다.

그의 시 세계는 가면과 위선이 범접할 수 없는 금과옥조다. 시전詩田에 뿌리면 사랑으로 오롯이 창조될 귀감의 원천이다.

사람이 처음 세상에 태어났을 때는 본래의 타고난 순박함을 그대로 간직하고 있었으나, 누가 그 문을 허술하게 지켜 자물쇠를 끌러 놓았기에 시 귀신이 느닷없이 들어와서 세상과 사람을 현혹시켰다는 이규보의 시론이 아니더라도 화자는 진즉에 현란한 글쓰기를 경계하고 있다.

뜻을 펴는 허수아비는 여전히 남아 겸허히 제 길을 지키고 있기에 세상은 살만하다.

　　　　찬란한 은행나무
　　　　칠월 땡볕 덕분이다

　　　　그저 깊어진 강물
　　　　뙤약볕 있어서다

발치엔

직립의 주파수

천 개 큐피트 화살...

　　　　　　　　－「뙤약볕」 전문

　시인 특유의 문체다. 시인의 역사의식이 뜨겁게 약동하는 부분이다. 이처럼 시인의 생활이나 철학을 사물이나 자연을 통해 녹여낼 때 격조가 생긴다. 찬란한 은행나무는 민족의 기상이다. 시인의 사상을 어떤 문체에 담을 것인가는 내용 못지않게 중요하다. 주제에 따라, 성격에 따라, 어조에 따라 시인의 잠재력이 요소마다 태어나기 때문이다.

　체험이 없는 것은 관념이다. 깊어진 강물은 민족정신의 깊이요 역사의 깊이다. 발로 걷고 마음으로 느끼고 몸으로 관통한 역사이기에 자연스럽게 '천 개 큐피트 화살'과 같은 은유가 나오는 것이다. 세상이 고도의 물질만능주의라 하지만 그 나라의 의를 지키는 자세야말로 최고의 선善이다. 찬란한 은행나무가 되기까지 어떤 문명의 이기보다 칠월 땡볕의 기여가 컸다는 것이다. 칠월 땡볕이 무엇인가. 오천 년 도도히 흘러온 우리의 기상이다. 지난한 세월을 극복한 한국인의 강인한 기개다. 반도의 수난을 이겨낸 민족혼이다. 그것을 기억하자는 것이다.

　이런 논리는 문학에 대입해도 좋을 것 같다. 알을 깨고 나오는 아프락삭스처럼 치열한 고뇌와 열병을 거쳐서야 훌륭한 작품이 나올 수 있다는 것이다. 나무만 보지 말고 깊어진 강문에, 칠월 땡볕에 시선을 줄 때 우리의 감각은 도그마에 빠지지 않을 것이다. 공감의 가슴과도 만나게 될 것이다.

　　봄빛 따라 흐르다가

바람결에 출렁이다가

금강경에 잠겼는지
禪門에 들었는지

겨울강,
晩章 같은 하늘만
깊이, 깊이 품더라
　　　　　　－「겨울강」 전문

　강물이, 물결이 밀도 있게 응집되고 있다. 시인의 심오한 자연관이, 천지의 어울림이 집결되는 순간이다. 봄빛 따라 흐르던 강물도 금강경에 잠기고, 바람결에 출렁이던 물결도 선문禪門에 든다. 어디 그뿐인가. 생生과 사死의 조화가 겨울강에 귀착되고 있음을 본다. 점지는 하늘이 하고 그 관계는 땅이 한다고 했던가. 시는 이렇듯 세상 이치를 깨닫는 일일 것이다.
　만장 같은 하늘로 은유된 이 시는 일찍이 디오니시오스 롱기누스가 말했던 숭고한 문체가 아닐까 싶다. 발육이 부진하여 유산되고 말 문체는 물리치자는 롱기누스의 말처럼 그는 말의 위엄과 장대함을 내면화하고자 언어의 조탁에 심혈을 기울이고 있다.
　구호가 현란한 시대, 화자의 눈높이는 자연스럽게 금강경 구절에 멈춘다. 그러나 멈추는데 그치지 않는다. 강물 위에 떠있는 시간과 그 시간 위에 머무는 우주의 원리를 사유하여 만장晩章 같은 하늘을 결론으로 이끌어낸다. 화자의 강물이 우리의 발길을 멈추게 한다. 한 마디 말도 허투로 할 수 없을 것 같은 하늘과 땅의 놀라운 조화라니.

2. 온기의 시인, 꿈의 다솜채

강경호는 온기의 시인이다. 그만의 체화된 풍경 안에서 묵묵히 자신의 길을 가는 시인이다.

그러므로 그의 시적 메타포는 꿈의 다솜채다. 온기 그윽한 사랑채다.

> 그대 무엇에 생을 걸었습니까
> 황조가 여읠 때는 달빛으로 채우고
> 텃밭엔 배추흰나비 이랑마다 용비어천가
> -「한국의 하늘」 부분

사뭇 비장하다. '무엇에 생을 걸었습니까' 뒤이어 '달빛', '텃밭', '배추흰나비', '이랑'의 중·종장 이미지는 또 무엇인가. 초장의 긴장미를 완화, 주정적主情的인 서정의 공간을 만들고 있다. 그러나 그뿐이라면 재미없다. 시적 격조를 높이기 위해 그는 역사적 키워드를 끌어내고 있다. 「황조가」와 「용비어천가」다. 황조가는 화희와 치희의 투기를 두고 유리왕의 심정을 노래한 것이기도 하지만 당시 복잡한 주변국과의 어려운 고구려의 정치적 상황을 간접적으로 노래한 작품이기도 하다. 고구려시대의 상황적 특성을 오늘의 현재형으로 생생하게 재현하고 있는 작품이다.

용비어천가는 조선 건국이 하늘의 뜻임을 민심民心에 알리고자 하는 내적 동기와, 국가의 존엄성을 확보하고자 하는 외적 의도가 함께 작용하여 만들어진 것이다. "뿌리가 깊은 나무는 아무리 센 바람에도 움직이지 아니하므로, 꽃이 좋고 열매도 많으니. 샘이 깊은 물은 가뭄에도 끊이지 않고 솟아나므로, 내가 되어서 바다에 이르니." 용비어천가 2장의 내용처럼 이 시에는 화자의 굳건한 민족정신이 들어있다. 잔영처럼 행간에 깃든 역사적 판토마임, 정적情的 분위기에 지知와 의意가 어우러진 가

편가篇이다.

　　　연분홍 붉게 터지는
　　　진양호 꽃잎 소리

　　　노란 구름 불러 세운
　　　남강 풀피리 소리

　　　산밭엔
　　　모종삽 뜨고 계신
　　　큰형님의 콧노래
　　　　　　　　- 「봄의 소리」 전문

　충절의 고장, 역사와 문화의 고장, 경남 진주가 강 시인의 고향이다. 무슨 설명이 필요하랴. 남강 풀피리 소리 아련한 어느 산밭, 모종삽 뜨고 계실 형님의 콧노래 들려주면 그뿐이다. 우리들의 영희 순이를 대신할 수 있는 진양호 진달래를 보여주면 되는 것이다. 자신의 장전된 영역을 어떻게 시의 생명력으로 노래해야 하는지 시인은 보여주고 있다. 승화된 내공은 가벼운 놀이처럼 즉흥적으로 나오는 것이 아니다. 아름다운 시는 진실한 삶에서 비롯되는 것임을 이 시는 말하고 있다.

　이 시의 강력한 자력은 무엇인가. 변모하는 다양한 가치들을 지혜롭게 성찰하며 살아온 사람에게서 우러나오는 진정성 있는 고향의 소리다. '모종삽 뜨고 계신 큰 형님'이 같은 정경과 만났을 때, 이미 이 시의 동선은 생겨나는 것이다. 그렇게 화자의 내면세계는 구현된다. 어둠은 석양을 거쳐야 내리듯이, 이렇듯 자연스럽게 우러나오는 절창은 시인의 태생적인 감각과 연마의 자취라고 본다. 고향강가에 꽃잎은 터지고, 흙 만지는 큰형님의 질박한 모습을 통해 목가적인 평화를 본다. 이 아니 기쁨이 아닌가.

> 고향이 어디냐고 너희가 물었을 때
> 사슴 같은 눈빛이 窓 되어 빛나던 날
> '참 스승 마음으로 외우던 수수꽃다리 아래란다'
>
> 다시 또 내 고향을 넌지시 물어올 때
> 고딕체 칠판 가득 눌러 쓴 글씨로
> '샛노란 개나리 담장 나의 첫 부임지란다'
>
> > ─「師鄕 내 고향」 부분

　사람에게는 누구나 고향이 있다. 내면에 깊숙이 자리하고 있는 정신세계다. 화자에게 고향은 학문세계와 사도로서의 교육현장이다.

　위의 시를 이해하기 위해 강 시인의 이력부터 살피는 일이 순서일 것 같다. 사실은 이 시 자체가 화자의 이력이고, 아울러 화자의 이력이 이 시다. 서울교대는 강 시인이 30년 이상 재직하고 있는 모교다. 수수꽃다리는 서울교대의 교화다. 서른한 살 젊은 나이에 서울교대 교수가 되어 오늘에 이르고 있으니 그에게 있어 모교는 사향師鄕 그 이상이다. 그는 모교인 서울교대에 수석 입학, 수석 졸업한 교수로도 유명하다. 학교 담장을 끼고 가로수 길을 걷노라면 청람문이 먼저 눈길을 끌게 되는데 그 후문의 제호를 강 시인이 명명하였다고 한다. 숲속의 오아시스처럼 교대생들에게 인기가 높은 꿈과 낭만의 찻집 '다솜채' 역시 그가 지은 제호다.

　그런 일련의 요소들이 그로 하여금 이 시를 창작하도록 이끈 동인이 되었을 것이다. 교육자로서의 각오와, 모교에 대한 깊은 애정이 이 시의 모티브다. 사도의 길 곳곳에 아로새긴 필연과 당위, 아름다움[美]과 진실[眞]이 조화된 참된 가치다.

3. 심상心象의 시인, 대숲의 달그림자

강경호는 심상의 시인이다. 약속이 없는 시대. 그는 인연을 귀히 여기며 정正과 정情의 원형에 목숨 거는 시인이다.

그러기에 그의 시적 메타포는 남강 강주마을 수련이다. 심중에 핀 수련이다.

칠팔월 뙤약볕을 은총으로 받으면서
장대비 쏟아져도 젖지 않는 꽃송이
이 아침
해 뜨는 고요
내 잔이 넘치나이다

고인 물 흐린물도 축복이라 손 모두며
하늬바람 불어와도 기도하는 꽃송이
심중에
누구의 심중에
하얗게 피고 있어

            - 「수련이 필 때」 전문

정중동靜中動의 미학이 수련에 번지고 있다. 조선시대 월산대군의 '추강에 밤이 드니 물결이 차노매라' 시조를 연상하게 한다. 부화뇌동하는 현대인들을 화자의 고요하고 안정된 사유의 세계로 이끌어주는 작품이다. 부박하게 소용돌이치는 세태 앞에서 심중에 핀 수련 한 송이는 우리를 명상하게 하고 가다듬게 한다.

생명의 꽃인 인간이 누군가의 가슴에 어떻게 남을 것인가. 그것이 화자가 던지는 오늘의 시적 명제다.

강경호 시인은 수련에 특별한 체험이 있다. 그의 고향 진주 강주마을에는 강씨 문중 행사로 해마다 연꽃 축제가 열렸다고 한다. 해마다 꽃이 한창일 때 그곳 연못가에서 음식을 나누고 덕담을 나누며 가무를 즐겼다는 것이다.

강 시인은 진주고 재학시절, 그 연못을 오가며 고시조를 음미, 암송하였다고 한다. 시조에 대한 애착과 삶을 향한 그의 사유는 이때부터 시작된 것.

혼탁한 물에서도 청초한 자태를 잃지 않는 꽃. 뙤약볕, 진흙 속에서도 함초롬히 웃는 꽃이 수련이다. 여건을 탓하지 않고 어떤 시련에도 젖지 않는 꽃송이다. 자연과 소통하며 순리를 중시하는 그의 삶의 자세가 수련에 이입되어 빛나고 있다.

삼사월의 꽃들이
씨앗 만들기 작전 개시

새파란 하늘 아래
알몸의 情事놀이...

땅의 신
그것이 어여뻐
초록의 등 밝혔다

- 「오월」 전문

「오월」 앞에 서 있다. 선경후정先景後情의 묘사와 진술이 선명하고 싱싱하다. 이처럼 그 시대 첨단의 감각으로 쓰일 때 시조는 시조답다. 표현은 명쾌하고 내용은 『주역周易』의 변역變易처럼 심오하다. "현대시조의 정체성은 그 명칭에 명백히 드러나듯이 현대성과 시조성을 동시에 충족해야 합니다. 현대성을 충족해야 이미 역사적 사명을 다하고 사라진 고시조와 변별되는 존재 이유를 찾을 수 있고 시조성을 획득해야 자유시와 경쟁관계에서 존재 이유를 찾을 수 있습니다." 화자가 「시조생활」 인터뷰에서 밝혔듯이 시조가 지조성만을 추구한다면 현대인의 미의식에 걸맞는 공감대를 획득하기 어렵고, 현대성만을 과도하게 추구한다면 자유시와의 경계선이 모호해져 시조의 정체성을 잃기 쉽다. 화자는 이런 미적 거리를 알맞게 배치, 전성기를 맞은 자연의 생성과 숙성의 섭리를 담아냈다. 표피적이 아닌 작품만이 어떤 경우에도 살아남는다는 막스 자코브의 시론을 위의 작품 '땅의 신' 앞에 놓는다. 삼라만상의 근원과 본질을 통찰, 명징한 이미지를 뽑아 올렸다.

> 대숲에 낭자한 달빛
> 다락같이 쌓일 제
>
> 창호에 그대 목소리
> 달빛으로 고일 제
>
> 찻잔에
> 그대 그림자
> 그대의 달그림자…
>
> —「그리움」 전문

그렇다. 그리움이란 위의 시처럼 달빛으로 고이는 거다.

그리움이란 무엇인가. 인간이 가질 수 있는 희·노·애·락의 감정 중 가장 순수하고 아름다운 정情의 발현이다. 화자의 가슴에 살아있는 그리움이란 어떤 것일까. '대숲에 낭자한 달빛/다락같이 쌓일제', '창호에 그대 목소리/달빛으로 고일제' 그리움의 본령이란 이런 거다. 그리움을 상실할 때 우리는 정신이 황폐해진다.

서정주 시인은 푸르른 날에 그리운 사람 그리워했다지만, 조운 시인은 야국野菊을 보고 그리운 이를 떠올렸다지만 어디 그리움이 날씨 따라서 그리워지겠나. 때를 기다려 그리워지겠는가.

화자의 찻잔 속에서 화두 하나 꺼낸다면 필시 이렇게 적혀있을 것 같다. "그리운 마음들이여, 축복있으라!"

　　새로운 뜰 찾아가는
　　4월의 신부, 나의 딸아

　　네 품의 꽃다발처럼
　　늘 그렇게 웃으련

　　너 있어
　　햇빛이고 달빛인
　　그런 자리 만들련
　　　　　　　　　　- 「딸에게」 전문

수많은 시의 소재 다 미뤄두고 오늘은 딸이라는 이름에 집중하자. 딸을 보내는 아버지의 마음을 생각하며 위의 시를 읽는다. 아버지에게 있어 딸의 존재는 햇빛이고 달빛이다. 세상의 좋은 것은 다 주고 싶은 전

존재다. 딸이 화촉을 밝히는 날. 화자의 심정을 노래한 보석 같은 시편이다. 고도의 상징이어야 시가 되는 것도 아니요, 참신하고 창조적인 이미지이어야 좋은 시가 되는 것도 아니다.

제4장 배경론

기녀문학론

황 충 기*

1. 서언

조선시대 신분 계층 가운데 제일 하천下賤의 하나인 기생妓生은 그 신분만큼이나 묘한 존재라고 하겠다. 비록 소설이기는 하지만 춘향春香은 퇴기退妓의 딸로 갖은 수난을 겪은 끝에 정경부인貞敬夫人으로 신분이 상승된다. 이런 경우보다는 못하다 하더라도 간혹은 양반 사대부의 측실側室이 되어 일반 사대부 집안의 부녀자들과 다름없는 생애를 누리거나, 그들과 더불어 낭만적인 염문艶聞을 남기고 후대인의 기억 속에 오래 기억되는 기녀들을 볼 수 있다. 그런가 하면 하층 논다니로 일반 천민들과 더불어 살다간 기생들도 허다하다.

우리나라 사람의 절반이 여성임에도 불구하고 남성 위주의 사회제도 때문에 여성이 문학을 한다는 것은 긍정적인 측면보다는 오히려 부정적인 시각이 지배적이어서 그들에게 글을 가르치지 않는 것이 좋고, 어쩌다 글을 깨우친다 하더라도 제가諸家의 성씨姓氏나 역대국호歷代國號나 성현들의 명자名字 정도나 익히면 충분하다는 사고방식들이다. 이런 사

---

* 고시조 연구가.

회에서 어쩌다 사대부집 아녀자들은 타고난 재주를 어깨너머로 익힌 한문의 실력을 가지고 한시문漢詩文을 지어 후세에 문집을 남기는 경우가 종종 있다. 경우에 따라서는 그들의 시중을 들던 하녀들도 주인마님이나 따님의 상대가 되어 시문을 짓는 경우도 있었다.

한시의 경우에는 이미 고려시대 기녀의 것으로 전해오는 한시를 비롯하여 조선시대에 들어와서 시조의 경우보다 많은 기녀들이 한시를 지었고, 계랑桂娘의 경우에는 기생 신분임에도 불구하고 본인에 의해서 이루어진 것을 아니라 하더라도 『매창집梅窓集』이라고 하는 문집이 간행되었다. 현재 전하고 있는 기녀의 한시 작품도 작가도 작품도 시조의 경우보다 월등히 많다. 그러나 시조의 경우는 다르다. 일반 사대부 집안의 부녀자들은 한시문을 지었어도 시조를 지은 것을 볼 수 없다. 우선 시조는 일반 사대부들이 창작을 하는 경우에는 예외겠으나, 대부분의 경우 창唱을 전제로 하는 것이기 때문에 자기가 부르든 아니면 다른 사람이 부르든 대부분이 공개된 자리에서 목청을 돋우어 부르는 것이기 때문에 여성의 경우 직업적으로 창과 관련이 없는 사람은 시조의 창작의 기회가 적었을 것이다. 우리는 조선시대 훌륭한 여류 문학자인 허난설헌許蘭雪軒과 황진이黃眞伊에게서 이런 차이점을 볼 수 있다. 난설헌은 뛰어난 문학적 재질을 가지고 한시문을 지었고, 작자에 대해 이설은 있으나 가사 '규원가閨怨歌'를 지었다고 했으니 시조를 지을 수 있는 충분한 여건을 갖추었다고 하겠으나 그에게는 시조가 없다. 그러나 그보다 반세기 정도를 앞선 사람인 황진이는 숱한 화제話題를 남기고 신빙성의 여부를 떠나서라도 6수의 시조를 남겼으며 몇 편의 한시도 지었다. 계랑도 『매창집』이란 문집을 남길 정도로 한시문을 지었으면서도 시조 1수가 전한다.

김천택金天澤은 그의 『청구영언靑丘永言』 발문跋文에서 작품의 수록 범위를 "麗季 至國朝以來 名公碩士 及閭井閨秀之作"이라 하여 고려 말부터 조선조의 명공석사들의 작품과 여정규수의 작품을 수집해서 잘못을 고치고 잘 베껴서 한 권의 책을 만들어 이를 "청구영언"이라고 하였다. 실제로 진본珍本 『청구영언』을 보면 초중대엽初中大葉에서 초삭대엽初數大葉에 이르는 6수를 제외하고 이삭대엽二數大葉은 유명씨(가번 7번부터 293번까지) 작품과 무명씨(가번 294번부터 397번까지) 작품으로 구분하여 유명씨 작품은 여말麗末부터 시작하여 비록 '명공석사'라는 항목을 두지 않았으나 제일 먼저 수록하고, 다음에 '열성어제列聖御製'라는 항목 아래 태종의 작품 1수와 효종의 작품 3수에 숙종 작품 1수 등 5수를 수록하고 있다. 다음에 '여항육인閭巷六人'이라 하여 장현張炫을 비롯하여 주의식朱義植, 김삼현金三賢, 어은漁隱, 김유기金裕器와 남파南坡라 하여 자신의 작품을 수록하고, '규수삼인閨秀三人'이라 하여 황진黃眞, 소백주小栢舟, 매화梅花의 3인 작품 5수 다음에 유명씨의 끝에는 '연대결고年代決考'라 하여 임진林晉과 이중집李仲集 서호주인西湖主人을 들고 있다. 여기서 규수삼인은 그들의 신분이 기생임에도 불구하고 그들의 칭호를 여정閭井의 규수閨秀로 부른 점이다. 김수장金壽長은 『해동가요海東歌謠』를 엮으면서 열성어제를 명공석사보다 앞에 가져왔고 기생들의 작품은 '규수'란 칭호를 버리고 '명기팔인名妓八人'이라 하여 『청구영언』의 3인 이외에 홍장紅粧, 소춘풍笑春風, 한우寒雨, 구지求之, 송이松伊의 작품을 수록했고, 주씨본周氏本 『해동가요』에서는 '명기구인名妓九人'이라 하여 다복多福을 추가시켰다. 기녀 가운데는 한시문의 작품을 지은 사람이 시조를 지은 사람이 더 많다. 황진이나 계랑, 홍랑洪娘은 한시와 시조를 동시에 짓고 있으나 대부분의 기녀들은 한시를 지은이가 더 많다. 소춘풍笑春風의 경우처럼 임금의 명으로 시조를 지은 경우도 있고, 한우寒雨나 철이鐵伊처럼 상대자가 양반으로 그들의 상대가 되어 응구첩대應口輒對로 지은 것이 없는 것은 아니나 한시를 짓는 것을 그만큼의 문학적 소양도 필요하겠지만 상대자가 한시를 생활화하고 있는 양반 상대부가 대부분이었기 때문이 아닌가 한다.

여기서는 먼저 기생이란 것이 어떻게, 언제부터 생겨 조선시대까지 이어져 왔으며, 기생들은 어떤 부류部類가 있고, 한시와 시조의 작자인 시기詩妓와 가기歌妓에 대한 고찰과, 작가의 신빙성 및 기녀 시조와 한시의 특색 등을 고찰해 보고자 한다.

2. 기녀의 신분과 역사

기녀는 어떤 신분의 여자들이 되는 것인가. 우선 생각할 수 있는 것이 천賤한 신분을 생각할 수 있다고 하겠다. 전쟁에서 패한 부로俘虜들이나 그들의 딸들 가운데 얼굴이 예쁘거나 남의 이목을 끌 수 있는 어떤 성적 매력을 가졌을 경우에는 피지배자의 소유물이 되었을 것이고, 어느 개인의 전유물이 아닌 공동 소유물의 성격을 지닐 때는 기생이 되었을 가능성이 충분하다고 하겠다. 또, 국가에 반역하는 죄를 저질렀을 경우 남자는 사형이나 이에 준하는 벌을 받았지만 여자의 경우에는 적몰籍沒시켜 사대부 집안의 노비가 되었으며, 이들에게 딸렸던 노비까지 함께 주인을 따라 가거나 아니면 변군邊軍의 뒷바라지를 하는 관비官婢의 신분이 되었다. 이들은 후에 기생이 되기에 충분한 여건을 가지고 있었다고 하겠다.

양가良家의 신분이었으나 오랜 세월이 지나 어떤 이유에 의해 하천下賤의 신분으로 전락하는 경우가 있으니, 전쟁으로 인한 가족의 이산으로 신분의 하강과 오랜 흉년이나 갑작스런 집안의 몰락으로 인한 가난 때문에 자녀를 버리거나 팔아버리는 경우가 있다. 이런 경우 노비의 신분으로 전락하거나 당장의 의식衣食을 해결하기 위해 기녀에게 팔거나 수양딸로 보내는 경우가 있었으니 이들은 성장한 다음에 자연스럽게 기생이 되었을 것이다.

이미 고구려시대에 유녀遊女가 있었다는 기록이 있으니, 이 유녀가 오늘날의 기생과 같은 부류인지는 속단하기 어려워도, 사회가 복잡해지고 인지人智가 발달하면서 모든 것이 긍정적인 방향으로만 가는 것이 아니라 부정적인 측면도 아울러 성장하는 법이니, 자연 인륜도덕에 어긋나는 행동을 하게 되고 이는 그 사회 구성원으로부터 비난의 대상이 되었다. 이 경우의 대표적인 것이 남녀 간의 간통姦通이라 할 수 있으니 그 범법자를 처리하는 과정에서 유녀의 신분으로 전락하게 되고 이들은 기생으로 발전할 가능성이 충분하다고 하겠다.

　기생이 언제부터 있었을까? 흔히들 신라시대 화랑제도 이전에 있었던 원화源花에서 비롯되었다고 말하고 있다. 『삼국사기三國史記』'신라본기新羅本紀'에 보면 진흥왕眞興王 37년(576)에 왕과 신하들이 인재를 찾기 위한 방편의 하나로 사람들을 모아 무리지어 놀게 하고 그들의 행실을 관찰하여 그 가운데서 훌륭한 사람을 뽑아 쓸 계획이었다. 원화라 하여 여자들 가운데 미모나 덕성을 갖춘 사람들 가운데 뽑아 인재를 선발하는 제도가 있어 여기에 뽑힌 남모南毛와 준정俊貞이 있었는데 이들은 나중에 서로의 아름다움에 질투를 느낀 나머지 준정이 남모를 유인하여 술을 먹이고 강물에 던져 죽여 버린 일이 발견되어 준정은 사형을 당하고 이 제도도 없어졌다. 그 후 이번에는 여자가 아닌 잘생긴 남자들을 뽑아 단장을 시키고 이들을 화랑花郎이라 부르니, 사방에서 많이 몰려들어 서로 도의道義를 연마하고 가악歌樂을 즐기며 산수山水에 유람하니 이르지 않은 곳이 없다고 했다. 이 가운데 훌륭한 인재를 가려 조정에 천거하였다. 여기에서 원화가 기생과 같은 것으로 보고 이를 기생의 기원으로 보는 견해이다.

　달리, 이익李瀷의 『성호사설星湖僿說』이나 정약용丁若鏞의 『아언각비雅言覺非』의 주장을 들어 우리나라의 기생은 양수척揚水尺에서 나온 것이니 양수척이란 유기장柳器匠을 가리키는 말이다. 이들은 고려 태조가 후백제를 공격할 때 견제하기 어려운 부류로 이들에게는 관적貫籍과 부역

賦役이 없고, 수초水草를 따라다니기 때문에 아무 때나 이사를 자주하고 사냥과 유기柳器를 만들어 이를 생계의 수단으로 삼았다. 나중에 이들을 읍적邑籍에 예속시켜 남자는 노奴로, 여자는 비婢로 만들어 여자들을 예쁘게 꾸며 화장을 시키고 노래와 춤을 가르쳐 기생으로 만든 것이 기생의 시초라는 주장이다.

이처럼 기생의 기원이 신라의 원화에서 시작되었든 아니면 고려 초에 시작되었든 분명한 사실은 김유신金庾信의 일화逸話에서 찾을 수 있다. 유신이 젊어서 어머니의 가르침을 제대로 따르지 않고 방탕한 생활을 하자 그의 잘못을 울면서 타이르자 다시는 어머니의 가르침에 어긋나는 행동을 하지 않겠다고 약속을 하고는 어느 날 술에 취하여 집으로 온다는 것이 타고 있는 말이 예전처럼 가까이하던 여인인 천관天官의 집으로 가자 유신을 기다리던 천관은 기쁜 마음과 원망스런 마음으로 나가 맞이하자, 유신이 일이 잘못된 것을 깨닫고 말의 목을 베어 버리고 안장도 버리고 돌아왔다. 천관은 원한이 맺힌 글[원사怨詞]을 짓고 중이 되었고 그 자리에는 천관사天官寺라는 절을 지었다는 이야기에서 천관의 신분이 일반 어염집의 아녀자가 아님이 분명하다면 이미 신라시대부터 기생의 일종인 창녀娼女가 있었다고 하겠다.

그러나 이는 어디까지나 우리나라의 경우이다. 중국에서는 후한後漢의 허신許愼이 『설문해자說文解字』를 지었고, 여기에 '기 ; 부인소물야'(妓 ; 婦人小物也)라고 풀이하였는데, 이미 이때에도 기생은 존재했었고, '기妓'는 '기伎'와 상통하는 것으로 되어있다. 이렇게 본다면 아무래도 기생의 기원은 모계사회에서 부계사회로 넘어온 그 이후가 아닌가 한다.

우리나라에서 신라시대에 기생이 있었느냐 하는 문제를 논외로 하더라도 고려시대에는 현종 때 이미 교방敎坊이 있었고, 문종 때에는 교방에 여제자女弟子를 두었으니 이는 여악女樂에 기녀를 썼다는 증거가 된다고 하겠다. 또 『동국통감東國通鑑』에 보면 고려 예종睿宗 11년(1116)에는 대나大儺를 행할 때 창우倡優, 잡기雜伎에 외관유기外官遊妓까지 원근을 가리지 않고 모두 징발되었으며, 예종睿宗 때 김부식金富軾의 시제詩題로 교방 가기哥妓들에게 '포곡가布穀歌'를 부르게 하였다고 한다. 이로 미루어 본다면 외관 유기는 모두 수척비水尺婢가 각 읍에 있으면서 기녀가 된 것이고, 교방 가기란 곧 여제자들에게 가무를 익히게 한 것이다.

3. 기녀의 사회적 역할과 부류

그러면 기생들의 사회적 역할을 무엇이었을까? 위에서 언급한 것처럼 고려 현종 때 교방이 있었고, 문종 때 여기에 여제자를 두었다고 하였다. 이를 보면 우선 기생의 역할은 연희나 국가의 어떤 행사 등에서 음악과 관련된 역할을 위해 필요했음을 알겠다. 이 시대 음악의 주류를 이루는 것을 가歌와 무舞라고 하겠으나, 가악歌樂은 남녀의 구별이 크지 않았으나 무악舞樂은 여자의 전유물일 가능성이 크다고 하겠다. 이 역할을 교방의 기생들이 담당하였다.

조선조에 들어와서는 기생의 역할은 다양했으니, 우선 고려의 제도를 이어받아 여악을 위해 기생을 두어 내연內宴에서 연회를 원활하게 진행하기 위해서 여악이 절대적으로 필요했고, 내연은 나라에 경사가 있으면 행하였다. 또 지방의 여러 군郡에 명하여 기녀를 뽑아 올려 악원樂院에 예속시켜 노래와 춤을 익히도록 하였다. 태종조에는 의녀醫女제도를 만들어 부인의 질병을 치료하게 하였고, 지방의 관비官婢 가운데 나이가 어리고 영리한 자를 뽑아 올려 침구술을 익혀 내의원에 소속되어 있으면서 기업技業을 겸행시켰기 때문에 이들을 약방기생藥房妓生이라 불렀고, 침비針婢는 상의사尙衣司소속으로 의녀와 마찬가지로 기업을 겸행하였다. 이를 세상에서 상방기생尙房妓生이라 불렀는데, 기녀들 가운데 약방기생과 상방기생은 일류一流에 속하였다.

이와는 달리 변방에 기생을 두어 장사將士들을 위로하게 하였으니 단순히 남자들만 이 생활하는 군영에 주방의 일은 남자들이 어느 정도 자체로 해결했을지 몰라도 의복을 수선하는 일이니 계속되는 독신의 생활에서 이들에게 성적 욕구를 해결해 주어야 군대의 사기士氣를 진작할 수 있기 때문에 이런 역할을 담당할 여자들이 필요했으니 이러한 일을 기생들이 대신하였다.

사신使臣을 접대하는 일을 기생이 하기도 했다. 북방의 에스키모인들은 손님이 오면 자기의 아내를 손님과 함께 잠자리를 하는 것을 최상의 예의로 알고 기꺼이 자기 아내를 손님과 함께 하도록 편의를 제공해 준다. 유교를 통치 이념으로 하는 조선사회에서 이런 일은 상상할 수 없으나 중국에서 오는 사신들의 환심을 사기 위해서는 이들과 잠자리를 함께 할 여인이 필요했으니 이 역할들 담당한 것이 또한 기생이었다.

조선시대에 기생의 신분은 그 이름이 기적妓籍에 오르게 되면 팔천八賤이라 하여 사천私賤, 승려, 백정, 무당, 광대, 상여꾼, 공장工匠과 더불어 최하위의 신분이 되지만 그들의 신분은 기생이라 하여 다 같은 것은 아니었으니, 가령 기적에 입적되어 관기官妓가 되어 관에 예속되지만 황진이의 경우는 관에 예속되어 있지 않은 듯하다. 기생을 부르는 명칭은 관에 예속되어있는 경우는 관기, 거주지가 경향京鄕이냐에 따라 경기京妓와 지방기地方妓, 재능에 따라 시기詩妓, 가기歌妓, 창기唱妓로, 행적에 따라 절기節妓, 의기義妓, 효기孝妓, 지기智妓 등으로 나눌 수 있고, 한말韓末에 와서, 유녀遊女를 통괄해서 부르는 이름으로 갈보蝎甫라는 말이 쓰였는데, 이는 고종 갑오경장 이후에 성행하였다. 갈보의 종류는 일반적으로 부르는 기녀妓女가 있었으니 이들은 본디 지방 각 고을의 관비官婢 중에서 선발되어 노래와 춤을 가르쳐 여악女樂으로 삼았으나 후에 양가良家의 아녀자도 교방에 적을 두어 관청에 들어가 공적公的인 역할을 봉행奉行 하기도 하고, 집에서 손님을 받아 그 행하行下로 생업을 삼기도 했다. 그러나 나이가 30이 넘으면 기생 노릇을 그만두고 시집을 가서 살기도 하고, 기생어미로 전업을 하기도 하였으며, 혹은 술을 팔아서 생업으로 삼기도 하였으니 이들을 달리 일패一牌라고도 불렀다. 은근자殷勤者 또는 은군자隱君子라 불리는 일군의 기생들은 기생의 본업 이외에 은근히 몸을 파는 일을 겸했기 때문에 붙여진 이름으로 달리 이패二牌라 불렀다. 탑앙모리塔仰謀利는 삼패三牌로도 불렸는데, 매음하는 유녀를 가리킨다. 이들은 일반 기녀들이 하는 노래나 춤을 모르고 오직 잡가만을 불렀다. 화랑유녀花郎遊女는 매음행위로 영리를 취하여 봄과 여름에는 어시魚市나 부세賦稅를 거두는 곳으로 찾아가고, 가을이나 겨울에는 산간의 승사僧舍를 돌며 음행을 자행하였다. 여사당패女社堂牌는 사당社堂이라고 하는 일종의 유랑극단流浪劇團을 형성하여 그 구성원은 남녀로 혼성되어 있어 남자는 거사居士, 여자는 여사당女社堂이라 부르며 그 우두머리를 모갑某甲이라 불렀다. 이들은 경향 각지를 돌아다니며 기예를 보여 여기서 얻는 수입으로 생업을 삼았으며 여사당들은 몸을 팔기도 하였다. 이때 여사당들이 받는 돈을 화채花債, 또는 해의채解衣債라 하였다. 끝으로 색주가色酒家라는 것이 있으니 이들은 여색女色과 술파는 것을 업으로 삼았기 때문에 붙여진 이름이다. 오늘날 흔히 부르는 작부에 해당하는 기생으로 상선이나 어선들이 모여드는 항구나, 노다지가 쏟아지는 광산은 물론이며 경향 각지의 주막 등의 술집에서 흔히 볼 수 있는 기녀들이다. 이들은 각각의 차이는 있지만 몸을 판다는 공통점을 갖고 있는 점이라 하겠다.

기생과 양반이 사이에 대어난 경우에 천자수모법賤子隨母法에 따라 아들은 노비로 딸은 어머니처럼 기생이 될 수밖에 없었다. 같은 기생이라하더라도 이들 양반들의 서녀庶女들은 교양의 정도가 높아 기생이 되더라도 양반의 소실少室이 되는 경우가 많아 그들의 힘으로 기생의 신분에서 벗어나 양민良民이 되는 경우가 있다. 또 이들은 양반들과 어울려 시를 짓거나 재능을 겨룰 경우 그들과 조금의 손색도 없고, 경우에 따라서는 뛰어난 미모와 정절로 그들의 환심을 사는 것은 물론 연모의 대상으로 남자의 마음을 사로잡는 경우도 비일비재했다.

비록 신분이 기생이지만 양반 사대부가의 부녀자들처럼 비단옷에 노리개까지 차고 다닐 수 있고, 양반 사대부들과 자유 연애를 할 수 있으며, 양반 사대부들의 소실로 들어앉아 친정을 살릴 수가 있었기 때문에 천민이란 신분적 억압에서 벗어날 수가 있었고 마음의 위안을 삼았을 것이다.

달리 기생의 영악한 면을 자주 볼 수 있으니 유몽인柳夢寅의 『어우야담 於于野談』에는 '올공금팔자兀孔金八字'라는 설화가 수록되어 있고, 남쪽 상인이 배에 생강을 싣고 평양으로 팔러 갔다가 기생에게 유혹 당하여 생강 한 배를 몽땅 탕진하고 마침내는 그 집에서 쫓겨나서 지었다고 하는

遠看似馬目　멀리서 보면 말의 눈깔 같고
近視如膿瘡　가까이서 보면 고름이 흐르는 농과 같네.
兩頰舞一齒　두 볼에는 이빨이 하나도 없는데
能食一船薑　한 척의 생강을 모두 먹어 버렸네.

를 보면 생강이란 당시에 일천 필의 포목이나 일천 석의 곡식에 해당한다고 했으니 상인의 멍청함보다도 기생의 영악함에 놀랄만하다.

선조 40년(1607)에 사헌부에서 아뢴 글에 당시에 거사居士라 불리는 남자들과 사당社堂이라 불리는 여자들이 패를 만들어 벌리는 패륜을 막아달라고 하였고, 이러한 사실을 풍자한 노래로 생각되는 「여사당자탄가女社堂自歎歌」

韓山之細毛施兮　한산의 세모시로

製衣常而衣之兮　옷을 만들어 입고

安城之靑龍寺兮　안성의 청룡사로

社堂僑業去兮　사당질 가세나.

儂之手兮 門扉之鐶兮　내 손은 문고리인가

此漢彼漢俱滲執兮　이놈도 잡고 저놈도 잡네

儂之口兮 酒巡之盃兮　내 입은 돌림잔인가

此漢彼漢俱親接兮　이놈도 빨고 저놈도 빠네

儂之腹兮 津渡之船兮　내 배는 나룻배인가

此漢彼漢俱搭乘兮　이놈도 타고 저놈도 탄다.

에서 여사당女社堂의 신세와 하층 기녀의 처지는 별다른 바가 없으니 기녀의 신분을 짐작할 수 있다고 하겠다.

　시조와 한시를 지을 수 있는 기생들은 양반 사대부들과 어울려 한시를 짓거나 시조를 지을 수 있는 시기詩妓나 가기歌妓들로 현재 시조와 한시를 남기고 있는 기녀들이 전부 양반들의 서녀라는 기록은 없어도 시를 짓거니 시조를 지을 수 있는 기녀들이라면 평소에 양반들을 상대할 수 있는 그들 나름대로의 소양을 갖춘다는 것은 쉬운 일이 아닐 것이니 아마도 이들을 양반 사대부 집안의 서녀 출신의 기녀로 볼 수 있는 것이 아닌가 한다.

4. 시詩·가기歌妓와 시작품

　기녀들은 누가 뭐래도 우선은 미인이어야 하는 것이 첫째 조건일 것이다. 거기에 가무를 곁들이면 더 바랄 것이 없겠지만 시가詩歌를 지을 수 있다면 이는 금상첨화였을 것이다. 기녀가 되는 것은 여러 가지 이유가 있었겠지만 그녀들 나름대로 남자들의 환심을 사기 위하여 많은 노력도 했을 것이다. 기녀로서의 예절을 익힌다든가 가무를 배운다든가 시가를 짓는 일에 소홀히 하지 않았을 것이다. 상대하는 남정네들 심리를 파악하여 그들의 기분을 상하지 않고 분위기를 파악하여 곤경에 처했을 때 이를 해결하는 재치와 기지는 절대적으로 갖추어야 할 덕목이었을 것이다.

조선시대 아녀자들이 글을 짓는다는 것은 극히 드문 일임은 주지의 사실이다. 양반 사대부 가문의 아녀자들도 이렇거늘 신분에 있어 상당한 차이가 나는 기녀들이 글을 짓는다는 것이 어쩌면 아이러니가 아닐 수 없다. 일찍부터 기녀가 되어 기생 수업의 과정을 겪으면서 한시문을 배운 경우도 있겠지만 대부분의 경우는 기녀로 생활하면서 상대하는 사대부들의 어깨 너머로 배운 것이 아닌가 한다.

기녀들의 작품을 보면 한시나 시조가 거의 전부이고 다른 형태의 글을 지은 것은 한말 최영년崔永年의 『해동죽지海東竹枝』에 보면 '감별곡感別曲'이라 하여

> 平壤妓妍妍紅 與觀察使 使有約仍無消息 乃反作此曲 而哀之終身不嫁 至今傳其曲 名之日秋風感別曲(평양기생 연연홍이 관찰사와 더불어 언약을 하였는데 이내 소식이 없었다. 이에 이 노래를 짓고 슬퍼하며 종래 시집을 가지 않았다. 지금까지 이 노래가 전해오니 그 이름이 추풍감별곡이다.)

이라 했는데, 이는 작자 미상의 고소설 『채봉감별곡彩鳳感別曲』 또는 『추풍감별곡秋風感別曲』에 들어있는 삽입의 노래의 연연홍이 지었다는 것이다. 그렇다면 기녀가 지은 유일한 가사작품에 해당하는 것이다. 그리고 일제 강점기인 1920년대 평양의 기생인 장연화張蓮花 시작품

놀이터의 노래에 목이 쉬어

돌아와서 화가 나 함부로 뜯는

가야금이여 줄이 끊어지도록 뜯으며

뜯으며 이 밤을 새일거나.

가 근래 『조선일보』에 소개되었다. 지금까지 이 두 작품 이외의 기녀들의 작품은 한시와 시조가 전할 따름이다.

시조를 짓는 경우의 대부분은 어떤 상대자가 있어서 그의 명령이나 그가 지은 노래의 화답으로 지은 것이다. 이들 시기詩妓나 가기歌妓의 상대자는 신분이 위로는 국왕에서 양반 사대부나 이름 없는 사람에 이르기까지 다양한 편이고, 이런 경우에 대부분이 자의에 의해 짓기보다는 타의에 의해 짓는 경우이며, 이런 경우에 돋보이는 것이 상대자의 요구에 의해 즉석에서 별로 어려움이 없이 응구첩대하는 식式의 재치가 돋보이는 점이라 하겠다.

시조의 경우 소춘풍笑春風은 성종成宗의 앞에서 국왕을 대신하여 행주行酒를 함에 영상領相에게 잔을 돌린 다음에 옆에 앉았던 무인武人 병판兵判은 다음의 순서가 의례 자기라고 생각하고 있다가 문형文衡을 잡고 있는 대종백大宗伯에게 권하면서

唐虞를 어제 본 듯 漢唐宋을 오늘 본 듯

通古今 達事理호는 明哲士를 엇덧타고

져 셜픠 歷歷히 모로는 武夫를 어이 조차리.

(『해동가요』 박씨본, 이하 海朴으로 표기: 海朴 262)

라고 하자 병판兵判이 바야흐로 노기怒氣를 머금자 병판 앞으로 나가 술잔을 권하면서

前言은 戱之耳라 내 말슴 험을 마오
文武一體 인줄 나도 暫間 아옵써니
두어라 赳糾武夫를 아니 좃고 어이리.(海朴 263)

하고 어색하게 될 뻔한 분위기를 바로 잡으며, 더 나가서는

齊도 大國이요 楚도 亦 大國이라
죠고만 藤國이 間於齊楚 ᄒ여시니
두어라 이 다 죠흐니 事齊事楚 ᄒ리라.(海朴 264)

라고 하여 문무文武 양편이 다 만족할 수 있도록 화해시키는 재치는 일
품이라 하겠으니 당연히 국왕도 소춘풍의 뛰어난 재치와 노래에 흡족해
하며 푸짐한 상품을 하사하였다고 한다. 임제林悌와 한우寒雨가 주고받았
다는

北天이 묽다커늘 雨裝 업시 길을 나니
山에ᄂᆞᆫ 눈이 오고 들에난 츤비로다
오ᄂᆞᆯ은 츤비 마자시니 어러 잘가 ᄒ노라.(海朴 96)

어이 얼어자리 므스 일 얼어자리
鴛鴦枕 翡翠衾을 어듸 두고 얼어자리
오ᄂᆞᆫ은 츤비 마자시니 더욱덥게 자리라.(海朴 266)

에서 임제가 부른 시조에 대해 곧바로 지었는지는 모르겠으나, 한우가
임제의 시조에 곧바로 화답한 노래라고 충분히 짐작이 간다.
  그러나 상대자의 요구나 여러 사람들 앞이 아닌 일방적으로 구애하는

경우에는 상대방을 그리워하는 감정이 노래 전체에 간절하게 나타남을 볼 수 있으니, 계랑의 경우 그가 사랑했던 사람이 오랫동안 소식이 없자

梨花雨 흣쑐릴제 울며줍고 離別흔 님
秋風落葉에 저도 날 生覺는가
千里에 외로운 꿈은 오락가락 흔다.(樂學 556)

라고 노래했는데, 이 노래는 사랑하던 사람인 촌은村隱 유희경劉希慶 (1545~1636)이 상경 후 소식이 없자 이 노래를 짓고 수절했다는 사연이 전하고 있다. 관기였던 홍랑洪娘은 북해평사北海評事로 경성에 와 있던 고죽孤竹 최경창崔慶昌(1539~1583)과 사귀었으나 고죽이 임기가 만료되어 서울로 돌아가자 영흥永興까지 배웅하고 함관령咸關嶺에 이르러 날이 저물고 비까지 내리자 이 시조를 지어 보냈다고 하는

묏버들 갈ᄒᆡ 것거 보내노라 님의 손ᄃᆡ
자시는 창밧긔 심거두고 보쇼셔
밤비에 새닙곳 나거든 날인가도 너기쇼셔.(傳寫本)

는 노래의 상대자가 노래하는 사람의 심정을 인지認知하느냐와 관계없이 자신의 감정을 노래한 것으로 자연 비감을 자아내는 애정가哀情歌일 수밖에 없다.

달리 황진이의

靑山裏 碧溪水ㅣ야 수이 감을 자랑마라
一到滄海ᄒ면 도라오기 어려오니
明月이 滿空山ᄒ니 수여간들 엇더리.(珍靑 286)

는 종실宗室에 벽계수란 사람이 있어 자기는 황진이 정도의 기생에게 관심도 없다고 큰소리로 떠들어 댄 사람을 여지없이 농락한 것으로 유명한 작품이다. 그만큼 자신에 대해 자부심이 강한 황진이의 일면을 볼 수 있는 작품이라 하겠다. 이런 자부自負는 솔이松伊의

> 솔이 솔이라 ᄒ니 무슴 솔만 너겨더니
> 千尋絶壁에 落落長松 닉 긔로다
> 길아릭 樵童의 졉낫시야 걸어볼줄 이시랴.(樂學 547)

와 같은 자부도 가상하다고 하겠다.

이처럼 황진이에게는 벽계수碧溪水가, 소백주小栢舟에게는 박엽朴燁이, 금춘今春에게는 박계숙朴繼叔이 있고, 구지求之에게는 유일지柳一枝가 있다고 하나 유일지가 어떤 사람인지는 알려진 바가 없다.

기녀들도 일반 아녀자들과 마찬가지 여자이기에 가장 근본적인 문제는 애정에 관한 것이 아닌가 한다. 비록 노류장화의 신세라고는 하지만 사랑하던 사람과 또는 사랑하는 사람과의 이별은 그만큼 어려웠을 것이고 힘든 일이었을 것이다. 또 기녀들은 예나 지금이나 젊음이 커다란 재산이었을 것이니 노기老妓나 퇴기退妓가 되어서 남정네들의 사랑을 받기란 어려운 것이라 아무래도 젊었던 시절의 추억을 가슴속에 간직하고 수시로 이들 기억을 회상하는 일들이 많았을 것이다. 고소설 『배비장전裵裨將傳』에서 볼 수 있는 것처럼 배비장은 기생 애랑愛郎에게 빠져 생이빨이라도 빼어주는 것처럼 기녀들은 남정네들에게서 얻은 이빨을 종이에 싸서 경대 서랍에 보관하였다가 늙어서 그것들을 보면서 젊었을 때의 추억을 되살리는 것을 낙으로 삼았다는 말도 있다.

한시를 보면 시조와 마찬가지로 상대자가 지은 시나 요구에 응구첩대하는 식으로 지은 것이 많다. 다음으로 많은 것이 이별을 아쉬워하는 것

이니, 시조를 지은 홍랑의 경우를 보면 시조와 마찬가지로 고죽 최경창과 이별하면서 지은

送別
玉頰雙濟出鳳城　晚鶯千囀爲離情
羅衫寶馬河關外　草色迢迢送獨行

것처럼 이별을 서러워하는 작품이 많다.

다음으로 지난날을 회고하는 것으로 단순히 사랑하던 사람을 회고하는 향랑香娘의 「회부懷夫」도 있으나, 매창梅窓의 「억석憶昔」은 지난 일을 회고하는 것이나, 황진이의

滿月臺懷古
古寺蕭然伴御溝　夕陽喬木使人愁
煙霞冷落殘僧夢　歲月崢嶸破塔頭

黃鳳羽歸飛鳥雀　杜鵑花發牧羊牛
神松憶得繁華日　豈意如今春似秋

는 단순한 회고의 대상이 사적인 것이나 개인이 아니고 회고의 대상이 고려를 회고하는 것임에는 저절로 숙연해짐을 느끼게 한다.

기녀를 해어화解語花라 부르기도 하여 다소 호의석으로 표현하기도 하나, 그들을 노류장화에 비유하는 것이 보편적인 표현일 것이다. 이런 신분 때문에 겪는 좌절감이나 정한을 노래한 것이 많다. 고려시대 시녀인 동인홍動人洪의 「자서自敍」나 매창梅窓의 「자한自恨」이나 「자상自傷」 등은 이에 해당한다. 거기에 돌봐줄 가족이 아주 없는 것은 아니겠으나 슬하에

자식이 없다 보니 질병으로 인한 고통과 외로움도 많았으니 매창의 「병중病中」이나

病中愁思
空閨養拙病餘身　長任飢寒四十春
借問人生能幾許　胸懷無日不沾巾

을 읽으면 저절로 눈물이 흐름을 억제하지 못할 것이다.

　남자들이란 사랑에 빠지면 생 이도 뽑아주는 어리석은 면도 있고, 사랑하던 기녀와 헤어지면서 자기만을 생각해 달라는 요구를 하는 경우를 흔히 볼 수 있다. 하지만 기녀에게 절개를 강요하는 것처럼 어리석은 일도 없을 것이니, 시대 미상의 충주기忠州妓 금란錦蘭을 사랑했던 충주목사 전목全穆이 자기와의 약속을 깨뜨리고 역승驛丞과 가까이 한다는 말을 듣고 시를 지어 보내지만 조롱하는 시를 지어 보낸다. 장성기長城妓 노화蘆花는 자신으로 인해 사회에 혼란을 가져오자 이를 잡으러 온 사람을 농락하고 그에게서 받아낸 약속을 공개석상에서 폭로하면서 지었다는

贈蘆御使
蘆兒臂上刻誰名　墨入雪膚字字明
寧見大同江水盡　此心終不負初盟

을 보면 기녀의 영악함에 혀를 내두를 정도이다. 계향의 다음 시는 간단히 풍자로만 보아 넘기는 것이 좋을 것이다.

嘲龜背人
人皆平直爾穹然　口在胸中身在肩

臥如心字無三點　坐似彎弓少一弦
回首僅能看白日　側身方可見靑天
付託匠工身後事　桐棺三尺製團圓

　기녀라 하여 다 소비적이고 사회에 폐단을 주는 것은 아니었고, 동가
식서가숙하는 그런 존재는 아니었으니, 태종조 성천기成川妓 일지홍一枝
紅은

我今十四年　一歲屬於春
春畝不勞苦　秋來豈獲新[1]

이라 하여 봄에 농사짓는 노고를 아끼지 않으면 가을에 어찌 곡식을 얻
겠느냐면서 열심히 노력할 것을 강조했고, 의성기義城妓 초옥楚玉은 어느
향생鄕生이 집적거리자 시를 지어 거절한

有鄕生桃之詩以拒之
我本荊山和氏玉　偶然流落洛江頭
秦城十五猶難得　何況鄕關一腐儒

를 보면 솔이松伊의 시조를 연상케 하여 기녀라고 하여 함부로 범접할
수 없는 기개를 가지고 있다고 하겠다.

---

1) 작자 미상의 시조라고도 함.

5. 작가의 신빙성

시는 대부분 특정한 장소에서 즉흥적으로 지어지고 형태가 단형이기 때문에 즉석에서 많은 사람들에게 전파되는 특성을 가지고 있다. 문자로 정착되기 이전에 구전에 의해 전파되기 때문에 몇 사람을 거쳐 가는 동안 벌써 원작과 달라지는 것을 흔히 볼 수 있다. 더구나 전달하는 과정에서 전달자가 자신의 의사를 보태기 때문에 뜻이 같은 다른 글자로 대체한다든지 기억의 불충분으로 구나 언이 바뀌는 경우가 비일비재하다.

시조의 경우 진본 『청구영언』에서는 앞에서 말한 것처럼 '규수삼인'이라 하여 황진黃眞이란 이름으로 황진이와 소백주, 매화의 3인 5수의 작품을 수록하고 있는데, 이는 이 가집의 편자인 김천택을 비롯한 여항인들의 뒤에, '연대결고'로 다룬 임진, 이중집과 서호주인 앞에 수록하고 있다. 그런데 박씨본 『해동가요』에서는 '명기팔인名妓八人'이라 하여 진본 『청구영언』에서 여항인으로 다룬 여항육인의 하나인 김천택과 편자인 자신만을 유명씨 끝으로 가져 와 자신을 기녀들보다 뒤에 다루어 스스로를 기녀들보다 못하다는 인상을 준 것은 자신의 작품을 기녀보다 앞에 다룬 김천택과 다르다고 하겠다.

그러면서 진이의 4수를 비롯해 홍장 1수, 소춘풍 3수, 그리고 소백주, 한우, 구지, 솔이, 매화의 각 1수씩 13수의 작품을 수록하고 있고, 주씨본 『해동가요』에서는 '명기구인'이라 하여 다복의 1수를 추가하고 있다. 김천택의 『청구영언』에서 3인만을 수록한 것은 작가의 신빙성을 고려하여 시대순으로 수록한 것이라 생각되나, 『해동가요』의 경우는 황진이의 작품을 제일 먼저 수록하고 다음에 홍장, 소춘풍 순으로 되어 있는데, 만약에 시대순으로 한다면 마땅히 홍장, 소춘풍 순으로 되어 있는데, 만약에 시대순으로 한다면 마땅히 홍장, 소춘풍, 황진이의 순서이어야 했을 것이다. 김천택이 가집을 만들 때에는 홍장이나 소춘풍의 작품이 세상에 알려지지 않았기 때문이라 생각할 수도 있겠지만, 다른 기록으로 미루어 소춘풍의 작품은 있었음을 김천택이 몰랐을 가능성은 충분히 있지만 홍장의 경우는 홍장의 작품이 세상에 이미 알려져 있어도 작가에 대한 신빙성이 문제가 있어 수록하지 않은 것이라 믿어진다. 김수장은 가집을 편찬하면서 김천택의 『청구영언』을 충분히 활용하면서도 자신의 의도도 충분히 살렸다고 하겠으니, 『청구영언』의 3인 가운데 진이를 맨 앞에 가져온 것은 그대로 따랐으면서도 다음의 소백주와 매화 사이에는 다른 기녀들을 삽입했다. 그러면서도 시대적으로 대단한 것은 아니나 임제와 관련 있는 한우와 박엽과 관련이 있는 소백주와의 순서는 바뀌어야 하는 것이 아닌가 한다. 『악학습령樂學拾零』에는 수록 순서가 진본 『청구영언』과 비슷하게 유명씨 끝에 수록되어 있으면서 황진이와 소백주, 매화는 진본 『청구영언』을 그대로 따랐으면서도 『해동가요』에 없는 옥이玉伊, 철이鐵伊, 강강월康江月, 송대춘松臺春, 계랑桂娘과 계섬桂蟾을 새로운 작가로 수록하였으면서도 가집 첫머리에 있는 작가목록의 순서는 황진, 소춘풍, 소백주, 송대춘, 강강월, 옥이, 철이, 송이, 한우, 홍장, 다복, 구지, 매화, 계랑, 계섬으로 되어 있어 순서의 일관성이 없다고 하겠다. 특히 옥이玉伊의 작품으로 알려진 것이나, 철이 또는 진옥의 작품으로 알려진

　　玉을 玉이라커든 荊山白玉만 여겻더니
　　다시 보니 紫玉일시 的實ᄒ다
　　맛춤이 활비비 잇더니 ᄯᅮ러볼가 ᄒ노라.(樂學 545)

　　鐵을 鐵이라커든 무쇠錫鐵만 여겻더니
　　다시보니 鄭澈일시 的實ᄒ다
　　맛춤이 골풀무 잇더니 녹여볼가 ᄒ노라.(樂學 546)

는 각각 옥이와 철이의 작품으로 되어있다. 가집에 따라 가사가 약간의 차이가 있으나, 작자가 앞의 것은 정철鄭澈로, 뒤의 것은 진옥眞玉으로 되어 있다. 이 노래들은 정철이 진옥(혹은 옥이)란 기생을 상대로 희화적으로 상대방의 이름을 넣어 작품화한 것을 진옥이 똑같은 수법과 의도로 정철을 희롱하기 위해서 지은 것으로 알려진 것이다. 우리는 임제와 한우의 사이에 응답한 것은 어느 정도의 신빙성을 가졌다고 하겠으나 정철과 진옥의 화답가는 어딘지 누군가에 의해 의도적으로 만들어진 것이 아닌가 하는 의혹이 짙다고 하겠다.

홍장紅粧의 경우『해동가요』에

寒松亭 들 불근 밤과 鏡浦臺에 물껼잔제
有信흔 白鷗는 오락가락 ㅎ것만는
엇더타 우리 王孫은 가고 안이 오느니.(海朴 261)

를 홍장의 작품이라 한 것을 시작으로 여러 가집에 마찬가지로 홍장의 작품으로 되어 있다. 이 작품은 서거정徐居正의『동인시화東人詩話』에 고려 말에서 조선 초기까지 살았던 박신朴信(1362~1444)과 기생 홍장과의 이야기를 배경으로 하고 있다. 그러나 이 시조의 초장과 중장은『고려사』권 71 속악조俗樂條에

寒松亭 世傳 此歌書於瑟底 流至江南 江南人未解其詞 光宗朝國人張晉公使江南 江南人問之 晉公作詩解之曰 月白寒松夜 波安鏡浦秋 哀鳴來又去 有信一沙鷗

한송정 : 세상에 전해지기를 이 노래는 슬의 밑바닥에 씌여져 강남까지 흘러갔지만 강남사람들은 그 노래의 뜻을 해독하지 못했다. 광

종조에 국인 장진공이 공사로 강남에 갔는데 강남사람들이 그에게 그 뜻을 물었다. 진공이 시를 지어 풀이하기를 "달 밝은 한송의 밤 파도가 잔잔한 경포의 가을. 슬프게 울며 왔다가 또 가는, 소식 전하는 갈매기 하나."라고 하였다.

라고 한 것을 보면 우리나라 악기의 하나인 슬瑟이 중국의 양자강 이남까지 흘러가 슬의 밑에 쓰인 글의 뜻을 그곳 사람들이 해득하지 못했는데 장진공張晉公이 사신으로 가서 그 뜻을 풀어 한시로 지었다는 기록으로 보아도 홍장이 지은 것은 아니고, 종장도 중국 당唐나라의 시인 왕유王維의 절구 '송별送別'

山中相送罷　日暮掩柴扉
春草年年綠　王孫歸不歸

의 결구를 가져다 시조화 한 것으로,

碧海 渴流後에 모릐 모혀 셤이 되어
無情芳草은 히마다 푸르러는듸
엇덧타 우리의 王孫은 歸不歸하느니.(樂學 8)

池塘에 비 쓰리고 場柳에 닉 씌인제
싸 일흔 갈머기는 오명가명 하는고야
엇덧타 우리은 歸不歸 하난고.(永類 124)

처럼 종장이 홍장의 시조와 같은 것이 있으니, 앞의 것은 구용具容의 작품으로 알려진 것이고 뒤의 것은 무명씨의 작품이다. 이처럼 몇 수의 작품에 이런 구절이 쓰인 것으로 보아 홍장의 작품은 후인의 위작僞作일 가능성이 크다고 하겠다. 계랑이나 홍랑의 작품은 자신들이 상대방을 그리워하여 지은 것이다. 홍장이라 하여 그렇지 말라는 법은 없겠으나, 『동인시화』에 전하는 박신과 홍장의 고사에서는 박신이 홍장을 그리워했지 홍장 쪽에서 박신을 못 잊어 마음 조리는 내용은 없다. 만약에 홍장이 박신을 못 잊어서 노래를 지었다면 『동인시화』에는 홍장이 박신을 못 잊어 노래를 지었다는 내용까지 들어 있었을 것으로 짐작된다.

가람본 『청구영언』에는 황진이의 작품 3수를 비롯하여 소백주와 매화, 홍장의 작품을 각각 1수와 새로 계단桂丹이란 기생의 작품을 3수 수록하고 잇는데 1수는 다른 가집에 소춘풍의 작품으로 되어 있는 "齊 도 大國이요……"이다. 그리고 송이松伊의 작품이라 하여 14수를 수록하고 있다. 이 가운데 다른 가집에 타인의 작품으로 되어 있는 것이 여럿이 있으니, 좀 더 구체적으로 살펴보면 『해동가요』에 박영朴英의 작품으로 되어 있고, 『악학습령』과 『동가선』에는 박은朴闇으로, 『대동풍아大東風雅』에는 송인宋寅의 작품으로 되어 있는

瞻彼淇澳혼듸 綠竹이 猗猗로다.
有斐 君子여 낙대를 빌리렴은
우리도 至善明德을 낙가볼여 ᄒ노라.(一海 33)

는 송이의 작품으로 보기 어렵다. 같은 가집에

곳보고 춤츄는 나뷔와 나뷔 보고 방긋 웃는 곳치
져 두리 思郞은 節節이 오건마는
엇덧타 우리의 王孫은 歸不歸 ᄒ는고. (靑永 304)

곳보고 츔츄는 나부와 나뷔 보고 방긋 웃는 곳치
　　　져 思郎하기는 造化翁의 일이로다
　　　우리의 思郎ᄒ기도 져 나뷔 져 곳 갓도다.(靑永 285)

처럼 초장만 같고 중장과 종장을 달리 하여 작자가 솔이와 김수장으로
되어 있다. 이것은 별개의 작품으로 다룬다 하더라도

　　　내 思郎 남 쥬지 말고 남의 思郎 貪치마소.
　　　우리의 思郎에 雜思郎 셧길셰라.
　　　아마도 우리 思郎은 類ㅣ 업슨가 ᄒ노라.(靑永 309)

를 일석본一石本 『해동가요』에

　　　내 思郎 눕주지 말고 남의 思郎 貪치마소.
　　　울이의 두 思郎에 雜思郎 혀 섯낄쎄라.
　　　平生에 이 思郎 가지고 百年同樂 ᄒ리라.(一海 517)

처럼 종장이 다르고, 무명씨의 작품으로,

　　　남은 두 ᄌᄂᆫ 밤에 내 혼자 니러안자
　　　輾轉反側ᄒ야 님둔 님 그리ᄂᆫ고
　　　츨ᄒ리 매 몬져 치여서 데 그리세 ᄒ리라.(靑永 303)

　　　남은 다 자는 밤의 ᄂᆫ 어이 홀노 안자
　　　輾轉反寐ᄒ고 님둔 님을 生覺ᄂᆫ고
　　　그님도 님둔 님이니 날 生覺홀줄이 이시랴.(樂學 425)

는 앞의 것은 송이의 것이요, 뒤의 것은 종장을 달리하여 이정보李鼎輔의 작품으로 되어 있다. 몇몇 가집에 백제의 성충成忠의 작품으로 되어 있는

> 뭇노라 汨羅水야 屈原이 어이 죽그니
> 讒愬에 더러인 몸 죽어 뭇힐 싸이 업셔
> 白骨을 滄波에 씨서 魚腹裏에 葬ㅎ니라.(靑永 314)

와 가람본 『청구영언』에는 이정보의 작품으로, 『악학습령』에는 이명한李明漢 작품으로 수록된 가집들이 송이의 작품이 수록되어 있는 것보다는 후대에 만들어진 가집으로 짐작되나 그렇다고 섣불리 이들을 모두 송이의 작품으로 단정하기는 어렵다고 하겠다. 한시의 경우를 보면 우선 황진이의 작품 가운데 「영반월詠半月」은 당唐나라 시인의 작품이고, 「송도松都」 석주石洲 권필權韠(1569~1612)의 아우인 초루草樓 권겹權韐(?~1613)의 작품이라고 호곡壺谷 남용익南龍翼이 편찬한 『기아箕雅』에 수록되어 있으며, 김득신金得臣의 『종남잡지終南雜識』에도 권겹의 작품으로 되어 있다. 홍만종洪萬宗의 『소화시평小華詩評』에 보면 택당澤堂 이식李植(1584~1647)이

> 雪月寒鐘故國時　九齡佳句世間知
> 風塵歷抵空時襄　江海歸來有酒卮
> 囊裡虎蹈身擁褐　案頭丹訣鬢成絲
> 猶應五竇聯珠集　不廢高名死後垂

> 눈속에 달빛 밝고 종소리 찬 옛 서울
> 아홉 살 소년의 아름다운 싯귀는 세간이 다 인다네

풍진 세상 두루 겪고 나닌 그 시절 사람 다 사라졌고
강해에서 돌아와 보니 남은 것이라곤 술잔뿐
주머니 속에 호도가 들어있지만 몸은 베옷을 걸쳤고
책상머리에 단결이 있건만 머리는 허옇게 쇠었다네
그래도 오두의 연주집에 짝하여
높은 이름 사라지지 않고 죽은 뒤 후세에 드리워지리.
- 해석: 안대회

라고 하여 권겹이 아홉 살 때 지은 것이라 했다.

다음으로 매창의 작품을 보면, 「윤공비尹公碑」는 『매창집梅窓集』 끝에 수록되어 있어 이제까지 매창의 작품으로 알려져 왔으나 허균許筠의 『성수시화惺叟時話』 끝에 수록되어 있어 이제까지 매창의 작품으로 알려져 왔으나 허균의 『성수시화』에 보면 이원형李元亨이란 사람이 계생 달밤에 비석 옆에서 거문고를 뜯으며 노래를 부르는 보고 지었다고 하였으니 분명 이는 이원형의 시인데 계생과 관련이 있으므로 후인이 계생의 작품으로 잘못 알고 끼워넣은 것이라 하겠다. 「자한自恨」이란 제목의 시는 3편이 있는데 그 가운데 하나인

夢罷愁風雨　沈吟行路難
慇懃樑上嚥　何日喚人還

故人交金刀　金刀多敗裂
不惜金刀盡　且恐交情絶

悖子賣庄土　庄土漸扯裂
不惜一庄土　只恐宗祠絶

의 3수로 되어 있으나 이는 「증취객贈醉客」이라 하여 따로 된 시가 사실은 「자한」의 첫째 수首로 와야 하는 것이니 「증취객」은

醉客執羅衫　羅衫隨手裂
不惜一羅衫　但恐恩情絕

이니 「자한」의 2, 3수와 반복하여 지은 수법이나 운韻이 동일하다. 이를 『조선해어화사』에서는 「계생삼한절」이라 한 것이 타당한 것이라 생각된다.

『소화시평』 하권에는 황진이와 매창을 비롯하여 추향과 취선의 기녀시를 수록하고 있다. 그런데 『조선해어화사』에서는 추향을 호서기湖西妓라고 하면서 추향의 「창엄정蒼嵒亭」은 제목 없이, 취선의 「백마강회고白馬江懷古」를 같이 추향의 작품으로 다루고 있는 것은 잘못이라 하겠다.

『풍요속선』에서 남원기南原妓 계화桂花의 「광한루廣寒樓」를 『조선해어화사』에서 계월桂月의 작품이라 한 것도 평양기 계월은 아니고 남원기 계월이라 한 것은 계화의 잘못이라 생각된다.

『풍요속선』에는 진주기 계향桂香의 「기원寄遠」만 수록되어 있는데 『조선해어화사』에는 「수사愁思」와 「윤공비尹公碑」의 2수는 매창의 것을 잘못 다룬 것이다. 문제는 『증보해동시선』에서는 전주기로 되어 있으나, 『조선해어화사』에서 박엽이 평양감사로 있을 때의 일화를 곁들여 평양의 박색薄色 기녀의 작품으로 되어 있는 것이

我本天上月中娘　謫下人間第一娼
當年若在蘇臺下　豈使西施取吳王

妾曾天上月中娘　謫下人間第一娼

若使姑蘇臺上立　　不敎西自醉吳王

처럼 차이가 난다. 『증보해동시선』에는 「원사怨詞」란 제목이 있고, 정비
석의 『기생열전』에서는 전주기의 이름을 백련白蓮이라 밝혔다. 승이교勝二
喬의 시는 2수가 『증보해동시선』에 수록되어 있는데, 「추회秋懷」라 하여

霜雁拖寒聲　　寂幕過山城
思君孤夢罷　　秋月照窓明

만으로 되어 있으나, 『조선해어화사』에는 제목 없이

西風吹衣裳　　衰容傷日月
蓮塘秋雨疎　　露枝寒蟬咽
霜雁拖寒聲　　寂寞過山城
思君孤夢罷　　秋月照窓明

처럼 마치 오언 율시로 되어 있으나 이는 2수로 된 별개의 절구로 보아
야 하고 『증보해동시선』에서는 2수만 수록한 것이다.

6. 기녀 작품의 특색

기녀들의 작품이라 해서 일반 작사의 작품과 크게 차이가 나는 것은
아니지만 그래도 나름대로의 특색을 찾아 볼 수 있다고 하겠다.

시조의 경우 그 대표적인 것을 우리는 황진이의 작품에서 찾을 수 있
는 것이 아닌가 한다. 현재 6수의 시조를 남기고 있는 황진이는 『청구영
언』과 『해동가요』에 각각 3수와 4수가 수록되어 있어 가집 편자들이

'여정규수閭井閨秀'의 작품으로 제일 먼저 거론할 정도로 가집을 편찬할 당시에도 세상에 널리 알려졌음을 알겠다. 물론 황진이는 자신을 송도삼절松都三絶에 포함시킬 정도로 기녀로서의 명성이 자자했고 나름대로의 자부심도 대단했던 것도 물론이겠지만 노래 자체가 다른 기녀의 작품에 비해 한층 뛰어났음을 의미하는 것이라 하겠다.

이처럼 기녀들의 작품은 우선 다른 일반작가의 작품에 비해 조사나 어휘가 작품을 읊고 노래하기에는 조금도 손색이 없을 정도로 음악적 효과를 살려냈다는 점을 들 수 있을 것이다. 황진이의

> 어져 내 일이야 그리줄을 모로ᄃ냐
> 이시랴 ᄒ더면 가랴마 제 구ᄐ야
> 보내고 그리는 情은 나도 몰라하노라.(珍靑 2)

은 송강이나 고산에 버금하는 순수한 우리말로 작품을 만든 뛰어난 솜씨에 감탄할 따름이다.

다음으로 자신들의 인상을 상대자에게 뚜렷이 하고 이름을 잊지 않게 하기 위해 자신들의 이름을 노래 속에 포함시켜 자연스럽게 읊고 있다는 사실이다. 『해동가요』를 편찬한 김수장은 자신의 기성서리騎省書吏를 지냈다고 했으나 그의 작품 가운데

> 折衝將軍 龍驤衛 副護軍 날을 아는다 모로는다
> 닉 비록 늙엇시나 노릭 춤을 추고 南北漢 놀이 갈쎄 쎠러진적 업고
> 長安 花柳 風流處에 안이 간 곳이 업는 날을
> 閣氏네 그다지 숙보아도 ᄒ롯밤 격거보면 수다한 愛夫들에 將帥
> 될 줄 알이라.(周海 559)

를 보면 아마도 언제인가 비록 명예직이라 생각되지만 용양위 부호군의 절충장군의 칭호를 받은 일이 있으나 유가遊街의 각씨閣氏들에게도 합당한 대접을 받지 못하고 있음을 노래한 것으로 생각된다. 그런 것보다는

非龍非彲 非熊非羆 非虎非貔는 渭水之陽 姜呂尙이요
非人非鬼 亦仙은 水簾洞中 孫悟空이라
이 中에 非眞似眞 似狂非狂은 花谷 老歌齋인가 ᄒ노라.(周海 566)

처럼 비록 이름이 아닌 호를 써서라도 자신을 노래 속에 넣어 이 노래를 듣거나 읽는 사람에게 화곡花谷에 사는 노가재가 누구임을 확실하게 알리는 효과를 거두었다고 하겠다.

이처럼 자신의 이름이나 아호로 알려진 것을 노래에 삽입시켜 지은 것이 황진이의

靑山裏 碧溪水ㅣ야 수이 감을 쟈랑마라
一到蒼海ᄒ면 도라오기 어려오니
明月이 滿空山ᄒ니 수여간들 엇더리.(珍靑 286)

을 비롯하여, 한우, 매화, 옥이, 철이와 송이와 구지를 들 수 잇는데 송이와 구지의 작품은 다음과 같다.

솔이 솔이리 ᄒ니 므슨 솔만 넉이 난다
千尋絕壁에 落落長松이 내 긔로다
길알애 樵童의 졉낫이야 걸어 볼쭐 이시랴.(海朴 268)

長松으로 빈를 무어 大同江에 씌여 두고

柳一枝 휘여다가 구지구지 미얏눈딕

어딕셔 妄伶엣 거슨 소혜들나 ᄒᆞ᠆ᄂ니.(朴海 267)

끝으로, 이들의 시조에는 엇시조나 사설시조와 같은 장시조가 없다는
점이다.

世上 富貴人들아 貧寒士를 웃지마라

石富萬財로 匹夫에 긋치고 顔貧一瓢로도 聖賢에 니르시니

내몸이 貧寒ᄒᆞ야마ᄂᆞ 내길을 닥그면 ᄂᆞᆷ의 富貴 부르랴.(珍青 474)

를 매화의 작품으로 다룬 경우가 있으나 이는 잘못이 아닌가한다.

한시의 경우에 형식에 있어 상대자의 노래에 응구첩대하는 식으로 지
은 것이 있기에 절구가 아닌 척구隻句로 남아 있는 것이 많으며, 절구나
율시 가운데 절구가 절대적이다. 절구도 오언절구보다는 칠언절구가 월
등히 많다. 매창을 비롯하여 부용이나 죽서에게는 각각 『매창집』, 『운초
집』과 『죽서시집』이 있어 많은 작품이 수록되어 있어 동일한 제목 아래
여러 수의 작품을 지은 연시連詩 작품을 볼 수 있으나 대부분의 기녀들
은 그들의 작품이 연회의 자리에서 지어진 것들이라 생각되니 단수單首
로 전하고 있으며, 수록된 문헌에 따라 시구가 다름을 흔히 볼 수 있다.
심한 경우는 한 구句가 달라진 경우도 있으나 대부분 한 두 자의 차이가
남을 보편적으로 대하게 된다.

시조의 경우 기녀가 아닌 다른 작품도 그 제작 동기가 알려진 경우가
흔하지 않다. 그러나 한시의 경우 가집이 아닌 시화집 등에 수록되어 있
는 경우 그 시를 짓게 된 동기나 일화가 함께 수록되어 있어 작품을 이
해하는 데 많은 도움을 준다고 하겠다.

7. 결어

지금까지 기녀시조와 한시에 대해서 언급했다. 먼저 기생이 언제부터 있었느냐에 대해서는 그 유래가 아무래도 멀리 신라시대까지 올라갈 수 있으며 고려와 조선시대에 내려오면서 신분상 최하위인 팔천의 하나이기는 하나 경우에 따라서는 신분 상승을 이루어 양반집의 부녀로까지 가능했음을 볼 수 있으며, 대체로 기생은 관부官府의 기적에 올라 있어 관기들이지만 황진이처럼 신분의 제약을 덜 받는 경우도 있다. 거주하는 곳에 따라 경기나 지방기로, 재능에 따라 시기나 가기, 또는 창기 등의 구별이 있고, 조선조 말기에 와서 일반적으로 기생은 천대해서 부르는 갈보란 칭호가 생겨 여기에도 여러 부류가 있었다.

시조와 한시는 기생들 가운데 가기 또는 시기라고 불리 우는 기생들에 의해 지어진 것으로 가기와 시기 사이에 어떤 구분이나 차이가 있는 것을 아니라 하더라도 가기는 시기보다는 한 단계 아래에 속한다고 볼 수 있으니, 시조를 짓는 것이 한시를 짓는 것보다 쉬운 것은 아니라 하더라도 시의 성격상 대부분 주석과 같은 연회석에서 상대자의 요구에 부응하여 지었다고 하더라도 한시는 시조보다 쉽게 지어지는 것은 아닌가 한다. 주제상 서로의 공통점을 찾는다면 사랑하였거나 사랑하는 상대방을 그리워한 나머지 자신의 심정을 노래한 것이 많다는 점이다.

작가에 대한 신빙성은 시조가 한시보다 더 떨어진다고 하겠다. 시조의 경우 황진이와 같은 기생은 많은 일화가 각종의 문헌에 남아 있어 몇몇 작품의 신빙성에 대해서는 수긍이 가지만 여타의 기녀들은 가집에 따라 작가의 혼동이 많고 후대에 와서 누군가에 의해 잘못 알려졌을 가능성도 있어 신빙성이 문제가 될 수밖에 없다고 하겠다. 한시에 있어서도 수록 문헌에 따라 작가를 달리하는 경우가 있다.

기녀 작품의 특색이라면 시조에 있어서는 운율이나 음악성이 훌륭하며, 자신의 인상을 상대방에게 뚜렷하게 인식시키기 위한 방법으로 자신의 이름을 삽입한 점과, 형식상 평시조만 있다고 하는 점이라 하겠다. 한시의 경우는 형식에 있어서 아무래도 율시보다는 절구가 많고 오언절구보다는 칠언절구가 많다. 가집이 아닌 시화집 등에 수록되어 있는 경우에 작품을 짓게 된 동기가 함께 수록되어 있어 작품을 이해하는 데 많은 도움을 준다고 하겠다.

제5장 문화론

현대시조란 무엇인가

임 종 찬*

1. 집단시조와 개인시조

시는 대상을 언어화한다. 대상을 언어의 영역 안에 용해시킨다. 이것을 다르게 말하면 사물의 명명命名이라 할 수 있다. 사물에 대한 명명이 있기 전에는 사물은 존재하지 않았거나 존재했다 해도 현재 명명된 대로는 존재하지 않았다. 그러므로 시의 언어는 사물을 적절한 방식으로 지시한다고도 하고 그 사물성(thingness)을 드러내는 일을 하므로 창조한다고도 할 수 있게 된다.

그런데 시가 대상을 언어화했을 때 언어가 나와 대상과의 연관성을 기호화환 개인어(personal speech)인지 비개인어(impersonal speech)인지 하는 것이 문제가 된다. 전자를 극대화하면 비의적秘義的 시(Das hermetishe Gedicht), 즉 전문가의 해석에 의해서만 판독되는 시기가 되고 말지만 후자를 극대화하면 선전문구 같은 통속적 취미의 시로 전락한다.

개인시는 개인 언어의 시적 변용이다. 개인시는 시인으로서의 전문성과 그것으로 인하여 취득되는 사회적 보장을 노리는 시이므로 독자의

---

* 부산대학교 명예교수.

성숙하고 고상한 취미에 기여하려 든다.

집단시는 비개인어의 시적 변용이다. 그것은 집단이 지향하는 이념을 노출시키거나 집단이 암묵적으로 요구하는 사고의 틀을 시의 형식으로 바꾸어 놓은 시이므로 독자로 하여금 어느 방향으로의 지향을 유도하거나 어느 방향으로의 자각을 촉진하고자 하는 시라고 할 수 있다.

고시조(여기서는 단시조를 이름이다)는 주로 사대부들이 지은 노래다. 그러므로 그들이 지은 시조 속에는 사대부로서의 사회적 책임, 사대부로서의 자세 확립 같은 것이 잘 드러나 있다. 곧 고시조는 대부분 집단의식을 내포하고 있는 집단시조인 셈이다.

① 出ᄒ면 致君澤民 處ᄒ면 釣月耕雲
　　明哲君子는 이룰사 즐기ᄂ니
　　ᄒ믈며 當貴危機라 貧踐居를 ᄒ오리라
　　　　　　　　　　　　　　　- 권호문

② ᄆᆞ올 사ᄅᆞᆷ들하 올ᄒᆞᆫ일 ᄒᆞ쟈ᄉᆞ라
　　사ᄅᆞᆷ이 되어나셔 올티곳 못ᄒᆞ면
　　ᄆᆞ쇼를 갓고갈 스워 밥머기나 다ᄅᆞ랴
　　　　　　　　　　　　　　　- 정철

③ 술도 머그려니와 德 업스면 亂ᄒᆞᄂ니
　　춤도 추려니와 禮 업스면 雜되ᄂ니
　　　　　　　　　　　　　　　- 윤선도

①에서 보듯이 사대부란 출하면 치군택민致君澤民하여야 하는 책무가 주어진 신분이다. 다른 말로 하면 경국제민經國濟民을 해야 하는 신분이

다. 그래서 그들은 ②와 같은 시조를 지어 경민敬敏하기도 하고, ③과 같이 스스로를 다스리거나 입회하고 있는 이들에게 그들이 지향하는 정신세계에 대해 경각심을 불어넣으려 하였다. 때로는 삶의 현장의 심각함을 무화無化시키기 위해서 또는 극복하기 위해 강호한정江湖閑情 안빈낙도安貧樂道를 자처하였다. 그런데 당시 사대부들이 느끼고 있었던 사회적 책임과 자기들이 행할 자세는 지극히 한정적임을 알 수 있다. 그것은 모순된 현실국면의 타개를 위한 개혁의지를 보이기보다는 현실에 대한 적응과 조화의 길을 택하거나 현실로부터의 도피를 택하였다. 가령 정다산丁茶山의 「기민시飢民詩」에서 보듯이 "관가의 돈 궤짝을 남이 볼까 귀귀하는데 우리를 굶게 한 것은 이 때문이라[官帑惡人窺 豈非我所贏]"고 하여 현실의 모순을 고발하고 있는데 시조에서는 이와 같은 작품들이 극히 드문 것도 사대부들의 현실관과 통하는 일면이라 하겠다.

조선조시대에는 도道가 행行해지면 나아가 겸선兼善하고 도道가 행行해지지 않으면 물러나 독선獨善한다는 유가풍儒家風에 따라 자신을 수기修己하기 위함이라는 현실도피의 합리적으로 설명될 수도 있었다. 그래서 사대부들이 시조 속에는 주제가 다양하게 나타나고 있는 것 같지만 작품의 밑바탕을 관류하는 정신면에서 살피면 사대부로서의 신념체계의 옹호 즉, 자기들 나름대로 해석된 주자적 이념세계의 옹호에 있음을 알 수 있게 한다.

한 특정한 계층 또는 집단을 규정짓는 신념체계를 이데올로기라고 한다면 사대부들은 지배층이라는 특정사회에 속함으로써 그들 집단의 이데올로기에서 벗어날 수 없었다.

그들의 사고는 사회적 조건으로부터 발전하거나 개인적 조건으로부터 변화한다기보다는 사회집단에 근거를 둠으로써 이념의 고착성을 가지게 되었던 것이다. 그리고 그들 집단의 지향성이 문학으로 나타났을 때에는 그들 계층의 옹호를 위한 변명일 수도 있었던 것이다.

대신 고시조 작가들 중 지배계층에서 소외된 중인계층이나 기녀들의 시조 속에는 사대부 층에서 보여주었던 의식은 희미해질 수밖에 없는 것이다.

④ 압록강 흐진 날에 애엿뿐 우리님이
　　燕雲萬理를 이드라고 가시는고
　　봄풀이 부르거든 卽時 도라 오소셔
　　　　　　　　　　　－ 장현(甁歌 355)

⑤ 冬至ㅅ 들 기나긴 밤을 한 허리를 베혀내어
　　春風 니불 아래 서리서리 너헛다가
　　어론님 오신 날 밤이여드란 구뷔구뷔 펴리라
　　　　　　　　　　　－ 황진이(靑珍 287)

④는 역관의 작품이고 ⑤는 기녀의 작품이므로 이들은 지배층과는 거리가 있는 신분이었다. ④, ⑤에서는 사대부연하는 말투인 '아희야, 두어라, 어즈버' 등의 표현도 보이지 않고 종장 끝에도 '하노라'하는 행세투의 표현도 보이지 않는다. ④는 연가풍의 시조인데 사대부시조에서는 임금에 대한 신하의 다함없는 충심을, 사랑하는 임에 대한 다함없는 애정으로 위장하여 나타냈다. 남녀 간의 순정을 노래한다는 것은 사대부들 체면에 용납되지 않았던 모양이다. 그러나 중인신분, 기녀신분이고 보면 자기의 감정을 굳이 위장하면서 나타낼 필요가 없었던지 ④, ⑤같은 사랑노래가 등장하고 있다. 그리고 그들 신분들은 주자적 이념의 시조화는 체질적으로 맞지 않았고, 또 군에 대한 충을 이야기하기에는 자기 신분에 걸맞지 않을 뿐더러 연회석상에서 여흥을 도와야 하는 역할담당자가 이성적 논리로서의 진지성으로 일관한다는 것도 어색한 일이었다.

어쨌든 ④, ⑤는 계급적 이데올로기나 집단의 집합화를 의도하지 않는 개인감정의 시조화라고 할 수 있게 된다. 즉 개인시로서의 시조다.

개인시는 인간의 내부에 잠복하고 있는 보편적 정서를 보다 인상 깊게 전달함으로써 인간성의 평등을 일깨우는 시의 세계인 것이지 어느 특정 계급 또는 어느 특정 부류를 내포적 독자로 가지지는 않는다.

④, ⑤는 사랑에 대한 열망, 사랑하고 싶은 대상에 대한 호기심을 자극하는 시조다. 인간의 보편적 정서를 개인적 차원으로 발화한 작품이다.

현대시조는 ④, ⑤와 같은 보편적 정서의 개별적 체험을 나타내고자 하는 시적 세계다.

⑥ 가다가 주춤
머무르고 서서
물끄러미 바래나니

산뜻한 너의 맵시
그도 맘에 들거니와
널 보면 생각히는 이 있어
못 견디어 이런다

― 曹雲 「野菊」 전문

고시조에서 국화는 오상고절傲霜孤節의 대명사였다. 고절孤節이라는 유교적 관념세계를 말하려다 보니 이것이 대치물로서 국화가 발견된 것이고 그래서 국화는 사군자四君子 중의 하나로 지칭되게 된 것이다. 그러나 ⑥은 관념의 대치물로서의 국화가 아니라 국화는 그리운 이의 매개물로서의 역할일 뿐이다. 현대시조가 고시조에서 벗어나 시조를 현대화하고자 했을 때 제일 먼저 궤도수정을 해야 했던 것은 개인시로써 세계관을 펼치는 것이었다.

2. 듣는 시조와 읽는 시조

시조는 초·중·종의 3장으로 구성되어 있다. 초·중·종이라는 말은 애초 시조창에 쓰던 음악용어였는데 이것이 그대로 문학용어로 쓰이고 있다. 시조창이 3장으로 불리는 것과 시조는 3장으로 구성되어 있다는 것은 창과 창사의 조화로운 만남이 이루어지고 있음을 의미한다고 하겠다.

시조가 3장으로 그리고 각 장은 4음보로 이루어져 있는 것은 음악과 밀접한 연관을 가진다. 음악적 휴지(musical pause)와 문학적 휴지(logical pause)가 잘 들어맞음으로 인하여 결과된 것이 시조 형식이라는 말이다.

시조창의 경우 초장 다음에는 긴 휴지가 오므로 창자唱者가 여기서 잠시 쉬게 된다. 중장 다음에도 긴 휴지가 온다. 그렇기 때문에 창가唱詞의 초장이나 중장은 다음 장이 계속되기 전에 가의歌意가 정리되어 있어야 한다. 각 장의 끝이 연결어미나 종결어미로 끝맺어 있는 것도 창唱에 있어 장章이 끝나는 자리에 오는 음악적 휴지와 연관된 결과다. 논리상 연결어미나 종결어미는 쉼을 의미한다.

연결어미는 종결어미에 접속사를 더한 형태다. 이를테면, 하니 → 하였다. 이러하니, 하면 → 하였다. 그러면, 하므로 → 하였다. 그러므로 등등에서 보듯이 연결어미는 그 자체가 종결어미의 뜻을 가진 형태라 하겠다. 이것은 앞서 말했듯이 음악상의 휴지와 문학상의 휴지가 조화롭게 만나게 하기 위한 노력 때문에 일어난 현상이다.

고시조가 창사였다는 사실은 창하는 이의 입장에서 보면 창사를 쉽게 알아듣도록 하는 장치가 들어 있어야 한다. 창하기에 편리한 장치의 일부로서는 앞서 말한 음악상의 휴지와 문학상의 휴지가 잘 들어맞는 경우여야 함을 의미하겠는데(이것은 동시에 청자의 편리를 위한 장치일 수도 있

다) 듣기에 편리한 장치로는 다음의 몇 가지를 들 수 있겠다.

　　1) 창을 듣는 청자의 지적 수준과 기호 및 의식세계에 알맞은 말의
　　　 선택이 창사 속에 포함되어 있을 수 있다.(말의 선택)

　　2) 청자가 쉽게 예측할 수 있는 구조적 연결형태가 창사 속에 포함되
　　　 어 있을 수 있다.(구조적 연결형태)

　　3) 관습화된 통사적 공식구(syntactic formula)가 창사 속에 포함되어 있
　　　 을 수 있다.(통사적 공식구)

　　4) 청자에게 의미를 잘 전달하기 위하여 반복구조가 창사 속에 포함
　　　 되어 있을 수 있다.(반복구조)

　고시조가 이 같은 장치를 내재해야 하니까 시로서 가져야 할 함축적
의미를 덜 가지게 되거나 시적 상상력이 미약하게 나타나는 경우가 많
게 되었다. 현대시조는 이와 같은 장치들을 굳이 가질 필요가 없어졌기
때문에 시조 속에 보다 풍부한 상상력과 함축적 의미를 가질 수가 있어
서 시조 작품을 감상할 때 독자에게 다양한 해석으로 아기자기한 맛을
느끼도록 해준다.
　현대시조의 특징 중 하나는 들어서 금방 이해가 되는 시조보다는 읽
어서 의미를 따져봐야 하는 시조들이 많다는 점이다. 이 점은 시조가 창
사에서 벗어나 있다는 의미를 내포하고 있다. 즉 듣는 시조가 아닌 읽는
시조임을 의미하게 된다.

　　⑦ 一擧手 一投足에도
　　　 왜? 왜? 왜? 「왜」의 화살들

　　　 따짐없는 새와 짐승의

저 純粋가 無知로라면

人間을 汚染한 知識

말끔 씻고 말고지라

              - 이호우, 「왜? 속에서」 전문

   ⑦은 이미지에 중점을 두지 않고 의미에 중점을 둔 시조이므로 곰곰이 의미를 캐 들어가야 하는 시조인 셈이다. 여러 번 읽어서 따져봐야 하는 '생각하게 하는 시조'라는 말이다.

   ⑦은 현대시조가 창을 목적으로 하는 시조가 아닌 읽는 시조임을 의미하는데, 현대시조가 창을 목적으로 하지 않기 때문에 연작을 위주로 창작하고 있음도 설명되어야 하겠다. 시조를 창하는 방법으로는 크게 가곡창과 시조창의 두 방법이 있는데, 이들의 하위범주에는 또 여러 창법이 있지만 가곡창에서 갈래된 창은 가곡창의 박자, 시조창에서 갈래된 창은 시조창의 박자에서 어긋나지 않는다.

   어느 창이든 시조 한 수를 창하고 나면 긴 시간의 휴식이 필요해진다. 긴 시간의 휴식은 결국 시조를 단수 위주로 발전시키는 데에 기여를 했다. 긴 휴식은 결과적으로 앞서 진행된 가사의 의미와 뒤에 진해될 가사의 의미를 통합한 보다 큰 의미체를 구성시키는 데에 방해가 된다. 그것은 긴 휴식이 의미의 통합을 어렵게 만들기 때문이다. 창을 목적으로 한 것이 아니라 음영吟詠을 목적으로 한 시조인 경우엔 사정이 달라질 수 있다. 가령 「고산구곡가高山九曲歌」, 「도산십이곡陶山十二曲」 같은 것들은 9폭 혹은 12폭 병풍에 써 놓고 읊조리기에 편리한 형태다. 이것들은 여러 명이 돌아가며 창하지 않고 혼자 창한다면 너무 긴 시간이 소요되어 힘들 뿐 아니라 듣는 이도 휴식 너머 진행되는 한 수 한 수의 의미를 연결시켜 나가기에 무리가 있을 수 있겠다.

   현대시조는 듣는 시조가 아니고 읽는 시조라고 하는 측면이 연작시조를 가능하게 한 것이다. 이때의 연작시조는 각 수끼리의 유기적인 연결이 이루어져서 시조 한 편 전체가 큰 하나의 의미체로 묶여진 시조를 의미한다.

⑧ 낙동강 빈 나루에 달빛이 푸릅니다
무앤지 그리운 밤 지향없이 가고파서
흐르는 금빛 노을에 배를 맡겨 봅니다

낯익은 풍경이되 달아래 고쳐보니
돌아올 기약없는 먼 길이나 떠나온 듯
뒤지는 들과 산들이 돌아 돌아 뵙니다
아득히 그림 속에 淨化된 초가집들
할버진 律지으시고 달이 밝았더니다

미움도 더러움도 아름다운 사랑으로
온 세상 쉬는 숨결 한 갈래로 맑습니다
차라리 외로울망정 이 밤 더디 새소서
- 이호우, 「달밤」 전문

첫 수에서는 달밤에 낙동강 나루에서 배를 띄우는 장면, 둘째 수에서는 달빛에 고쳐보이는 풍경, 셋째 수에서는 과거 달밤과의 대비, 넷째 수에서는 달밤의 정취를 탐닉하는 것으로 되어 있어서 각 수는 '낙동강변의 달밤에 연유한 서정'이라는 큰 테두리 안에 부분으로 놓이게 된다. 그러므로 연작시조의 각 수는 전체에 통합하기 위한 유기적 파편이라 할 수 있게 된다.

3. 현대시조의 개혁을 위한 몇 개의 노력

첫째, 파형시조를 통한 새로운 시조형을 시도하였다. 이러한 경험은 개화기시조에서 쉽게 발견된다. 개화기는 대내외적 모순을 제거하기 위한 민족운동이 활발히 진행되었던 시기였기 때문에 이 시기에 전개된 사상이 시가형태로 많이 표출되었다.

사상의 전개를 시가형태로 나타내고자 할 때에는 시가가 갖는 율문의 규칙 때문에 산문에 비해 사상 전개가 구체성을 띠지 못하지만 사상이 정서와 융합하거나 리듬과 융합함으로써 산문에서보다는 특별한 효과가 있을 수 있다는 측면에서 당시의 개화기 지식인들은 개화기 시가를 많이 지었던 것이다.

> ⑨ 사랑ᄒᄂ는우리청년들 오ᄂ늘날에셔르맛나니
> 반가온뜻이 慇懃ᄒ혼 중나라생각더욱깁헛네
> 언제나언제나
> 獨立宴 에다시맛날가
>
> 청년들이쿄상나라를 ᄂ케ᄒ흠도니 責任이오
> 홍케ᄒ흠도니 聯分이라
> 소원을소원을
> 성취할날이머지안네
>
> — 「相逢有思」 전5연 중 1·5연

이것은 『대한매일신보大韓每日申報』(1909. 8. 13)에 실린 작품이다.

이러한 작품들은 시조형을 변개한 작품들인데, 이렇게 함으로써 새로운 내용을 담을 수 있는 가능성을 실현함과 동시에 독자들에게 새로운 형태를 통한 신선미를 제공하려 의도한 것 같다. 이러한 실험의식은 개화기시조의 한 특징이 되고 있는데 이러한 특징의 분명한 예로서 다음과 같은 민요적 분위기의 시조화를 들 수도 있겠다.

⑩ 이燈을잡고흐응 방문을박차니흥
　魑魅魍魎이 줄행낭 ㅎ노나아
　이리화죠타흐응 慶事가낫고나흥
　　　　　　- 逐邪經

⑪ 건너산 띠뛩이흐흥 콩밧츌녹일제흥
　우리집 슈監이 눈씽긋ㅎ노아
　어리화됴타흐응 知和者도큐나흥
　　　　　　- 射雉目

⑫ 將ㅎ도다흐응 每日申報흥
　臺心公道로 前進을 ㅎ노라흥
　어러화죠타흥 獨立基礎 라흥
　　　　　　- 頌祝每日

이것들은 앞에서보다 더 파격을 보이는 작품들이다. 이것은 민요인 흥타령형시과 시조형식을 결합시킨 것으로 보아 시조와는 거리가 먼 것 같지만 공식화된 반복구를 빼비리면 시소의 3장 구성과 유사하다든가 1, 2행이 시조의 초, 중장과 닮아 있음을 알 수 있다.

둘째, 고시조에서의 탈피를 위한 노력을 보인 육당시조를 들 수 있겠다. 육당 최남선은 고시조 작가인 박효관, 안민영, 이세보를 이은 시조작가였는데 그는 시조의 현대화를 위해 첫걸음을 놓은 작가로 알려져 있다. 그의 시조의 특징을 간단히 요약하면 다음과 같다.

1) 고시조가 거의 제목을 붙이지 않은 반면 육당시조는 제목을 붙이고 있다.
2) 고시조는 줄글내리박이식 표기였으나 육당시조는 3행 단연식 또는 6행 3연식 표기를 하고 있어 시조 표기의 다양한 면을 보여주었다.
3) 고시조는 단수 위주의 창작인데 비하여 육당시조는 연작 위주의 창작이었다.
4) 종장 첫 음보와 끝 음보에 고시조의 투어를 쓰지 않음으로써 종장 처리에 혁신을 보였다.

이러한 점으로 미루어 육당시조는 고시조와 현대시조와의 완충 역할을 하고 있음을 알 수 있다.

셋째, 시조 혁신을 위한 가람시조를 들 수 있겠다.

가람은 시조의 시문 구성과 시어에 대한 각별한 노력을 보였던 시인이었는데, 이점에 대해서는 두 가지 측면에서 설명이 된다. 하나는 리듬과 작품과의 조화로운 만남을 위하여 특별한 관심을 보인 점이다.

⑬ 「나라」의 골시모여
　　이太陽을 지엇고나.

　　頑惡한 어느바람
　　고개들놈 업도소니.

　　東海의 조만물결이

거품다시 지리오.

　　　　　　　- 「石窟庵에서」 其三

⑭ 담머리 넘어드는 달빛은 은은하고

　한두 개 소리없이 나려지는 梧桐꽃을

　가려다 발을 멈추고 다시 돌아보노라

　　　　　　　- 「梧桐꽃」

　⑬은 육당의 『백팔번뇌百八煩惱』에서, ⑭는『가람시조집嘉藍時調集』에
서 뽑은 것이다. ⑬은 인위적인 노력이 겉으로 드러나 있는 작품이라 할
수 있는데, 이것은 자수 배열이 억지스럽다는 점에서 쉽게 파악된다. 글
자의 자수를 억지로 맞추려다 보니 언어의 생략이 심하게 나타나버렸고,
이렇게 되고 보니 詩文의 의미가 잘 전달되지 않을 것 같아 옆에다 해설
을 붙일 필요까지 생긴 것이다. 가람은 ⑭와 같이 시조 형식을 인위적으
로 형식화한 시문 구성을 아주 싫어한 시인이었다. ⑭에서 보듯이 비록
자수율에 따른 시문 구성이기는 해도(그는 자수율로서 시조형식을 설명한 학
자다) 시문구성에 따른 억지스러움이 없어 보인다. 이 점이 바로 가람嘉
藍과 육당六堂과의 시적 거리라 할 수 있다. 또 글자의 자수 구속에 따르
면서도 자수 구속을 독자가 느끼지 않을 만큼 자연스럽게 리듬과 작품
내용을 조화시킴으로 해서 당시 시조문단에서의 가람의 위치가 돋보이
게 되었다.
　다른 하나는, 시소 분장은 되도록 쉬운 우리말을 부려 쓰고 흔히 쓰이
는 일상어를 시어화 하였다는 점을 들 수 있다.

⑮ 바람이 서늘도 하여 뜰앞에 나섰더니

　서산 머리에 하늘은 구름을 벗어나고

산뜻한 초사흘 달이 별과 함께 나오더라

달은 넘어가고 별만 서로 반짝인다
저 별은 뉘 별이며 내 별 또한 어느 게오
잠자코 호올로 서서 별을 헤어 보노라
　　　　　　　- 「별」 전문

　고전주의시대의 시어에는 두고 쓰는 상투어 또는 대체되는 청식어(이를테면 woman을 fair lady로, girl을 nymph로, bird를 airy-nation으로)가 많이 그리고 자주 등장하였다. 그렇기 때문에 사람들이 일상생활에서 두고 쓰는 일상어의 상당부분은 시 속에 등장하지도 않았던 것이고, 그렇게 되다 보니 시와 대중과의 거리는 가까울 수가 없었던 것이다.

　고시조 속에서의 시어도 이와 비슷한 사정이었다. 고시조 속에는 주자적 노장적 세계관을 나타내는 관념어가 자주 등장할 뿐더러(일상어와 거리가 멀 뿐더러)상투어가 너무 심하게 나타나고 있는 것이다.

　당시의 시조작가들은 시조를 그들 특수한 신분(양반 사대부 층)의 전유물로, 또 그들이 지향하는 세계관에 대한 공명을 얻기 위한 문화적 전략물로 인식하고 있었던 모양이다. 그래서 일반대중이 두루 쓰고 있는 일상어와는 거리가 먼 말들, 이를테면 자기 신원을 알리는 행세 투의 말들을 등장시켰던 것이다. 다르게 말하면 일반대중의 대중적 기호, 취미, 의향 같은 것과는 되도록 거리를 두어서 자기들 시의 의식공간을 확보한 시조라야 시조답다고 생각하였던 모양이다.

　가람시조의 현대성을 그의 시어에서 찾는다면 우선은 고시조적인 관념어와 상투어를 근절시키고 대신 일반대중들이 두루 쓰는 일상어를 시어화時語化한 점이라 할 수 있는 것이다.

　이것은 시조가 어느 특권층이거나 그들만의 향유를 위한 문학이 아니라는 점을 남보다 먼저 시어로서 보여줬던 것이라 할 수 있고, 또 한편으로는 현대시조나 현대시에 자주 보이는 나 한자어나 외래어의 남용과는 달리 가람시조의 시어로서의 독특성을 보장받는 근거가 된다고도 할 수 있다.

넷째, 입체적 감각적 시풍을 통한 시조의 현대화를 추구한 이호우, 김상옥 시조를 들 수 있겠다.

우리 시의 전통 중의 하나로는 논리와 이념보다는 경물景物의 묘사가 치중되는 소위 처사시處士詩를 들 수 있는데 가람시조에서도 이점이 나타나고 있지만 가람이 문단에 배출한 이호우, 김상옥의 초기 시조에서는 시어가 감각에 호소하여 독자에게 직접적인 정서 전달을 추구하는 작품 세계가 분명하게 보인다. 다르게 말하면 시는 관념보다는 이미지를 중시해야 한다는 시조관이 나타난 것이다.

앞서 이호우의 작품 ⑧에서도 이점이 잘 나타나고 있지만 다음의 김상옥의 작품은 이미지 중심의 시조로서는 빼어난 작품이라 하겠다.

⑯ 찬서리 눈보라에 절개 외려 푸르르고
　　바람이 절로 이는 소나무 굽은 가지
　　이제 막 白鷄 한 쌍이 앉아 깃을 접는다

　　드높은 부연 끝에 풍경소리 들리던 날
　　몹시리 기달리던 그린 임이 오셨을 제
　　꽃 아래 빚은 그 술을 여기 담아 오도디

　　갸우숙 바위 틈에 不老草 돋아나고
　　彩雪 비꺼날고 시냇물도 흐르는데
　　아직도 사슴 한 마리 숲을 뛰어든다.

불 속에 구워내도 얼음같이 하얀 살결
티 하나 내려와도 그대로 흠이 지다
흙 속에 일은 그날은 이리 純朴하도다.
- 김상옥, 「白賦磁」

이 외에도 현대시조는 많은 발전적 모색이 진행되었지만 일일이 예를 들 수가 없다. 다만 현대시이면서 그것도 형식이 뚜렷한 정형시이고 또 과거 고시조가 가졌던 시조의 속성을 포기하지 않는 시조가 현대시조라 할 때 현대시조는 앞으로도 그 나름대로의 많은 진통이 예상된다고 하 겠다.

4. 다매체 시대의 시조문학

(1) 시조는 정형시

지구상에는 약 3천 가지의 말이 있지만 문자를 가진 말은 78개뿐이 다. 말은 생활의 도구다. 그러나 같은 시간 같은 장소에서 두 사람 이상 의 대화자가 있어야하고 그들과의 대화를 할 수 있어야만 한다. 인간은 말의 한계를 극복하기 위해 글을 만들었다. 글을 통해 인간은 시간과 공 간의 제약에서 해방되었고 보존할 가치가 있는 인간의 기억과 노력을 무한정으로 저장할 수 있었다.

인간은 말을 기본으로 하여 보존할 가치가 있는 것은 기억 가능한 사 고방식에 의해 저장하고 또 재현될 수 있도록 강렬한 리듬화, 균형잡힌 패턴, 반복구, 대구, 압운법, 한정적인 수식어, 전형적인 표현, 표준화된 주제, 인습적 통사구 등을 활용하여 구술 문화를 창조하였다.

정형시는 운율적인 담론으로 자신의 심사와 가치 개념을 타인에게 전 달하고 전달된 내용을 쉽게 저장할 수 있고 이것은 독자가 다시 재생하도록 하는 장치를 가지고 있다.

정형시는 구술문화의 잔재다. 정형시가는 민요 같은 구술 문화 속에서도 발견되지만 정형시는 문자문화시대를 돌입하고 난 뒤에 구술문화의 그 구술성을 잔존적 가치로 향유하면서 시작되었다. 그러므로 정형시는 전달 매체가 문자화하더라도 정형시로서의 실현은 음성이어야 한다. 다시 말해 눈으로 읽었을 때엔 시일 뿐 정형시로서의 출현은 아닌 것이다. 그러므로 일단 정형시는 성조(pitch)의 규칙성을 가져야 한다. 19세기 이전의 영시는 음보의 규칙화를 나타내는 정형시가 대종을 이루었다.

영시의 음보는 말의 강음과 약음을 유형화한 단위를 말하고 이 음보가 시의행마다 규칙적으로 내재할 때에 비로소 정형시라고 하는 것이다.

한시는 평음平音과 측음仄音이 일정한 자리에 놓여야하고 이렇게 놓일 때 이것 자체가 악보처럼 고정된 형식미를 발휘하게 된다. 그러나 한시도 평측平仄을 따져 읽지 않으면 정형시에 미달된다.

우리말은 영어나 중국어처럼 성조聲調에 의해 규칙화를 만들 수 없기 때문에 영시나 중국시처럼 성조에 의한 정형시를 만들 수 없다. 그럼에도 시조를 정형시라고 하는 이유는 무엇인가.

시조에서의 음보란 어절 중심으로 배분한 단위이면서 한 행 전체의 균형을 확보하여(3음절이나 4음절을 기준으로 하여) 만들어진 음길이의 단위이다. 그러므로 한 음보의 시간적 길이는 똑같지만 성조는 읽는 이에게 재량을 부여하고 있다. 그런데 시조를 짓는다고 3장으로 각 장은 4음보로 만들었다 해도 정형시로서의 시조가 되려면 몇 개 더 규칙성에 따라야한다.

첫째, 한 행 자체가 하나의 문文으로서 의미가 정리되어야만 幸이라고 한다.

둘째, 한 행은 두 개의 구로 이루어져 있고 한 구는 2음보로 만들어진다.

셋째, 종장에서 시상이 마무리되어 3장으로서 완결성을 확보해야 한다.

(2) 다매체 시대의 시조

문학의 위기란 말이 유행하고 있다. 이런 말이 가능해진 이유는 영상매체의 발달과 인터넷이라는 사이버 세계의 발달 때문이다. 인쇄매체에 의존해있던 문학이 영상매체의 사이버 세계의 출현을 만나 이들과 견주기에는 역부족일 수 있다.

할머니가 들려주던 옛 이야기는 영상매체를 통해 이미 익히 알고, 동화책의 읽기도 영상매체가 꾸며내는 시각화, 청각화의 재구성 앞에 효력이 없다.

이런 시대에 구술문화의 잔존인 정형시 시조가 과연 어떻게 존립할 수 있는가.

고시조는 문자문화 시대 속에서도 구술문화가 가졌던 한정적 주제, 낯익은 소재, 통사적 공식구의 활용을 중심으로 작품화되어 왔고, 일부는 구전으로, 일부는 문자화로 전해왔던 것이다. 그러나 현대시조는 고시조가 보여준 이 같은 구술문화의 흔적들을 지우고 새로운 의미의 시조를 창작하기 시작하였는데 이러한 작업도 한 순간에 이룩된 것이 아니었다. 그런데 느닷없이 영상매체와 사이버 세계의 대두로 인해 시조는 존재의 위협에 직면하였다. 물론 아무리 영상매체나 사이버 세계가 위협한다 해도 인쇄매체는 그것대로 강점과 장점을 갖고 있는 한은 사라질 수는 없는 노릇이다.

문제는 시조가 부흥하기 위해서건 생존을 위해서건 노력해야 할 일들이 예전보다 많아야 한다는 것이다. 이럴 때 먼저 적응의 논리를 개발할 필요가 있다고 하겠다. 시조작품을 청각화, 시각화, 음악화하는 일이다. 작품을 사이버 세계에 올려놓기만 할 것이 아니라 시상과 연결되는 그림을, 정서에 맞는 배경 음악을 곁들여서 문자화 할 때, 인쇄매체의 단순성을 극복할 수 있지 않을까 한다. 그리고 시조창 형식을 현대음악에 조응하는 창 형식으로 바꾸어 창과 결부한 시조로 가꾸는 일이다. 다음으로 시조의 율독법을 개발하여 정형시로서의 아름다움을 청자가 느끼도록 하는 일이다.

5. 시조의 새로운 국면의 전개와 반성

(1) 들어가며

많은 문학 장르 중에서도 시조장르는 부산시조단이 전국 어디에서보다 강세를 보이고 있음은 주지의 사실이다. 이것은 ①작품의 질 ②다수 이론가들의 확보 면에서 강세를 보이고 있다는 말이 되겠다. ①의 입장에서 보면 부산시조 시인협회의 회원 수가 60명 정도이고 기관지인 『부산시조釜山時調』가 연간年刊 500면面의 호화판으로 발행되고 있고 부산 여류시조문학회, 부산 시조문학회가 각각 연간年刊으로 기관지를 발간하고 있으며 작품의 수준 역시 뛰어난 작품들이 많이 발표되고 있다고 평을 받고 있다.

저자에게 주문된 내용이 시조의 「95 부산문학의 과제와 전망」이므로 여기에 충실하고자 할 때, ①의 입장에서 부산시조의 과제와 전망을 살피는 일이 옳은 일이라 생각된다. 그리하여 우선 과제라고 할 때의 그 과제는 과거 작품세계에 대한 반성이어야 할 것이고, 전망은 반성의 결과를 토대로 한 새로운 지평을 위한 의미 전개여야 한다고 할 것이다.

부산 시주시인들이 지난 한해(1994) 동안 발표한 작품들은 상당량이 될 것이지만 자료로서 쉽게 구할 수 있는 『부산시조』와 부산 여류 시조문학회의 『내 님을 그리 와』에 발표된 작품들만 가지고 살핀다고 해도 부족하지 않겠다고 생각하여 이 두 권을 활용하여 이야기를 전개하기로 한다.

(2) 자연에 대한 인식의 확대

자연은 복잡하고 번거로운 세속과는 구별되는 무위無爲의 세계다. 그러므로 시인들은 현실에 대한 부정과 불만을 토로할 때, 자연에 기대고 자연을 동원하여 왔었다. 이런 경우에 시조 시인들은 자연을 인식하는 방법이 있어 왔는데 현대시조에 나타난 두 경우만 예를 들면

첫째, 자연에 대한 주관적 해석을 배제하고 자연가운데에 행行하면서 인간을 위무하는 행락의 여유 공간으로 인식한 경우다.

⑰ 볕살도 살이 올라
　장독대에 고인 한낮

　솜병아리 서너놈이
　봄을 문 채 조올고

　花信은
　속달로 와서
　南窓에 앉음이여.

　　　　　　　　　　－ 金思均,「春景」전문

⑱ 비온 뒤
　안개에 묻혀
　꿈을 꾸는 해운대는
　동백섬과 갈매기도
　자장가 없이 잠을 자고
　목청을 가다듬은 파도도

깊은 꿈길 헤매고 있다.

- 민홍우, 「안개에 묻힌 해운대」 전문

이것들은 둘 다 우리 시가의 전통이라 할 수 있는 상자연賞自然하는 산수시山水詩의 족보를 이은 작품이라 할 만큼 자연 속에 행유行遊하는 모습을 보여주고 있다. 그러면서 작중 화자의 위치는 한 정경의 보고자(narrator)로서 냉정을 기할 뿐, 자연과 합일하거나 자연을 자기화하지도 않고 일정거리를 유지하면서 스쳐지나가고 있을 뿐이다. 마치 과거 우리의 죽림지사竹林之士가 자연을 보고 감격할 뿐 자연을 소유하지 않으려 했던 태도와 삶이 있다.

둘째, 자연에 대한 서경화抒景化, 즉 사생사실寫生寫實을 가볍게 처리하면서 자연을 빌려 천지만물天地萬物의 소당연지칙所當然之則과 소이연지고所以然之故를 밝히려 드는 이치적理致的 자연시自然詩가 보인다는 점이다.

⑲ 산으로 들난 길은 어디에니 한결 같다.
곡예의 허물 벗는 도시는 위태하고
거대한 공룡의 발끝 스물스물 앓고 있다.

산성 마을 몇 굽이쯤 돌아돌아 들어서면
앓는 듯 그리움이 돌아앉아 나래 접고
세상일 듣니지 잃는 얘기들도 숨어 있다.

억새풀 흩던 자리 모두 비워 닫던 문을
차라리 빗장을 풀어 예비된 듯 맞는가슴
마침내 다시 사는 아픔 깨어나는 너를 본다.

- 이성호, 「겨울산에 들어서며」 전문

⑳ 기쁨이 한송이 꽃이 되기까지는
   탐스런 그 만큼의 사랑이 필요한 법
   척박한 토양 속에선
   잔뿌리를 뻗어야지.

기쁨이 한알의 열매가 되기까지는
잎과 뿌리는 늘 땀흘려야 한다는 것
물관은 젖어 있어도

그리움이 있어야지
우리가 진실로 살고 있다는 그 명징성
내 살갗 밑 가녀린 실핏줄이 흐름같은
삶이란 꽃과 물의 고리
바람이 불어 온다.

- 박옥위, 「꽃과 물」 전문

 일체의 세속적 판단 근거를 배제시키고 자연을 한 섭리대상으로만 인식하고 있다. 또한 자연을 물활적物活的 세계로 보면서 작중화자의 심경과 먼 거리에 놓여있지 않음을 보여주고 있다. 이것은 자연에다 주관적 해석을 가한 경우다. 자연의 자기화라 해도 좋다. ⑰, ⑱에서처럼 상자연賞自然의 외경外景을 중시하지 않고 자연의 이치를 중시했다는 점에서 구별된다. 그러나 어느 경우든 고시조에서 흔히 볼 수 있었던 심리적 갈등의 해소처로 자연을 바라보고 있다는 점. 化의 공간, 규범적 정신세계의 실재로서의 자연을 바라보고 있다는 점에서 멀리 떨어져 있지 않다.

이것은 우리의 정신문화의 한 단면을 무섭게 노리고 있다는 측면에서도 또 시조대로의 인식을 자연을 통해 구하려고 한다는 측면에서도 매우 긍정적이다.

문제는 과거 고시조의 작품세계에서 보여주었던 심미적 대상으로서의 자연 또는 정감의 직설대상으로서의 자연의 작품이 보이지 않고 있다는 점을 지적할 수 있다.

㉑ 낙화방초로의 깁치마를 끄럿시니
　風前의 니난 꼿치 玉頰의 부딋친다
　앗갑다 쓸어올리지언졍 밥든마라 ㅎ노라
　　　　　　　　　　　　　　- 안민영(金玉 70)

㉒ 杜鵑의 목을 빌고 꾀꼬리 사설 꾸어
　공산월 만수음의 지져귀면 우럿 면
　가슴에 돌갓치 미친 피를 푸러볼가 하노라
　　　　　　　　　　　　　- 안민영(金玉 148)

㉑, ㉒는 동일인의 작품이다. 그렇지만 자연에 대한 인식 태도는 다르게 나타내었다. 그만큼 다양하게 자연을 인식하였고 작품세계의 단순화를 거부하려 했기 때문에 시조명인으로 지목받은 것이리라.

㉑은 자연은 다만 심미적 대상일 뿐이다. 이렇게 자연을 심미적으로 바라보았던 시각들이 고시조에서도 시에서도 흔하게 볼 수 있다. 이것은 학자의 다음과 같은 시조와는 크게 다름을 알 수 있다.

㉓ 靑山은 어찌하여 萬古에 푸르르며
　流水는 어찌하여 晝夜에 긋지 아니는고

우리도 그치디 마라 萬古常靑호리라

- 이황(陶山六曲板本 11)

㉔ 靑山은 萬古靑이오 流水는 晝夜流라
   山靑靑 水流有 그지도 읍슬시고
   우리도 긋치지 마라 山水갓치 하오리라

- 신백첨(伴鷗翁遺事)

㉓, ㉔는 모두 동양의 미의식을 대변하고 있다. 동양에서의 미는 지고至高의 가치체계를 수반하는 것으로 감각적 차원을 초월한 정신세계로서의 사색이어야 한다.

청산은 만고청萬古靑, 유수는 주야유晝夜流로 인식한 항존적恒存的 가치가 곧 동양의 미의식의 한 갈래다. 그러니까 ㉓, ㉔는 미적 가치체계의 존재물로서 자연을 보았을 뿐 자연의 실상과는 거리가 있는 셈이다. 다르게 말하면 자연을 찾아나서 자연을 발견한 것이 아니라 미적 가치체계의 논증적 실재를 찾아나서 보니 자연을 발견하게 된 것이므로 자연은 하나의 수단에 머물러 있다. 곧 심미적 대상도 정감의 직설을 위한 토로대상도 아닌 셈이다. 그러나 ㉑은 자연을 다만 완상물이고 감상물이므로 이치시理致詩가 아니다.

㉒는 심정의 호소처로서의 자연이고 자연으로 치환하고 싶은 자신의 심정을 나타내었으므로 ㉑과도 다르고 ㉓, ㉔과는 더욱 다르다. ㉒에서와 같이 자신을 향한 위안물로서의 자연도 아니고 자기 삶의 교시체敎示體로서의 자연도 아니면서 자연을 향한 동일시를 꿈꾸는 작품세계도 고시조에는 흔하게 보인다.

여기까지 오면서 고시조를 여러 편 예로 든 이유는 현대시조시인들의 고시조 작품세계에 대한 인식이 부족함을 지적하고자 함이다. 현대시조는 고시조의 세계관을 능가하고 초월하는 것만으로 존재당위가 있는 것은 아니다. 고시조대로의 세계관을 오늘날에 다시 정립하고 계승하는 데에서도 의미성을 가져야 한다는 것이다.

자연을 자연 그대로 보고 즐기고 자연을 심정의 토론대상으로 하여 자연에 기탁하여 감정을 해소하는 작품들이 이즈음 보기가 어려워졌다는 점을 지적하지 않을 수 없다. 이것은 전통을 중시해야 하는 시조의 입장에서는 중대한 문제라 아니할 수 없다.

또 하나 특기할 것은 이치적 자연관을 나타낸다고 할 때에도 ㉓, ㉔에서처럼 동양시나 그림에서 보여주었듯이 골법骨法의 경지를 보여주는 작품 또한 보기 힘들다는 것이다.

골법이란 살을 배제하고 난 뒤의 몸의 형체가 뼈의 연결이듯이 사물의 기본적 형체를 동원하여 동력적 요소, 생동적 기운을 얻고자 하는 예술기법이다. 존재의 형식을 최소화하고 의미의 형식을 최대화하고자 하는 노력이 골법의 경지다.

㉓, ㉔에서는 일체의 수식과 비유어를 삼가고 자연에 대한 인간을 일대일로 맞서게 하였다.

앞에서 예로 든 현대시조 작품들에서는 비유가 많고 수식이 많다. 이것도 현대시조가 고시조와 다른 점으로서 충분하게 긍정되어야 할 점이다. 그러나 ㉓, ㉔에서 보듯이 비존재非存在의 의미에 의해 지지되는 존재의 가장 간단한 형체를 드러냄으로써 의미심장함을 깨닫게 하는 고시조의 작풍도 폐기되어서는 안 된다는 것이다.

멀리 갈 것 없이 이호우 시조가 꿈꾸었던 작풍은 골법이고 그것으로시 이호우 시조의 독보적(사실 고시조의 측면에서 보면 그렇지 않지만) 현대시조를 보여주었음을 상기할 필요가 있다는 것이다.

고시조를 우습게보지 말고 의미 있게 감상하다 보면 현대시조의 나아갈 길이 새로 보일 수 있음을 지적하고자 하는 것이다.

(3) 단수와 연작은 경우가 다르다

단수單首로서의 시조작품은 연작시조連作詩調에서 못 느끼는 간결미와 소박미가 있다. 반면, 형체의 기본적 골격만 전달할 뿐 세세한 외적사실, 미묘한 감정세계를 그릴 수 없기 때문에 연작시조에서처럼 이미지의 풍만함과 정확성을 느낄 수는 없다.

고시조는 주로 단수였다. 이것은 고시조의 시정신이 '시언지가영언詩言志歌永言'의 '지志'를 중시한 데서 비롯된다. 옛 시인들은 시조 연작이 지志를 극단화하기 어렵고 의미의 집중을 방해한다고 생각했을 것이다.

현대시조에서도 단수로서의 작품화를 시도하는 분들이 있어왔다.

⑭ 어머니 찾아서 종일 헤맸어요
　　찾아도 찾지 못한 어머니 생시 모습
　　눈물로 어리는 모습 산빛 물빛 하늘 빛
　　　　　　　　　　　　　　- 주강식, 「어머니」 전문

⑮ 감들이 불을 켜니
　　가을이 익는 갑다

　　바람소리 물소리가
　　예전과 같지 않고

　　머리쉰 마음 한켠이
　　산그늘로 졸고 있다.
　　　　　　　　　　　　　　- 강기조, 「감나무 나무」 전문

㉕는 어머니를 여의고 슬픔과 허전함을 읊은 것인데, 여기서 연작으로 시도되었다면 슬픔에 대한 박진감과 어머니 죽음에 대한 애절함이 선명화되지 않을 것이다. 감정이 북받칠 때는 말보다 울음이 앞서는 법이다. 말의 주술적 전개를 통해 슬픔을 나타낼 때는 슬픔에 대한 여유가 생긴 이후이다. 슬픔이 강인하면 할수록 말 수가 적어지는데, ㉕에서도 슬픔이 아직 생생히 남은 작자의 입장에서는 슬픔을 길게 구술할 여유가 없고, 설사 여유가 있다고 해도 슬픈 시를 슬프게 묘사하는 데는 말수가 적어야 박진감이 느껴지는 법이다.

㉖은 가을 감나무를 보면서 청춘을 소진하고 있는 자신을 발견하게 되었다는 것인데, 여기서도 가을 감나무를 닮운 자신의 발견에 대해 부연해서 설명하는 것은 긴장미를 이완시키는 효과를 가져오게 된다.

사물과 사물의 연첩을 시도해서 순간적인 직감의 시적 표현을 노린 작품일수록 짧아야만 시적 긴장이 팽배해진다.

 ㉗ 낯선 배 우는 말은
   누렁이 생각난다

  깨밭골 감나무골
  그립다 울어쌓던
  오늘은 메아리 되어
  먼 水天에 집니다.

        - 전탁, 「뱃고동」 전문

㉗은 뱃고동소리와 황소의 울음소리를 오버랩한 작품이다. 배가 항구를 닿거나 떠날 때 길게 내뿜는 뱃고동소리, 황소가 정든 자리에서 떠나거나 돌아올 때 우는 울음소리를 묘하게도 대질리게 하여 놓았다.

이것은 한국의 명시로 소개되고 있는 「깃발」의 일부이다. 깃발이 아우성, 손수건, 순정, 백로 등으로 비유되고 있어 이미지의 난립이 일어나고 있다. 이미지의 집중화가 일어나지 않고 오히려 이미지의 분산을 획책하고 있는 작품이다. 이것은 이것대로 구체적 사물을 추상적 사상으로 나타내어 이미지의 복합화를 꾀한다는 점에서 의미가 없는 것은 아니다. 오히려 자유시는 이런 작풍이어야 한다는 주장도 있어왔으므로 이것대로의 의미 확보가 되어있는 셈이다. 그러나 시는 복잡하고 소란스럽지 않아야 한다는 전통시법의 고수가 낡고 고루하다고만 치부될 수 없다는 말을 하고자 하는 것이다.

단수는 구체적 사물의 추상적 사상화事象化로 나아갈 수가 없는 단수 그것대로의 완결미학을 보장받아야 하기 때문에 이미지가 단순할 수밖에 없어야 한다.

시상의 나열이라고 하더라도 상황전개가 바뀌는 경우는 필연이다.

    ㉘ 버스표 한 장으로
      산복도로를 돌아가면

      산번지 오두막집
      옹기종기 모여 사는

      산새들 어여쁜 눈빛
      고운 인정도 만나 본다.

      차창 밖 바다를 보며
      망양로를 돌아가면

어느새 내 마음은
삼월 하늘 삼월 햇살

실버들 물어른 가지
연두빛도 만나 본다.

- 김필곤, 「버스표 한 장으로」 전문

㉘은 일차적으로 버스를 타고 산복도로를 돌아가는 국면과 이차적으로 망양로를 돌아갈 때의 두 국면을 전개시켰으므로 두 상황을 전달하기 위해서는 상황이 바뀔 수밖에 없다. 전경시前景詩(panoramic poetry)는 전경을 펼쳐보여야 하기 때문이다. 그런 경우라 해도 ㉘은 번다한 수식과 비유를 삼가고 있다. 담백한 심상, 고체감을 주는 심상이기 대문에 잡다한 느낌을 받도록 하지 않는다.

시조가 자유시의 방만함을 흉내내려 하지 않고 시조대로의 이 같은 모색을 추구하는 것은 시조다움의 맛을 확보하는 데에도 기여하리라 본다. 무언가 시조가 자유시의 작풍作風에 기웃거리고 있는 것 같아서 ㉘ 같은 작품을 다시 읽게 한다.

고소설비평의 문학 교육적 기능 연구 시론
- '소설수용시조'를 중심으로 -

간 호 윤*

1. 서론

　'7차 국어과 교육과정'은 '학습자 중심 문학교육'을 교육과정 상에 적시하고 있다.

　문학 독자인 '학습자의 주체적인 반응과 적극적 표현'이 문학교육의 한 축임을 명시하는 것이다. 되짚어 문학텍스트의 감상 주체인 학습자의 주체적인 반응을 장려한다는 의미로 이해할 수 있다.

　이러한 '학습자 중심 문학교육'에서 '비평능력'과 '글쓰기'는 한 해결책이 될 수 있다.

　그러나 우리의 현장 교육은 '비평능력'과 '글쓰기'를 감당하지 못하는 것이 사실이다. 아직도 교육의 일선에선 문학작품에 밑줄을 그어 낱말·어구의 뜻만을 외거나 자습서나 교사용지도서에 의존하여 일부 학자의 작품 해설만을 묵수하거나, 좀 낫다하여도 학생들에게 독서 감상문을 써내게 하는 것이 고작이다.

___

* 인하대학교.

사실 저러한 현장교육의 문제는 어제오늘 일이 아니다. 이른바 '문학을 형해화形骸化하는 교육', 저러한 한 이유를 우리 문학교육 이론의 부재에서 찾은들 크게 어그러짐은 없을 것이다.

이 글은 이러한 교육현실을 감안하여, '학습자 중심 문학교육'의 한 방안을, '고소설비평古小說批評'에 두고, 그 가능성을 시론적試論的으로 탐색해 보는 것에 목적을 걸고자 한다. 따라서 이 논문이 성공적으로 수행된다면 문학교육의 한 방법론적인 구안構案까지로 이어질 것을 기대한다. 겸하여 꽤 난감한 작업이지만 박래적舶來的인 비평이론에 점령당해 버린 학적현실學的現實에 작으나마 고전의 의미를 둘 수도 있을 것이다.

2. 본론

이 글은 '학습자 중심 문학교육'의 한 방안을 '고소설비평'에서 찾아 그 가능성을 시론적으로 탐색해 보는 것에 목적을 둔다고 하였다.

'고소설비평'에 대해 적극적인 의미를 두지 않는 것이 현실이기에, 소략하나마 이에 대한 언급으로부터 논의를 놓는다.

'비평批評'의 사전적 의미는 자로 잰 듯 사물의 미추美醜·선악善惡·장단長短 등을 들추어내어 그 가치(value)를 판단하는 일이다. 그러니까 고소설비평이란, 신소설 이전에 나온 고소설에 대한 이러한 평을 말한다.[1]

---

1) 현재 '고소설비평'은 제대로 명칭에 상응하는 대접을 받지 못하고 있다. 아직도 많은 이들은, '고소설비평을 조감할만한 글이 어디 있냐?', '소설에 대한 호·불호를 써낸 인상비평印象批評 정도기 아니냐? 그러니 소설비평이라 할 수 없노라.'라고 한다.
허나 우리의 소설사를 통시적으로 검토해 보면 서양의 소설과는 다른 우리 나름의 '소설' 개념을 추출할 수 있듯이, 유교적인 이데올로기가 지배하던 지적상황 속에서도 당시 뜻있는 이들이 소설에 대한 이해와 비평을 하고 있음을 적잖이 확인할 수도 있다. 선인들이 소설비평이라고 인식하였든 그 반대든 간에 소설비평으로서 '결격 사유'가 없다면 그들의 글을 단순한 메모들로 야박하게 대할 이

'학습자의 주체적인 반응과 적극적 표현'을 교육함에, 이 '고소설비평'
은 의미 있는 전망을 낼 수 있다. '비평작업'이 사물의 옳고 그름·아름
다움과 추함 따위 등 판단과 분석으로 가치를 논하는 것이요, 글쓰기이
기에 감상 주체인 학습자의 '주체적인 반응'과 '표현'을 장려한다는 의미
에서 부합하기 때문이다.

우리 고소설비평은 대략 실록비평實錄批評·서발비평序跋批評·평점비평
評點批評·잡록류비평雜錄類批評·한시비평漢詩批評·시조비평時調批評 등의
비평양식을 둘 수 있다. 이 글에서는 시조비평, 즉 '소설수용시조'만으로
한정하여 살펴보겠다.

(1) 소설수용시조란 무엇인가?

'소설수용시조'란, '소설小說을 비평批評, 수용受容2)한 시조를 말하는
데, 이러한 시조들은 약 110여 편이나 된다. 소설수용시조에서 '소설비
평적 요소'란, 시조작가가 소설을 읽고 이를 비평하여 선행 장르를 끌어
다 썼다는 '일련의 과정'과 '그 직접적인 표지인 소설 속 어휘'들, 그리
고 '용사用事'3) 따위에서 찾을 수 있다. 비평의 수준이 여하하든, '일단

유가 없다.

사실 고소설비평의 역사는 이론이 아닌 '경험의 역사'이기에 근본 원리보다는
'소설적 현상'에서 출발해야한다. 그 시절 그 누가 지금처럼 '小說批評家입네' 하
고 글을 썼겠는가? 고전의 협소한 영토나 동어반복적인 반성에서 벗어나야할
것이다.

이에 대해서는 졸고, 『한국 고소설비평 연구』, 경인문화사, 2002, 참조.

2) 여기서 수용이란 어떠한 것을 받아들였다는 단순한 의미보다는 "감상의 기초를
이루는 작용으로, 소설을 이해하고 즐기고 평가한다."는 비평적 의미로 사용한
것이다.

'소설수용시조'에 대해서는 졸고, 「소설수용시조의 현황과 비평적 함의-시조에
나타난 소설수용시조의 비평을 중심으로」, 『동양고전연구』 제20집, 2004,
30~53쪽 참조.

3) 우리의 한시에 보이는 것으로 '고사를 인용'한다는 의미의 작법류 용어이다.

의 비평행위가 선행되고 이를 자기화'하였다는 것은 분명하다.

소설수용시조의 유형으로는 대략 '소설 속 인물을 차용借用'하거나 '인물과 고사를 함께 비평'하거나 이외에 '소설의 수법', '전형적인 용사', '줄거리 비평' 등으로 세분화할 수 있다.

(2) 소설수용시조 형식과 작품의 실제

(가) 소설 속 인물을 차용하여 비평한 경우

소설 속 인물을 차용하여 비평한 경우는 '인물에 관한 비평'으로 귀결된다. 그러나 차용한 인물들은 이미 소설 속에만 머무르는 것이 아니다. 그들은 조선이란 공동체 속에서 하나의 문화文化로 전형화典型化한 역사적 인물들로, 이미 소설체험을 통하여 당대인들에게 내재적 가치로 체현화體現化되었기 때문이다. 예를 들자면 『삼국지』, 『초한지』 같은 소설들은 역사적인 사실을 날실로 삼고 허구를 씨실로 삼아 지어낸 것들이다.

구체적인 작품을 들어 논의를 전개해 보자.

項羽는 큰 칼 잡고 孟賁은 쇠 채 쥐고
蘇秦의 口辯과 諸葛亮의 知慧로다
아마도 우리들의 스랑은 말닐줄이 업세라.[4]

석 줄의 정형시조에 항우, 맹분, 소진, 제갈량 등 네 명의 인물을 끌어다 놓고는 종장에서 자신의 심경을 토로하고 있다. 용맹스런 항우와 맨손으로 쇠뿔을 뽑았다는 위衛나라의 용사인 맹분, 구변으로 종약從約의 우두머리가 되어 6국의 재상宰相을 겸한 소진, 그리고 제갈량의 지혜를 들었다. 즉 초장은 '용맹한 인물'이요, 중장의 '구변 좋은 인물'들이라도 우리

---

4) 『古今歌曲』 198, 『槿花樂府』 229.

들의 사랑은 어찌할 수 없다는 내용이다.

초·중장에 소설과 역사적 인물들을 끌어다 놓고 자기의 마음을 비유한 것으로되 명료한 저작의지와 참신함을 동시에 볼 수 있다.

이러한 인물비평시조들은 대부분 한 작품에 여러 명이 들어 있는데, 인물의 전형성과 동일성을 인식하여 자신의 심경을 의탁한 비평이라고 할 수 있다. 들떠어놓고 자신의 심정을 표현하는 것이 아니라, 소설 속 등장인물을 끌어 들여 정서적 자극과 심미적 쾌감을 의탁한 방식이 흥미롭다.

작품 속 인물에 대한 비평안을 적는 데 유용한 형식이다.

(나) 소설 속 인물과 고사를 차용하여 비평한 경우

소설수용시조들에서 가장 많이 보이는 유형이다.

등장인물은 구체적으로 제갈량과 항우 같은 이들이다. 시조의 내용과 아울러 살펴보면 작품에는 비장미가 흐르고 있음을 알 수 있다. 그들은 역사 속 영웅이면서 인간적인 비애를 함께 지닌 인물들이다.

① 千古에 義氣男兒 壽亭侯 關雲長
　　山河 星辰之氣요 忠肝 義膽이 與日月 爭光이로다
　　至今히 麥城에 깃친 恨은 못\니 슬허 ᄒ노라.5)

①은 전형적인 인물비평과 고사를 함께 엮은 것이다. "의기남아", "성신지기", "충간의담"은 관운장에 대한 인물평이며, "맥성에 끼친 한"은 맥성麥城 전투 고사를 말한다. 즉 초장과 종장은 관운장에 대한 작가의 인물비평으로 유비에 대한 의기와 충성, 용기를 비평한 것이요, 종장은

---

5) 李鼎輔, 『海東歌謠(周氏本)』 377

맥성을 포위당한 관운장이 아들과 함께 원군을 부르러 가다가 손권의 장수인 주연朱然에게 사로잡혀 처형당한 이야기이다.

'문이재도'를 외치던 시대와는 저만큼 거리를 둔 문학의 역동성이 느껴지는 시조이다. 사실 이러한 모양새는 많은 작품들에서 발견되는 유형이기도하다.

흔히 '말세에는 영웅이 난다'고 하는데, 시대를 바라보는 시조인들의 맘속을 알아채기는 어렵지 않으니, 작중인물에 대한 동화同化이다. 이 부분을 좀 더 예각화해보자.

소설은 '사회 내적인 인물의 삶을 추적하는 장르이다. 소설 속에서 사회내적 존재로서 인간의 삶이 사건의 동선動線을 따라 구체적으로 그려진다. 독자의 소설 속 인물에 대한 애중은 이와 맥을 같이 한다. 소설체험이 정서적 측면으로 나아가는 것이다.

이 작품에서는 소설의 특성인 서사성과 인물, 소설을 통한 내면적 체험이 그대로 드러나 있다. 평자는『삼국지연의』라는 소설 속 등장인물 중에서 "의기남아", "성신지기", "충간의담"을 실현하는 관운장이라는 인물을 찾았다. 그리고 그의 운명을 결정짓는 사건을 찾아 비감한 자신의 심정을 넣어 두었다. '맥성'과 '슬프다'라는 비감한 용어 속에서 소설 독후의 심정과 이를 내면화한 우국지정憂國之情을 읽을 수 있다. 단순한 필흥筆興이 아니라, 호쾌한 영웅을 꿈꿀 수밖에 없는 조선후기의 현실이 그대로 드러나 있다.

이러한 소설수용시조 한 편을 더 보자.

② 南陽에 누은 龍이 運籌도 그지 업다
　博望에 燒屯ᄒ고 赤壁에 行혼 謀略 對敵ᄒ리 뉘 이시리
　至今에 五丈原 忠魂을 못닉 슬허 ᄒ노라.6)

②는 제갈량의 뛰어난 운수運籌와 모략謀略, 그러함에도 삼국통일을 못내 이루지 못한 아쉬움과 오장원에서 최후를 맞이하는 모습을 그렸다. 초장은 제갈량이 아직 초야에 묻혀 있는 모습을, 중장에서는 유비의 재사로서 재주를 편 '박망의 고사'와 '적벽의 지략'을 꺼낸다.

"博望에 燒屯"은 제갈량이 하후돈과 싸워 박망에 있는 군사 주둔지를 불살라 하우돈의 10만 병사를 파한 고사이며, "赤壁에 行흔 謀略"은 적벽대전에서 제갈량의 지략을 말한다.

적벽대전은 『삼국지연의』 최고의 명名장면이다. 손권과 유비가 연합하여 조조의 백만대군을 격파하는 과정에서 제갈량은 그의 지략을 마음껏 발휘한다. 제갈량은 오吳나라의 여러 문신文臣들과 설전을 벌이며, 기지로서 주유周瑜를 격려하고, 주전파主戰派의 결의를 견고하게 하면서 꾀를 써서 화살을 빌린다. 게다가 주유를 위해 동남풍을 빌어 화공火攻으로써 최종적인 승리를 만들어 냈다.

결국 이 전투 후 조조의 천하통일의 꿈은 사실상 좌절되었고 위魏·촉蜀·오吳 삼국은 정립한다.

『삼국지연의』는 이 부분을 자세하고도 실감나게 그리고 있으나, 『삼국지』 정사와 『자치통감資治通鑑』 등에서는 간략하게 서술되어 있을 뿐이다. 이 소설수용시조는 이 점을 놓치지 않은 것이다.

종장에 보이는 오장원五丈原은 제갈량이 제5차 북벌 때 주둔하고 전사한 장소이다. 3년간의 기나긴 준비기간을 거쳐 다섯 번째의 북벌전에 임한 촉한 승상 제갈량은, 오장원 밑에 군사를 주둔시키고는 사마의의 대군과 최후의 대결을 벌인다. 그러나 지구전을 각오했던 공명은 1백 여일이 지나자 병세가 더쳐 결국은 그 해 8월에 세상을 뜨고 말았다.

제갈량의 죽음으로 유비의 부탁을 받고 일으켰던 북벌도 끝나고 말

---

6) 『樂學拾零』 765

았다.

시조 작가는 이러한 제갈량의 충혼忠魂을 '못닉 슬허 ᄒᆞ노라'라고 차
탄하고 있다.

(다) 소설의 수법을 차용한 경우

③ 却說이라 玄德이 檀溪 건너 갈졔 的盧馬야 날 살려라
압희ᄂᆞᆫ 長江이요 뒤헤 ᄯᆞ로ᄂᆞ니 蔡瑁ㅣ로다
어듸셔 常山 趙子龍은 날 못 ᄎᆞ져 ᄒᆞ느니.[7]

③ 시조는 유비의 단계고사를 실감나게 그리고 있는 소설수용시조이
다. 소설에서, 화제를 돌려 다른 이야기를 꺼낼 때 쓰는 '각설'로 시작한
것이 흥미롭다.

『삼국지연의』에 보이는 장면은 이렇다.

유표가 유비에게 형주의 패인牌印을 주자, 이 일로 유종은 괴월, 채모
로 하여금 인마를 매복시켜 유비를 죽이려고 한다. 유비는 도망치다가
단계에 이르러 적로마가 물속에서 빠져 잡힐 듯하였다. 이에 현덕이 일
성一聲을 지르자 적로마가 물속에서 벌떡 일어나 단숨에 삼장三丈을 너
머 서쪽 절벽으로 뛰어 올라 추격자를 따돌렸고 뒤이어 조자룡이 나타
나 위기를 모면한다는 줄거리이다.

『삼국지연의』에서 이 이야기는 여러 장에 걸쳐 급박한 상황으로 그려
놓고 있는데 비하여 정사인 '유비전劉備傳'에는 없으니, 이 시조의 저자
는 분명 『삼국지연의』를 본 독서 감흥을 적은 것이다. 위급한 상황을 객
관화시켜 유비의 목소리로 바꾸어 놓은 것하며, 각설을 써서 소설의 장

7) 『樂學拾零』 85, 『靑丘永言(六堂本)』 968.

면전환을 꾀한 것에서 지은이의 소설 비평적 안목이 예사롭지 않음을 볼 수 있다.

이와 유사한 시조를 한 편 더 보겠다.

④ 각셜 화셜 칙보다가 돌고 씌니 숨이로다

　옛 적 스 " 드른 숨마다 증험이라

　엇지타 숨둇ᄎ 무졍 무심.[8]

④ 시조의 작가는 이세보인데, '각설'에 '화설'까지 더해 놓았다. 소설을 읽은 서사적 체험을 읊고 있음을 명료하게 한 셈이다. '숨둇ᄎ 무졍 무심'에서는 소설을 읽은 감흥이 그대로 투영되어 있다. 그러나 무슨 소설을 보았는지는 알 수 없다. 다만 이세보의 다른 소설수용시조들이 모두 『초한고사』라는 점을 고려한다면, 초한쟁패의 역사가 한바탕의 꿈에 지나지 않음을 적고 있는 시조가 아닌가 한다.

(라) 소설의 줄거리를 비평한 경우

소설의 줄거리를 비평한 시조는, 시로써 치면 완연한 '이시조론소설以時調論小說'이라는 할만하다. 시조가 불러 넘기는 소리[唱]라는 점을 고려한다면, 소설수용시조의 독특성으로 시조 본래의 모습에서 일탈을 꾀한 좋은 예이다. 다만 아래 작품은 소설의 줄거리 비평 이외에 별다른 비평적 요소를 찾을 수 없다는 점이 아쉽다.

　天下名山 五岳之中에 衡山이 ᄀ장 둇턴지

　六觀大師의 說法濟衆헐ㄹ제 相左中 靈通者로 龍官에 奉命ᄐ가

---

8) 李世輔, 『風雅』 196.

石橋上에 八仙女 만나 戲弄き 罪로 幻生人間き야 龍門에 놉히올ᄂ

出將入相타ᄀ 太師黨 도라드러 蘭陽公主 李簫和 英陽公主 鄭瓊貝

며 賈春雲 陳彩鳳과 桂蟾月 翟驚鴻 沈裊煙 白凌波로 슬ᄀ쟝 노니

다ᄀ 山鍾一聲에 쟈던 꿈을 ᄃ 신여고나

世上에 富貴功名이 이려흔ᄀ 흐노라[9)]

이 작품은 『구운몽』을 다루었다. 소설의 줄거리만을 따라잡아 언뜻
비평으로서 큰 의미를 찾을 수 없는 듯하지만, 『구운몽』이 장편이라는
점에 생각이 미치면 여백은 넉넉하다. 작품에 대한 '공명共鳴'과 '비평批
評'을 적은 종장이 그러하다. '世上에 富貴功名이 이려흔ᄀ 흐노라'는
해석하기에 따라 '부귀공명'에 대한 긍·부정 모두로도 볼 수 있다. 평자
는 이에 대해 더 이상 말이 없기 때문이다. 김만중의 서술 의도와 사뭇
다른 뜻도 읽을 수 있는 것은 이 때문이 아닐까 한다.

(3) 소설수용시조의 수업 모형 시안

(2) (가)에서 (2)(라)의 모형을 바탕으로 '소설수용시조의 수업 모형
시안'을 만들어 보겠다.

우선 학습자에게 적용하는 데 아래와 같은 주의를 요한다.

1) 이 모형은 시조 짓기가 아니다.

따라서 교수자는 작품을 비평적으로 감상하고 표현하는 과정에서
작품을 내면화 과정으로 이끄는 데 학습목표를 둔다.

2) 학생들에게 창작의 즐거움을 주되 글쓰기의 고통을 주어서는 안
된다. 따라서 교수자는 시조의 형식을 빌려 온 것으로되, 형식을

---

9) 『和樂』 660.

강요해서는 안 된다.

3) 소설이 지닌 감동적인 재미 속에서 독창적으로 작품을 이해하도록
해야 한다.

따라서 교수자는 소설 속에서 고양된 삶의 재미를 느낄 수 있도록
해야 한다.

4) 수업 중에 이 모형이 절대성을 갖는 것이 아니라는 점을 인식시켜
야 한다.

이러한 주의를 염두에 두고 '소설수용시조의 수업 모형 시안'을 짜면
아래와 같다. 교수안 단원은 『고등국어』 상권 5. 능동적인 의사소통 『구
운몽』'이다.

고등국어 상권 5. 능동적인 의사소통 『구운몽』

교수 활동
○ 원작품의 교수(구운몽)
○ 2.1에서 2.4까지의 각 모형 설명-위의 주의사항을 학생들에게 숙지하여 창
  의적인 교육활동이 이루어지도록 한다.

학생의 비평 및 창작활동
○ 가장 관심 있는 모형 선정
예) -2.3형 소설의 수법을 차용하여 소설수용시조 짓기

○ 소설에서 가장 중요한 곳 찾기
예) -제 16장 성진이 인생무상을 깨닫는 부분: 『구운몽』의 주제를 자연물에
  의탁하여 선명하게 드러냄.
○ 비평 및 창작활동 결과

예) -각설이라 추경秋景을 희롱할새 팔진八珍을 염어厭錯하고
  퉁소소리 이러하니 옛날퉁소 아니로세
  양승상梁丞相 등고망원登高望遠 진상인眞上人 반본환원返本還元이러라

강평 활동
'각설이라'는 소설의 수법과 문장을 차용하여 한 편의 '소설수용시조'를 만들었
다. 초장은 가을의 경치를 즐길 때 온갖 진귀한 음식을 싫어한다는 의미이니, 이
미 부귀공명에 대한 회의이다. 중장 역시 초장과 같은 의미이다. 옛날 퉁소소리
는 양소유가 난양공주와 인연을 맺게 된 때다.
그러나 오늘의 퉁소 소리는 이미 그 즐거움이 시틋하다는 표현이다. 종장은 '등
고일에 먼 곳을 바라보고 진리를 깨달은 자가 본디로 돌아간다.'라는 뜻이다.
종장에 '인생무상'이라는 이 소설의 주제가 드러나 있다.
『구운몽』이라는 소설 감상 체험을 '작품의 저술 의도'에 집중한 '소설수용시조'
이다.

3. 결론

결어를 대신하여 조심스럽게 몇 가지 예상효과를 적어본다.

1) 고전의 현대적 해석이라는 점에서 우리의 것을 통하여 관습적인 비평의 틀을 벗어난다는 의미가 있을 것이다.
2) 독서모형을 각급 학교에 제공하여 현장 문학 교육에 활용할 수 있으며, 선인들의 사유이기에 현장과의 호흡도 기대할 수 있다.
3) 교사의 노력 여하에 따라 다양한 장르 모형을 제시할 수 있다.
   ('서발모형 문학교육 학습', '소설수용시조 문학교육 학습', '제○○○시 문학교육 학습' 등을 교육현장에 맞게 응용)
4) 비평적 사고와 글쓰기가 신장될 것이다.
5) 자라나는 세대로 하여금 우리 정신문화의 가치를 바로 파악하고, 우리 문화에 대한 자부심을 가지며, 미래의 새로운 문화를 창조적으로 열어나가는 데 기여할 수 있을 것이다.[10]

---

10) 참고문헌은 각주 참조
　　이 논문은 간호윤, 『고전서사의 문헌학적 탐구와 현대적 변용』, 박이정, 2008에 수록된 글을 일부 수정·보완한 것임을 밝힌다.

제6장 교육론

초등학교 시조 교육의 현황
- 2007 개정 초등학교 국어 교재를 중심으로 -

엄 해 영*

1. 들어가는 말

초등학교 시조 교육에 있어서 시조 학습의 목표와 학습 방법에 대한 논의 못지않게 현재 시조 교육의 현황을 살피는 것이 중요할 것이다. 시조 교육의 현황은 실제 교실 현장에서 시조 교육이 이루어지는 모습을 관찰하는 방법이 가장 적합할 것이다. 그러나 모든 교실 현장을 살펴본 다는 것은 비현실적이기 때문에 대안적인 방법으로 현재 초등학생들이 다루고 있는 교재를 중심으로 시조와 관련된 내용이 어떻게 반영되었는 지를 살펴볼 수 있을 것이다. 특히 우리나라에서와 같이 교육과정을 반 영한 교재의 하나인 교과서를 매우 중시하는 현실에서는 교과서에 구성 된 시조에 관한 내용을 살펴보는 것은 매우 유용할 것이다.

시조 교육과 관련된 내용을 제1차 교육과정기부터 현행 교육과정기까 지 통시적으로 살펴보는 연구 방법이 있을 수 있다.[1] 이 통시적인 연구 방법은 이 글에서 목적으로 하고 있는 '현황' 파악에 도움이 되지만 연

---

* 서울교육대학교.
1) 시조 교육의 통시적 연구의 대표적인 것으로는 김선배(1998)의 연구가 있다.

구사적인 방대한 자료가 필요하고, 기존 연구(김선배, 1998; 백혜숙, 2005)에서 밝혔으므로 연구의 의의가 부족하다. 다른 연구 방법으로는 각 교육과정 시기별로 교재에 수록된 시조 텍스트의 현황을 분석하는 방법이 있다. 이러한 연구는 특정 교육과정 교육과정기의 현황 연구로, 제7차 교육과정기 시조 분석, 2007 개정 교육과정기 시조 현황 등과 같은 연구로 이러한 연구도 어느 정도 성과를 이루고 있다. 대표적인 연구로 제7차 교육과정기의 초·중·고 시조 작품의 수록 실태를 분석한 김덕현(2004)의 연구, 제7차 교육과징을 하나의 '국민공통교육과정'으로 보고, 이 시기의 초·중·고 국어 교과서의 시조를 분석한 박소현(2007)의 연구, 제7차 교육과정기의 고등학교 문학 18종을 분석한 이현재(2011)의 연구, 2007 개정 교육과정기의 고등학교 검인정 교과서와 고등학교 국어(상), (하)에 수록된 시조 작품을 비판적으로 검토한 박혜진(2013)의 연구 등이 있다. 그러나 현재까지의 연구 중에서 2007 개정 초등학교 국어 교과서를 중심으로 한 연구가 찾아보기 힘들다. 그러므로 이 연구에서는 2007 개정 국어과 교육과정이 반영된 초등학교 교재인 교과서와 교사용 지도서에 수록된 시조 텍스트를 분석 대상으로 한다.[2]

2. 2007 개정 초등학교 국어 교재에 나타난 시조 현황

2007 개정 국어 교재에서 처음 시조가 나오는 것은 5학년 1학기 읽기 1단원의 놀이터 부분이다. 그러나 이 놀이터 부분에서는 "<보기>에서 알맞은 표현을 찾아 시조를 완성하기"의 활동이 제시되어 있다. 다음 <그림 1>은 5학년 1학기 1단원 놀이터의 내용이다.

---

[2] 2013년 3월 현재 초등학교 1~2학년군 1학기 2009 개정 총론에 따라 고시된 국어과 교육과정이 반영된 교과서를 사용하고 있다. 하지만 1, 2학년군 1학기 교과서에는 시조 교육과 관련한 내용이 없기에 분석 대상에서 제외하였다.

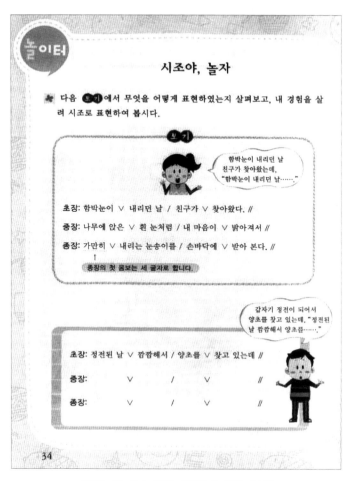

〈그림 1〉 5-1 읽기 1단원 놀이터 34쪽

이 놀이터 부분의 내용이 제시되기 전에는 '시조'에 대한 개념이나 형식, 음보 등에 내한 학습이 전혀 이루어지지 않았다. 그 상태에서 '함박눈이 내리던 날~'에 음보 표시를 해 놓고 있다. 이에 대한 지도가 없다가 이것이 무엇을 의미하는 것인지 알기 어렵습니다. 그리고 '종장의 첫 음보는 세 글자로 합니다.'로 제시되어 있는데, 이것도 왜 그렇게 하는 것인지, 그렇게 하지 않으면 어떻게 되는지에 대한 설명이 전혀 없다.

그리고 이 내용을 학습한 후에는 초장만 제시된 내용에서 중장과 종장을 기록하게 되어 있다. 이 내용은 어느 정도의 시조 학습이 이루어진 후에 스스로 할 수 있는 내용으로서 '놀이터'의 내용으로는 적합하지 않다고 볼 수 있다. 뒤에도 기술되지만 5학년 1학기 읽기 7단원 학습이 이루어진 후에 놀이터에 제시되는 것이 교재의 구성으로도 알맞다고 판단이 된다.

특히 시조 교육의 관점에서 시조에 대한 내용이 처음 나온 이 '놀이터'는 정규 교육과정 시간에 학습을 하지 않아도 되는 부분이다3). 교시의 지도 없이 학습자들이 자기 스스로 학습을 하거나 심지어는 학습하지 않고도 넘어가는 부분이므로 정식으로 국어과 교재에 실린 교육 내용으로 보기에는 거리가 있다.

놀이터 다음으로 '시조'에 대한 학습 내용이 나오는 교재의 부분은 5학년 1학기 듣기·말하기·쓰기 교과서 7단원이다. 7단원명은 상상의 날개로 '시의 일부분을 바꾸어 써 봅시다.'라는 학습 목표의 일부분 활동으로 시조의 내용이 구성되어 있다.

다음 <그림 2>는 초등학교에서 본격적인 시조와 관련된 내용이 처음 나오는 교재의 내용이다.4)

---

3) '놀이터'는 학습자의 창의적 사고를 북돋워 주기 위함이며, 해당 학습 단원과는 독립적으로 구성되어 있다. 이는 수업이 시작되기 전이나 수업의 자투리 시간에 활용할 수 있으며, 쉬는 시간이나 집에서 자습용으로 활용할 수도 있다. 다만, '놀이터'는 직접적인 평가의 대상이 아니다(교육인적자원부, 2013ㄷ: 41).
4) 시조에 대한 내용이 본격적으로 처음 나오는 동시에 초등학교 교재에는 더 이상 시조 관련 내용이 제시되어 있지 않다. 즉 초등학교에서의 시조 교육은 '시의 일부분을 바꾸어 써 보는' 한 차시 분의 다섯 가지 활동 중 하나의 활동으로 한정되어 구성되어 있다.

〈그림 2〉 5-1 듣기·말하기·쓰기 7단원 146쪽

5번 활동의 내용은 "전통 시조는 일반적으로 일정한 형식을 갖추고
있습니다. 다음 시조를 바꾸어 써 봅시다."라는 설명과 함께 '봉숭아' 시
조의 예를 들고, 곧바로 제목과 아무 글 내용은 없이 글자 수만 제시한

시조는 초장, 중장, 종장으로 나누어져요. 시조의 가장 기본적인 형식은 초장 3·4·3·4, 중장 3·4·3(4)·4, 종장 3·5·4·3으로 이루어져요. 시조를 감상할 때에는 일정한 글자 수에서 느껴지는 운율을 살려 읽어요.

틀을 제시하고 있다. 이 '바꾸어 쓰는 틀'은 별다른 설명이 없기 때문에 맹목적으로 글자 수에 맞춘 활동으로 끝나기 쉽도록 되어 있다.

또한 현재 초등학교 교과서에 제시된 유일한 시조에 대한 설명은 146쪽의 아래에 제시된 염소 선생님의 설명이다.

즉 146쪽의 5번 활동과 염소 선생님의 매우 간략한 설명만으로 초등학교 학습자들이 시조가 어떠한 의미를 지니는지, 시조의 음악성이나 운율은 어떠한지에 대하여 이해나 감상을 주기에 매우 부족한 활동이라고 할 수 있다. 적어도 두세 차시 이상을 시조의 개념과 형식, 운율, 전통 시조5)와 현대 시조와의 관계와 계승에 대한 학습이 이루어져야 초등학교에서의 진정한 '시조 교육'이 될 것이라고 생각한다.

700여 년의 전통을 가진 문학 장르에 대하여 이렇게 간단한 세 문장으로 초등학교에서 처음이자 마지막으로 제시된 시조에 대한 간단한 이해 학습이나 적용 학습 또는 감상이나 창작을 기대하는 것은 무리일 것이다.

---

5) '전통 시조'라는 용어에 대하여도 논의가 필요한 부분이다. 일반적으로 시조는 시기별로 '고시조'와 '현대 시조'로 구분하였기 때문에 전통 시조라는 용어는 학술적으로 잘 사용하지 않는다. 이 '전통 시조'라는 용어가 알맞은지에 대한 논의는 이 글의 핵심이 아니므로 여기에서는 논의거리만 제시하는 것으로 한다. 또한 전통 시조는 고시조의 의미를 갖는 것으로 보이는데, 교과서에 수록된 '봉숭아'는 현대 시조라는 문제를 지니고 있기도 하다.

한 가지 내용을 덧붙이자면, 5학년 1학기 읽기 '문학의 즐거움'이란 1 단원의 학습 목표인 '인상적으로 표현된 부분을 찾아보고 그 까닭을 말하여 봅시다.'에 정완영의 '풀잎과 바람'이란 시가 수록되어 있다. '풀잎과 바람' 전문은 다음과 같다(2007 개정 5-1 읽기, 12쪽).

풀잎과 바람
- 정완영

나는 풀잎이 좋아, 풀잎 같은 친구 좋아
바람하고 엉켰다가 풀 줄 아는 풀잎처럼
헤질 때 또 만나자 손 흔드는 친구 좋아.

나는 바람이 좋아, 바람 같은 친구 좋아
풀잎하고 헤졌다가 되찾아 온 바람처럼
만나면 얼싸안는 바람 같은 친구 좋아.

이 시를 읽고 난 후에 주로 학습하는 내용은 "리듬감이 잘 나타난 부분은 어디어디입니까?"이다. 이 시를 '리듬감'의 측면에서 다루고 있다. 하지만 음보의 측면에서 보면 '시조'와 닮아 있다. 그런데 이 시에 대하여 교과서나 교사용 지도서에 시조와 연계를 지어서 설명하는 부분은 찾을 수 없다. 수업 목표가 '시를 읽고 인상적인 부분을 찾는 것'이므로 정완영의 '풀잎과 바람'을 '운율이 느껴지는' 일반적인 시로서 다루고 있다. 또한 그 다음 쪽에 나오는 '비오는 날'도 운율이 잘 살아나는 표현의 측면에서 공통점을 찾고 있다. 다음은 권갑하의 '비오는 날' 전문이다 (2007 개정 5-1 읽기, 13쪽).

비오는 날

- 권갑하

하루 종일 내리는 비, 창가를 맴돈다.
친구는 지금쯤 무얼 하고 있을까
지웠다 다시 그려 보는 친구 얼굴 내 얼굴.

5학년 1학기 읽기 교과서에 제시된 '풀잎과 바람', '비오는 날'을 운율을 가진 시로서뿐만 아니라 현대 시조의 개념이나 의미로서 소개와 교육을 하는 것은 필요하다고 본다. 하지만 현행 2007 개정 교과서는 그렇지 못하다. 좀 더 현대 시조에 대한 개념과 의미로서 이 시조들이 의의를 갖게 하려면 앞서 살펴본 5학년 1학기 듣기·말하기·쓰기 교과서 7단원에 나오는 전통 시조(고시조)를 먼저 학습한 후에 5학년 1학기 읽기 1단원을 학습하도록 단원이 구성되어야 한다고 본다.

2007 개정 초등학교 국어 교과서에 수록된 시조 텍스트 현황을 정리하면 다음 <표 1>과 같다.

〈표 1〉 2007 개정 교육과정기 초등학교 국어 교과서에 수록된 시조 텍스트[6]

학년	단원	작품	작가	형식	시대
5-1 읽기	1. 문학의 즐거움	풀잎과 바람	정완영	평시조	현대
5-1 읽기	1. 문학의 즐거움	비오는 날	권갑하	평시조	현대
5-1 읽기	1단원 놀이터	(함박눈이 내리던 날)	?	평시조	현대
5-1 듣·말·쓰	7. 상상의 날개	봉숭아	김상옥	평시조 (연시조)	현대

6) 5학년 1학기 읽기 교과서의 '풀잎과 바람', '비오는 날'을 교과서와 교사용 지도서에서는 시조로 하지 않았으나 필자는 현대 시조로 분류하였다.

<표 1>에 수록된 시조 텍스트는 제5차 교육과정기 초등학교 <읽기> 교과서에 수록된 시조 텍스트와 비교하면 그 현황이 어떠한지 쉽게 판별할 수 있다7). 제5차 교육과정기가 현행 교육과정기까지 중에서 시조 텍스트를 중요하게 다루었다는 점을 감안하더라고 현행 2007 개정 교과서(깊게 들어가면 교육과정의 성취 기준과 관련이 되지만)에 수록된 시조의 중요성이나 의의에 대하여 어떠한지를 가늠할 수 있는 자료가 될 것이다. 다음 <표 2>는 제5차 교육과정기 초등학교 <읽기> 교과서에 수록된 시조 텍스트를 정리한 것이다(김선배, 1998: 274 재인용).

〈표 2〉 제5차 교육과정기 초등학교 〈읽기〉에 수록된 시조 텍스트

학년	단원	작품	작가	형식	시대
4-1 읽기	4. 개나리와 진달래	수줍어 수줍어서	이은상	평시조	현대
5-1 읽기	10. 생활과 시	분꽃	(이은상)	평시조	현대
5-1 읽기	10. 생활과 시	(급행차)	(이병기)	평시조	현대
5-2 읽기	1. 가을의 노래	봉선화	(김상옥)	평시조 (연시조)	현대
5-2 읽기	1. 가을의 노래	강강술래	(송선영)	평시조	현대
5-2 읽기	8. 옛시조 감상	철령 높은 봉에	이항복	평시조	고
5-2 읽기	8. 옛시조 감상	오면 가려 하고	선조	평시조	고
5-2 읽기	8. 옛시조 감상	잘 가노라 닫지 말며	(김천택)	평시조	고
5-2 읽기	8. 옛시조 감상	마을 사람들아	(정철)	평시조	고
6-1 읽기	12. 우리의 옛시조	이런들 어떠하며	(이방원)	평시조	고
6-1 읽기	12. 우리의 옛시조	이 몸이 죽고 죽어	(정몽주)	평시조	고

---

7) 2007 개정 교육과정기와 가장 가까운 제7차 교육과정기의 초등학교 교과서에는 1학년 교과서에서부터 시조를 수록하였고, 총 8편의 시조가 수록되어 있다. 수록된 편수만 보아도 제7차 교육과정기와 2007 개정 교육과정기의 차이를 파악할 수 있다.

6-1 읽기	12. 우리의 옛시조	십년을 경영하여	(김장생)	평시조	고
6-1 읽기	12. 우리의 옛시조	샛별 지자 종다리	(이명한)	평시조	고
6-1 읽기	12. 우리의 옛시조	창 내고자, 창을	(무명)	사설시조	고
6-1 읽기	12. 우리의 옛시조	바둑판같이 얽은	김수장	사설시조	고
6-1 읽기	12. 우리의 옛시조	바다 앞에서	(정완영)	평시조 (연시조)	현대
6-2 읽기	11. 우리가락의 멋	가을	(이병기)	평시조 (연시조)	현대
6-2 읽기	11. 우리가락의 멋	산새	(임송찬)	평시조 (연시조)	현대

3. 나가는 말

시조 또는 시조 텍스트에 대한 내용으로 2007 개정 교육과정이나 현행 2007 개정 교재 구성을 보면 아쉬움이 많다.

2007 개정 국어과 초등학교 교육과정에는 '시조'라는 용어가 사용되지 않고 있으며, 시조에 대한 성취 기준도 마련되어 있지 않다. 이는 2009 개정에 따른 국어과 초등학교 교육과정에서도 그대로 이어진다(이 성취 기준을 반영한 교과서는 현재 1, 2학년 1학기만 개발되어 있으므로 분석의 대상에서 제외하였다). 즉 초등학교 교육과정 상에서는 시조 교육에 대한 내용이 없다고 할 수 있다.

2007 개정 초등학교 교재에서는 시조에 대한 개념도 염소 선생님이라는 팁 형식으로 아주 간략하게 제시되어 있고, 시조의 특징인 초장·중장·종장에 대한 구체적인 설명도 없으며, 음보가 어떻게 되는지 등에 대한 해설이나 설명, 학습할 수 있는 장치가 교과서나 지도서에 마련되어 있지 않다.

다양한 고전 문학 작품 중에서 시조는 현재까지 가장 많은 작가층과 향유층을 가지고 있는 장르이다. 이렇듯 시조는 우리나라의 전통적면서도 생명력이 매우 긴 문화유산이다.

　시조는 절제적인 형식미 속에서 생각과 감정을 미학적으로 담아낼 수 있는 장르로서 현대에서도 유용성을 가지는 문학 작품이다. 그러므로 학생들의 삶에서 시조를 접하고 즐길 수 있도록 현재 교재 안에서 시조를 교육할 수 있는 기본적인 여건이라도 마련되어야 할 것이다.

참고문헌

강경호, 『남강은 말이 없어라』, 이엘씨미디어, 2006.

곽정은, 「시조 텍스트성 이해를 통한 시조 창작지도 방안」, 서울교육대학교
　　석사학위논문, 2012.

교육과학기술부, 『국어 듣기·말하기·쓰기 5-1』, (주)미래엔, 2013ㄱ.

＿＿＿＿＿＿＿＿, 『국어 읽기 5-1』, (주)미래엔, 2013ㄴ.

＿＿＿＿＿＿＿＿, 『초등학교 국어 5-1 교사용 지도서』, (주)미래엔, 2013ㄷ.

김덕현, 『시조문학교육론』, 박이정, 2004.

김두삼, 「현대시조의 정체성 연구」, 동의대학교 박사학위논문, 2011.

김선배, 『시조문학 교육의 통시적 연구』, 박이정, 1998.

박소현, 「제7차 교육과정의 시조교육 연구: 국어 교과서를 중심으로」, 동국
　　대학교 석사학위논문, 2007.

박혜진, 「검인정 교과서 수록 시조 작품의 비판적 검토」, 고려대학교 석사학
　　위논문, 2013.

백혜숙, 「중·고 <국어> 교과서 수록 시조의 변천 양상 연구」, 단국대학교 석
　　사학위논문, 2005.

송지언, 「시조 의미구조의 경험 교육 연구」, 서울대학교 박사학위논문, 2012.

이현재, 「문학 교과서에 실린 시조 제재의 현황과 학습활동 분석」, 경기대학
　　교 석사학위논문, 2011.

임종찬, 『시조문학 탐구』, 국학자료원, 2009.

최여지, 「창의적 상상력 신장을 위한 시조 감상 지도」, 서울교육대학교 석사
　　학위논문, 2011.

함성민, 「초·중등학교 시조문학교육의 현황 및 교수·학습 방안 연구」, 중앙
　　대학교 석사학위논문, 2006.

의미구조 조직자를 통한 시조 경험 교육

송 지 언*

1. 설명하는 시조교육, 경험하는 시조교육

낚시 줄 걷어놓고 봉창의 달을 보자
하마 밤 들거냐 자규 소리 맑게 난다
남은 흥이 무궁하니 갈 길을 잊었도다.

'이 작품은 시조일까, 시조가 아닐까?' 대학생들에게 강의 시간에 이런 질문을 해본 적이 있다. 서른 명의 학생 중에 열두 명은 시조가 맞다고 대답했고, 열네 명은 아니라고 대답했고, 나머지 네 명은 잘 모르겠다고 대답했다. 어떤 학생들은 그저 예스러운 말투만 보고 시조라고 대답하기도 하고, 또 어떤 학생들은 세 줄로 되어 있으니 초장, 중장, 종장으로 된 시조가 맞다고 제법 확신을 갖고 이야기했다. 하지만 열네 명의 학생들이 너 큰 확신을 가지고 종장의 첫 음보가 세 글자가 아니니까 시조가 될 수 없다고 말하자 나머지 학생들도 대부분 수긍하는 반응을 보였다.

---

* 서울대학교.

이 작품은 윤선도의 「어부사시사漁父四時詞」 중 아홉 번째 봄노래이다. 단, 『고산유고』에 실려 있는 원래 모습 그대로는 아니고 중간에 '닻 지어라, 닻 지어라', '지국총 지국총 어사와' 하는 여음을 생략한 형태이다. 우리에게 시조의 대표적인 작품으로 널리 알려져 있는 「어부사시사」는 실은 시조의 전형적인 작품은 아니다. 연구자들도 「어부사시사」가 시조인지 시조가 아닌지를 놓고 논쟁하기도 했다. 중간에 여음이 들어가 있는 것도 시조로서는 무척 예외적인 일인 데다가, 학생들이 짚어낸 것처럼 종장이 시조의 율격에 맞지 않기 때문이다.

중·고등학생들이 시조의 율격에 대해서 배우는 내용은 대개 시조는 3장 4음보 형식으로 되어 있고 종장의 첫 음보는 글자 수가 세 자로 제한되어 있다는 것이다. 여기에 조금 덧붙이자면 종장의 첫 음보가 세 글자로 고정되는 동시에 두 번째 음보는 다섯 글자 이상으로 늘어난다는 것도 배웠을 것이다. 확실히 위의 작품은 여음을 빼고 보더라도 학생들이 배운 시조의 율격 규칙에 어긋난다. 종장이 네 글자-네 글자-세 글자-네 글자로 되어 있으니 말이다.

과거에 배웠던 시조에 대한 지식을 상기시켜주고 위의 작품이 시조의 율격 규칙에 어긋나 있다는 것을 확인하자 학생들은 이제 정답을 찾았다고 만족하는 분위기였다. '그러니까 이 작품은 시조가 아니구나.' 하지만 그 다음 순간 이 작품이 「어부사시사」 중의 한 수라는 것을 알려주었을 때 학생들은 다시 어리둥절한 표정이 되었다. 마치 '내가 배운 「어부사시사」는 그렇지 않았는데?'하는 눈빛이었다.

이 학생들은 고등학생 때 국어교과서가 아직 국정교과서였던 7차 교육과정기의 국어 (상) 교과서1) 중 6단원 '노래의 아름다움'에서 이미 「어부사시사」를 배웠다. 총 40수로 되어있는 전체 작품 중에서 네 번째 봄노

---

1) 교육인적자원부, 『고등학교 국어』(상), 두산, 2002, 236~239쪽.

래, 두 번째 여름노래, 첫 번째 가을노래, 네 번째 겨울노래가 교과서에 소개되었다. 가만히 보면 교과서에 수록된 네 수 모두 시조의 전형적인 종장 형태에서 벗어나 있다. 특히 첫 번째 가을노래의 종장은 '사시四時 흥이 한가지나 추강秋江이 으뜸이라'로 되어 있어서, '반드시' 세 글자여야 한다는 종장의 첫 음보부터 규칙에 어긋나 있다. 흥미로운 것은 국어교과서 어디에도 「어부사시사」가 '시조'라고 적어놓지 않았다는 점이다. 논쟁적인 연구사를 감안한 것이다.

어쨌든 배워서인지 상식을 통해서인지 「어부사시사」는 시조라고 알고 있는 학생들에게 내친김에 한 가지를 더 물어보았다. '고등학생 때 교과서에 실린 「어부사시사」를 배우면서 종장이 이상하다고 생각해 본 적이 있는가?' 학생들은 분명히 시조 율격에 대해서도 배웠고, 「어부사시사」도 배웠지만 「어부사시사」의 종장에 대해 의심을 품어본 적은 없다고 한다. 그 단원을 가르쳐본 교사와 이 문제를 이야기해 보기도 했다. 결론은 비슷했다. 이 단원에서 「어부사시사」를 시조라고 가르치고, 시조의 율격에 대해서도 가르쳤지만 「어부사시사」의 종장에 대해 학생들이 질문하지는 않았다고 한다.

「어부사시사」는 봄, 여름, 가을, 겨울을 각 10수씩 노래하여 총 40수로 된 긴 작품이다. 평시조의 율격을 바탕으로 하되 중간에 여음을 삽입하여 '어부가漁父歌'의 전통을 살렸고, 전체 40수 중에서 제일 첫 번째 수와 제일 마지막 수만 시조 종장의 율격을 그대로 지켰다. 첫 번째 수와 마지막 수는 각각 시작과 끝이라는 것을 드러내고 중간에는 각 수가 개별적인 작품이 아니라 쭉 이어지는 작품임을 나타내기 위해서 시조의 끝맺음 표시인 종장 율격을 의도적으로 지키거나 지키지 않았던 것이다. 즉, 「어부사시사」는 윤선도가 고안한 변형된 시조이다. 따라서 연구자들은 「어부사시사」가 시조보다는 오히려 가사에 더 가깝다고 주장[2]하는가 하면, 가사라고 할 수는 없더라도 분명 보통의 연시조聯時調와는 구별되는 독특한 양식의 연시조連時調라고 이름 붙이기도[3] 했다.

학생들을 혼란에 빠트리기 위해 강의 시간이 이런 질문들을 던진 것은 아니다. 다만 학생들이 시조에 대해 안다고 할 때 그것이 정말로 아는 것인지 학생들 스스로 되짚어 보는 기회를 주고 싶었다. 제대로 배웠다면 학생들은 진작에 「어부사시사」에 대한 의문을 가졌어야 한다. 시조의 율격에 대해서 배웠고 그 내용을 기억하고 있지만, 그 지식을 실제 작품에 적용하여 작품에 대한 이해와 감상으로 연결 지을 수 없다면 그것이 과연 시조를 아는 것일까? 이런 상황에서 '시조란 3장 4음보로 된 우리나라 고유의 정형시이다.'라는 배움이 학생들에게 어떤 의미를 지닐 수 있을까?

학교에서 배운 시조의 율격은 학생들에게 기억하기 용이한 단편적인 지식에 그치고 만다. 그래서 한 발만 더 앞으로 내딛으려고 해도 금방 막힌다. 당장 '음보音步'의 개념에서부터 혼란을 겪는다. 시조에서 한 음보란 두 글자도 되고 일곱 글자도 되는 유동성을 지니고 있다 보니, 경우에 따라서는 3음보와 4음보를 구별하는 일도 그리 간단한 문제가 아니다. 어떤 정보를 기억하는 것과 그 정보를 실제에 적용하는 것이 그만큼 차이가 난다. 지식이 정확하고 학생들이 그것을 제대로 배웠다면 당연히 학생들은 그것을 실제에 적용할 수 있어야 한다. 그러나 안타깝게도 지식은 불완전했고, 교실은 그 지식을 제대로 다루지 못했던 것 같다.

학생들에게 지식이 필요하다면 시조의 율격을 완벽하게 설명할 수 있는 지식이 필요한 것이 아니라 시조의 율격을 또는 시조 자체를 충분히 향유할 수 있는 지식이 필요하다고 보는 것이 타당하다. 학생들이 학교

---

2) 김대행, 「어부사시사의 외연과 내포」, 『고산연구』 창간호, 고산연구회, 1987, 19~33쪽.
3) 김학성, 「고산 윤선도 시조의 미학적 성취와 그 가치」, 『한국고전시가의 전통과 계승』, 성균관대출판부, 2009, 39쪽.

에서 시조를 배웠음에도 불구하고 우리 고유의 정형시라는 시조의 본질에 단편적 지식을 기억하는 것 이상으로 다가가지 못하는 문제는 시조의 율격을 더욱 자세하게 설명해주는 일로 해결될 성싶지 않다. 오히려 시조 율격의 묘미를 맛보고 시조 율격을 다루어보는 경험을 학생들에게 제공해야 한다. 학생들이 시조를 정말로 알고자 한다면 시조에 대한 설명을 기억할 것이 아니라 시조를 직접 경험해보아야 하기 때문이다.

2. 시조의 고유성과 의미구조

과거 주된 향유 층이었던 사대부는 물론이고 국왕에서부터 기녀와 평민가객에 이르기까지 다양한 계층이 창작했고, 조선시대를 거쳐 현대까지 여전히 창작되고 있는 시조는 우리의 고유한 정형시이자 대표적인 문화유산이다. 그런 점에서 시조를 배운다는 것은 고유한 문화유산을 누린다는 의미를 지닌다.

시조는 특정한 시대 특정한 집단에 의해 역사적 장르로 탄생하고 발전했지만, 오늘날에 이르러서는 시대나 집단을 포괄하는 거의 유일한 정형시 양식으로 존재하게 되었다. 조선시대 시조의 기반이 되었던 성리학적 세계관이나 당시의 언어 표현, 그리고 노래로 불리어졌다는 특징 같은 것들은 시대가 변함에 따라 달라질 수밖에 없는 고시조만의 속성들이다. 그런데 시조가 초, 중, 종장의 3장 형식으로 전개됨에 따라 형성되는 의미구조는 정형시로서 시조의 형식이 변하지 않는 한 유지되는 시조의 본질적인 자질이라 할 수 있다.

의미구조는 한 텍스트를 구성하는 의미 요소들을 사이의 복합적 관계라 할 수 있는데 특히 시조에서는 가장 뚜렷한 의미 단위인 각 장의 관계로 의미구조를 설명할 수 있다. 한마디로 말해 시조의 의미구조는 초, 중, 종장이 서로 밀접한 관계를 맺으며 하나의 주제를 향해 전개되는 방

식이다. 이는 기승전결起承轉結을 기본 구조로 하고 있는 중국의 한시와
도 다르고 3단 구조로 되어 있더라도 14행의 운율도식을 가지고 있는
이탈리안 소네트와도 다르다. 시조는 3단의 전개를 가진 정형시들 중에
서 가장 짧은 형태라는 독특함을 가지고 있는 것이다.

시조는 조선시대 사대부들의 언어문화 속에서 한 마디의 의사를 효과
적으로 표현하는 데 가장 적합한 형식으로 개발되었으며, 생각의 줄거리
를 간명하게 제시하면서도 곧장 종장으로 가지 않고 초, 중장을 거쳐 여
유 있는 3장의 형식을 이루었다.[4] 시조의 역사를 두고 생각해본다면 시
조의 정형이 점차 완성되어가는 과정에서 생각을 효과적으로 전개하는
어떤 의미구조들이 자연스럽게 형성되고, 또한 사람들 사이에 널리 향유
되는 과정에서 특정한 의미구조가 다른 의미구조보다 선호되고 더 자주
활용되면서 시조의 대표적인 의미구조로 자리 잡았을 것이다. 그리하여
시조 작품들 사이에서는 몇몇 전형적인 의미구조의 유형들이 발견된다.

한산섬 달 밝은 밤에 수루에 혼자 앉아
큰 칼 옆에 차고 깊은 시름 하는 적에
어디서 일성호가(一聲胡笳)는 남의 애를 긋나니.
- 이순신

추강 밝은 달에 일엽주(一葉舟) 혼자 저어
낙대를 떨쳐 드니 자는 백구(白鷗) 다 놀란다
어디서 일성어적(一聲漁笛)은 조차 흥을 돕나니.
- 김광욱

---

4) 정재호, 『한국시조문학론』, 태학사, 1999, 17~21쪽.

앞의 시조는 우리에게 너무나도 친숙한 이순신의 시조이다. 여러 해전 인기리에 방영되었던 '불멸의 이순신'이라는 드라마에서는 이순신 장군이 이 시조를 읊는 장면을 보여주어 시청자들의 눈길을 끌기도 했다. 인터넷을 검색해보면 이 시조를 패러디하며 즐기고 있는 사람들이 여전히 많다는 사실도 어렵지 않게 확인할 수 있다.

그런데 『진본 청구영언』을 살펴보면 이순신의 시조와 닮은 듯 다른 또 한편의 시조가 눈에 뜨인다. 바로 김광욱의 작품이다. 위의 두 작품은 시조 종장의 첫머리에 많이 쓰이는 어휘 중의 하나인 '어디서'를 공유하고 있다. 뿐만 아니라 유사한 통사구조 속에 거의 동일한 내용상의 전개를 보인다. 초장에는 '달 밝은 밤'이라는 시간적 배경과 '홀로 있는' 시적 화자의 상태가 제시되어 있고, 중장에서는 시적 화자의 정체성을 대변하는 '큰 칼' 또는 '낚싯대'에 초점이 맞추어진다. 초·중장에서 시적 화자가 자신이 처한 상황과 정체성에 몰두하고 있었다면, 종장에서는 그러한 시적 화자를 각성시키는 청각적 자극이 어디선가 들려옴으로써 시상의 전환이 이루어진다. 이어서 그 청각적 자극은 시적 화자의 정서를 강화하는 방향으로 해석된다. 물론 두 작품은 애상哀想과 홍취興趣라는 서로 상반된 정서를 다루고 있다는 점에서는 구별되지만, 내용의 전개 방식 즉 의미구조에 있어서는 동일하다.

광해군 때의 인물인 김광욱이 이순신의 시조를 보고 참고하여 지은 것인지, 아니면 우연의 일치로 닮은 작품을 짓게 된 것인지는 정확하게 알 수가 없다. 하지만 닮은꼴의 의미구조로 되어 있는 사례가 이 두 작품에만 한정된 것이 아니라 여러 작품들에 걸쳐 다양하게 나타난다는 사실을 『진본 청구영언』에 수록된 시조들을 살펴보는 작업을 통해 충분히 확인할 수 있었다.

그러한 의미구조는 명시적으로든 암묵적으로든 시조 짓기의 틀로 활용되었을 가능성이 높다. 그리고 그것은 과거의 시조뿐만 아니라 오늘날의 시조 창작에도 여전히 유효한 틀이다. 특히 우리의 문화유산으로서 시조가 지니는 고유한 자질을 학생들이 경험해 보는 데에 유용한 길잡이가 될 수 있다.

> 보름달 밝게 뜬 날 언덕 위에 혼자 앉아
> 무심코 너의 얼굴 조심스레 그려본다
> 어디서 내 마음 들은 피리소리 들리나니.
> － 중학교 3학년 학생

이 시조는 중학교 3학년 학생이 이순신 시조의 의미구조를 바탕으로 직접 지은 것이다. 아직은 소박한 작품이지만 율격은 물론 내용 전개에 있어서 시조다운 면모를 잘 지키고 있다. 보통 중학생들이 시조를 이 정도로 쓰기란 말처럼 쉬운 일이 아니다. 학교교육에서 시조를 이해하거나 감상하거나 또는 창작해볼 기회가 충분하게 주어지는 것이 아니기 때문이다. 그래서 시조를 써보라고 하면 대개는 기존의 시조를 패러디하거나, 그보다 더 못한 경우에는 그저 평범한 문장을 세 번 반복하여 글자 수를 채우는 정도에 그치기도 한다.

미국의 시인이자 비평가였던 랜섬(J. C. Ransom)은 시의 요소로 '조직(texture)'과 '구조(structure)'를 구별한 바 있다. 조직이 시에서 좀 더 부분적이고 고유한 것인 반면에 구조는 논리적 전개와 같은 더 넓은 범위의 형식에 관계되는 것으로서 특정한 전통이나 역사 혹은 범세계적으로 반복되는 형태를 지닌 시들을 서로 연결지어준다.[5] 패러디는 시조 창작 교육에서 두루 활용되는 기법이기는 하지만 학생들이 패러디한 시조들을 보면 작가의 개성이자 시대의 산물이라 할 수 있는 텍스트의 '조직'

---

5) John Crowe Ransom, *The New Criticism*, Greenwood Press, 1979, pp.261~280

을 어설프게 흉내 내면서 희화하는 경우가 많다. 패러디 자체는 원텍스트를 주체적으로 향유하는 훌륭한 방편이지만, 패러디 의식이 결여된 상태에서는 그 문학적 가치 또는 교육적 가치가 퇴색되고 만다. 그런 창작 경험을 통해 학생들이 과연 문화유산으로서 시조를 누릴 수 있는지 의문이다. 그렇기 때문에 학생들이 옛 시조를 흉내 내는 것을 넘어서서 자기표현의 양식으로 시조를 가져와 다루어볼 수 있도록 시조 창작의 틀이 되는 의미구조와 그 조직자를 소개해 보려고 한다.

3. 시조 의미구조 조직자의 한 예

시조의 의미구조는 시조의 정형 규칙으로부터 빚어지는 동시에 시조 향유층의 세계관으로부터 영향을 받아 이루어진 것이다. 따라서 짧은 정형시인 시조에 있어서 의미구조란 특정한 주제를 논리적으로 전개하는 동시에 시적으로 형상화하는 가장 성공적인 방식으로 간주될 수 있다. 학생들이 경험하게 될 시조의 의미구조란 바로 이런 차원에서 시조의 고유하고 본질적인 자질이다.

시조의 의미구조에 대해 교사가 설명함으로써 학생이 그것을 이해하도록 하는 방법이 아니라 학생이 직접 다루어 봄으로써 시조의 의미구조에 대해 몸소 경험하도록 하려면 직접 시조를 지어 보는 방법이 가장 좋다. 그런데 학생들이 시조의 의미구조를 경험해 볼 수 있도록 하기 위해서 시조와 학생 사이의 연결고리가 필요하다. 따라서 학생들이 손쉽게 시조 창작에 접근할 수 있도록 도와주면서 동시에 시조의 의미구조에 대한 핵심적인 단서를 제공하는 장치로 '조직자'를 활용해 보았다.

필자는 시조의 의미구조를 제어하는 짧은 한 구절을 '조직자(organizer)'로 부르려고 한다. 그리고 이 조직자들은 실제로 시조 작품들에서 동일한 위치에 반복적으로 등장하는 특정 표현들을 통해서 확인되었다. 이 반복적인 표현들은 구비문학의 작시원리가 되는 구비口碑 공식구公式句 (formula)[6]와도 어느 정도 유사한 면이 있다. 시 창작 교육의 방법 중에서 학생의 창작을 돕기 위해 텍스트의 일부분을 미리 제시하는 방법을 흔히 볼 수 있다. 빈 칸 채워 넣기나 이어쓰기는 학생들의 창작 부담을 덜어주기 위해서 두루 쓰이는 방법이다. 패턴(pattern)을 주고 그 안내에 따라 시를 쓰게 하는 방법도 있다. 조직자는 이처럼 학습창작을 돕기 위해 미리 제공된 텍스트의 한 부분이거나 텍스트를 구성하는 패턴이다.

예를 들어 '창을 열고 바라보니'라는 조직자가 있다. 시조의 맨 첫 구절에 이 조직자가 놓이게 되면 학생들은 자연스럽게 머릿속에서 혹은 실제로 창밖을 내다보고 시로 쓸 대상을 물색할 것이다. 그리하여 '창을 열고 바라보니'라는 구절 다음에는 바라본 대상에 대해 쓰게 된다. 그리고 종장에서는 그에 대해 자신이 느낀 점을 쓰면 한편의 시조가 완성된다.

조직자의 강점은 시조의 의미구조가 무엇이며 어떻게 전개되는지에 대해 따로 설명하지 않아도 제공된 조직자를 활용하여 시조를 지어보면 학생 스스로가 시조의 의미구조를 실현해 낼 수 있다는 점이다. 시조의 의미구조는 서정적 주체의 인식과 정서를 가장 시조다운 방식으로 표출하는 틀이기 때문에 시조의 의미 구조를 경험하는 것은 곧 그 의미구조를 통해 표출된 의미를 수용하고 또한 그 의미구조를 통해 표출될 의미를 생산하는 것이 된다.

조직자는 실제 옛 시조의 여러 작품들에서 반복적으로 쓰인 구절이기 때문에 필연적으로 특정한 내용을 포함하고 있다. 그러므로 구조를 이끌어내는 기능과 더불어 시상을 환기시키는 기능도 가지고 있다. '창을 열고 바라보니'라는 구절을 생각하다보면 머릿속에 어떤 이미지가 떠오르는데, 조직자는 완성되지 않은 문장의 첫머리거나 일부분이기 때문에 그

---

6) Albert B. Lord, *The Singer of Tales*, 2nd ed. Havard University Press, 1960, p.30.

것을 완성하려는 사고 작용을 촉진시킨다. 또한 실제의 시조 작품들에서 추출된 조직자들은 그 표현 안에 섬세한 뉘앙스를 포함하고 있기 때문에 앞으로 완성될 시조의 분위기나 사물을 인식하는 태도에 영향을 미치기도 한다.

시조의 의미구조는 제시-전개-종결의 보편적인 3단 구조를 기본으로 하지만 시조가 다루는 내용 및 주제에 따라 여러 가지의 유형으로 세분화 될 수 있다. 시조의 의미구조가 여러 가지일 수밖에 없는 이유는 의미구조가 내용과 형식이 유기적으로 결합된 구조물인 이상 그 주제를 표현하는 데 가장 적합한 혹은 가장 선호되는 의미구조가 있기 마련이기 때문이다.

시조의 의미구조는 대상의 발견에 관련된 유형, 문제 해결의 모색에 관련된 유형, 태도 및 의미 결정에 관련된 유형 등이 있다. 이 중에서 앞서 소개한 '창을 열고 바라보니'와 같은 조직자는 '대상의 발견에 관련된 조직자'에 속하는 한 예이다. 참고로 대상의 발견에 관련된 조직자로는 초장의 첫 구에 오는 '창을 열고 바라보니'나 '(장소)에 (계절)이 오니'와 같은 대상 발견의 계기를 제시하는 조직자, 중장에 와서 발견된 대상으로부터 연상된 내용을 전개하게 하는 조직자인 '이제와 생각하니', 그리고 종장 첫 마디에 오는 '어디서'로 대상으로부터 생겨난 직접적인 감흥이 아닌 새로운 국면으로부터 오는 전환적 감흥을 이끄는 조직자가 있다.

중국 육조시대의 문예비평가인 유협劉勰이 "경치가 변하면 마음 역시 흔들린다[物色之動 心亦搖焉]"고 말했던 것처럼, 풍경의 변화를 인식하는 것은 감정과 생각이 생겨나는 데 중요한 계기契機가 된다.[7] 시조에서도 계기는 의미전개의 중요한 단초로 많이 쓰이고 있다. 계기는 주로 서정

---

7) 吳戰壘, 『中國詩學』, 五南圖書有限公社, 1993, 유병례 역, 『중국시학의 이해』, 태학사, 2003, 75쪽.

적 주체에게 새로운 풍경을 제공하는 계절이나 기후氣候의 변화, 의미 있는 대상이나 상황을 포착하게 해주는 조건으로서 창문을 열거나 잠에서 깨는 행위 또는 공간의 이동, 주체의 주의를 환기시키는 인기척이나 새소리와 같은 특정한 자극 등의 형태로 나타난다.

책 덮고 창을 여니 강호(江湖)에 배 떠있다
왕래(往來) 백구(白鷗)는 무슨 뜻 먹었는고
앗구려 공명(功名)도 말고 너를 좇아 놀리라.
- 무명씨

졋소리 반겨 듣고 죽창(竹窓)을 바삐 여니
세우(細雨) 장제(長堤)에 쇠등에 아해로다
아해야 강호(江湖)에 봄 들었다 낙대 추심(推尋) 하여라
- 무명씨

첫 번째 시조를 보면 서정적 주체는 물에는 배가 떠 있고 하늘에는 백구白鷗가 오가는 강호의 풍경을 창을 통해 바라보고 있다. 그렇게 강호를 바라보다보면 공명功名이 부질없음을 느끼게 된다. 두 번째 시조에서는 봄비에 푸르러진 강둑으로 소를 타고 가는 아이를 바라보고 있다. 그 완연한 봄 풍경을 보고 낚시하기 알맞은 때라는 것을 느낀다.

위의 두 시조는 모두 창을 열고 바라보는 행위가 계기로서 나타나고 있다. 빛이 들어오는 곳이자 밖을 내다볼 수 있는 곳인 창문은 외부 세계와 내부 세계가 교차하는 지점이다. 창문을 통해 외부와 내부는 이어지는 동시에 나누어진다. 창밖을 내다보는 행위는 새로운 자극의 유입이라는 점에서 서정적 주체를 정서적으로 고양시킨다. 하지만 동시에 외부와 내부 사이에 존재하는 창문이라는 물리적인 구획은 일종의 미적 거

리(aesthetic distance)를 확보하는 장치가 되기도 한다. 그런 까닭에 창을 열고 바라보는 행위는 사색적인 관조觀照로 이어질 때가 많다.

그런데 시 속에서 그려진 창을 통해 바라본 풍경은 바라보는 이의 내면의 투사 즉 바라보는 이가 보고자 하는 어떤 것으로 해석될 수 있다. 내면의 투사로서 창밖의 풍경은 실내의 풍경에 결핍된 어떤 요소를 보여준다. 위의 시조들에서도 창의 안팎에서 그러한 대비를 읽어낼 수 있다.

첫 번째 시조는 강호와 공명의 대비가 직접적으로 드러나는데, 책 읽기의 목적이 현실적으로 입신양명立身揚名에 있음을 무시할 수 없는 이상 창밖이 이상적인 강호 공간인 것에 대해 방 안은 공명을 외면할 수 없는 현실 공간이라고 해석할 수 있다. 그 가운데 서정적 주체의 지향은 '책을 덮고 창을 여는' 행위로 함축되어 나타난다.

두 번째 시조에서는 피리소리를 '반겨' 듣고 죽창을 '바삐' 여는 서정적 주체의 모습에서 무엇인가에 대한 기다림과 설렘을 읽어낼 수 있다. 그 무엇인가는 지금 방안에는 없고 창 밖에서 오게 될 것이 분명하다. 피리소리(젓소리, 牧笛)는 전통적으로 가고 없는 옛날에 대한 그리움을 환기하는 소재로 쓰였다.[8] 물론 위의 시조에서 그러한 그리움의 정서가 묻어나는 것은 아니지만, 여전히 피리소리는 바라는 그 무엇에 대한 환유換喩로 기능하고 있다. 바라는 그 무엇은 바로 생명력 가득한 봄이다. 소 먹이는 아이의 피리소리는 곧 봄풀이 돋았다는 뜻이기에 그렇게 반가워했던 것이다.

창문을 열고 바라보는 행위는 창 밖 풍경 속의 무엇인가에 대한 주목으로 이어지게 마련이다. 따라서 시조의 초장에 '창을 열고 바라보니'와 같은 조직자는 자연스럽게 특정한 대상에 주목하고 그 대상을 통해 서정적 주체가 바라는 것 혹은 현재 가지지 못한 것을 발견하는 방향으로

---

8) 정민, 『한시미학산책』(개정판), 휴머니스트, 2010, 138쪽.

시의 의미구조를 이끌어 나간다. 그런 점에서 매우 기능적인 조직자라 할 수 있다. 즉, 이렇게 조직자로 선택되는 구절들은 단지 시조에서 구비 공식구적인 역할을 하며 반복적으로 사용되었다는 것만으로 의미를 지니는 것이 아니라, 그 구절이 특정한 주제 걸맞은 특정한 의미구조와 직접적인 연관성을 가지고 있기 때문에 의미를 지니는 것이다.

'창을 열고 바라보니'는 고시조에 있는 구절을 그대로 옮긴 것은 아니고, 요즘 학생들도 손쉽게 접근할 수 있도록 초장의 앞 구에 맞추어 적절하게 말을 만든 것이다. 고시조에서 창을 열고 바라보는 행위 자체는 여러 작품에서 공통적으로 나타나지만 막상 작품마다 조금씩 다르게 표현되고 있다.

4. 조직자를 활용한 시조창작 사례

율격 규칙은 시조를 향유하는 사람들에게는 이미 암묵지의 형태로 내면화되어 있는 듯하다. 따라서 시조 형식이나 율격 자체에 대한 복잡한 이론을 반드시 학생들에게 가르쳐야 하고 또 학생들이 그러한 이론을 깊이 이해하는 것이 중요한가 생각해 보게 된다. 언어 규범이 만들어진 다음에 언어가 생겨나고 사용되는 것이 아니라는 사실과 마찬가지로 시조의 향유자가 시조를 짓기 전에 먼저 정형 규칙을 정하고 나서 그에 따라 시조를 지었던 것은 아니다. 시조의 정형 규칙은 오랜 기간 동안 많은 사람들이 시조 혹은 시조와 유사한 양식의 노래를 지어 부르는 과정에서 점점 다듬어져서 형성되었기 때문이다.

그래서 중·고등학교에서 시조를 배우는 학생들도 시조 정형의 규칙을 추상적인 차원에서 정확하게 이해하고 설명할 수 있는 다음에야 비로소 시조를 지을 수 있다고 간주할 필요가 없다. 시조에 대한 이해는 시조의 정형에 대한 설명을 듣는 것보다 실제로 시조를 몇 번 지어보는 것으로 훨씬 더 구체화되고 심화될 수 있다. 학생의 앎은 '지식을 명제의 형태로 설명할 수 있는가'로만 판단되는 것이 아니라, '내면화된 지식을 실제의 과제에 적용할 수 있는가'로도 판단될 수 있기 때문이다.

다음은 '창을 열고 바라보니'라는 조직자를 활용하여 한 편의 시조를 창작할 수 있도록 안내하는 활동의 구성 사례이다. 활동을 구성하는 방식은 다양하다. '창을 열고 바라보니'처럼 계기를 표현한 조직자가 쓰이고 있는 시조의 예시를 보여주고 그 예시를 참고하여 시조를 창작하게 할 수도 있고, 예시는 주지 않고 그 조직자로부터 출발하는 초, 중, 종장이 '계기-발견-감흥'으로 전개된다는 의미구조 자체를 설명해주고 그에 따라 시조를 창작하게 할 수도 있다. 다만 시조의 예시를 보여주면 학생들이 자기만의 시조를 쓰기보다는 예시로 소개된 시를 흉내 내는 데에서 그치는 경우가 많고, 예시 없이 의미구조를 설명해주면 조금 더 어렵게 느낄 수 있다.

◉ 내 마음을 시조로 표현하기

(1) 생각 모으기

창밖을 바라보았을 때 눈에 들어온 풍경과 그에 대한 자신의 느낌을 시조로 지어봅시다(실제로 지금 밖을 내다보아도 좋고, 상상 속에서 보아도 좋고, 과거에 창밖을 내다본 기억을 떠올려도 좋습니다).

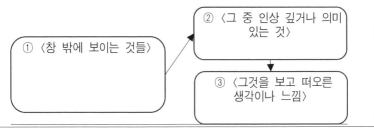

(2) 시조 짓기

시조의 형식에 맞게 아래의 칸을 채워서 시조를 써보세요. 초장과 중장에는 창 밖에 보이는 것에 대해 설명하고, 종장에서는 자신의 느낌이나 생각을 표현하면 됩니다.

창을 열고	바라보니		

시조를 짓는 칸은 각 음보를 하나의 상자로 표현하여 주어진 칸 안에 시조의 음보를 배치하는 형태로 제시하였다. 이 방식은 교사가 시조의 율격 자체에 대해 설명하는 시간과 노력을 덜고 학생이 시조의 율격을 보다 직관적으로 파악할 수 있도록 도와준다. 시조의 율격을 간단히 설명한 다음 기존의 시조를 아래와 같은 칸에 알맞게 옮겨 적어보는 활동은 자신만의 시조를 창작하기에 앞서 좋은 연습이 된다.

이렇게 '창을 열고 바라보니' 조직자로 써본 학생들 시조 중 네 편을 소개한다. 각각 대학교 1학년 학생, 고등학교 1학년 학생과 두 명의 중학교 3학년 학생의 시조이다. '창을 열고 바라보니'는 수업에서 활용해본 여러 조직자들 중에서 중학생부터 대학생까지 연령에 관계없이 학생들이 비교적 가장 쉽게 시조를 창작할 수 있었던 조직자이다. 다만 아무래도 학생의 연령에 따라 자신의 경험을 성찰함으로써 구체적 지각과 추상적인 관념을 아우르는 인식 능력에 차이가 나게 마련이고 그 차이에 따라 시조의 의미구조를 입체적으로 전개하는 구성력과 표현력에도 차이가 생기기 때문에 학생들이 창작한 결과물이 성취한 수준은 서로 다르다.

창을 열고 바라보니 건물에 가로막혀
하늘은 보이지 않지만 간밤에 내린 비에
웅덩이 하늘 한 자락이 나 여기요 담긴다.
- 대학교 1학년 학생

창을 열고 바라보니 도시경관 한 눈이라
오가는 자동차들 자유로이 내달리니
나 혼자 책만 붙잡고 지는 해를 탓하노라.
- 고등학교 1학년 학생

창을 열고 바라보니 외로운 밤하늘
반짝이는 저것은 별이 아닌 비행기
마음은 쏟아질 듯 많은 별빛을 그리노라.
- 중학교 3학년 학생

창을 열고 바라보니 하얀 눈이 쌓여있네
누구도 밟지 않은 깨끗한 맑은 눈
우리도 하얀 눈처럼 맑은 마음 가져야지.
- 중학교 3학년 학생

'창을 열고 바라보니'라는 조직자를 활용하여 '계기-발견-감흥'의 의미구조로 세 장이 전개되는 시조를 창작한다고 할 때, 종장에 이르러서 깊은 인상과 여운을 남기는 의미구조가 실현되기 위해서는 창을 사이에 놓고 나누어지는 여기와 저기 사이의 긴장감을 함축하는 것이 좋다. 그렇지 못하면 창을 열고 바라보았을 때 눈에 뜨이는 임의의 사물을 소개하고 종장에서는 지나치게 평면적인 인상만을 제시하는 데 그치거나, 때로는 전형적인 대상에 대한 관습적인 정서 표출에서 더 나아가지 못하기가 쉽다.

첫 번째와 두 번째 시조는 여기와 저기의 긴장 구도가 선명한데 비해 세 번째와 네 번째 시조는 조금 덜하다. 특히 네 번째의 중학생 작품은 창의 안쪽에 있는 서정적 주체의 내면이 창의 바깥에 있는 풍경의 분위기에 즉각적으로 동화되어 버린다. 창의 안팎이 균질한 것은 비유적으로 말하자면 열평형 상태와도 같다. 열평형 상태에서는 에너지의 흐름이 없는 것처럼 여기에서 저기로 또 저기에서 여기로 침투하는 정서나 의미의 긴장이 드러나지 못한다. 고등학교 이상의 학생들에 비해서 중학생들의 시조에서 그런 경향을 종종 보게 된다.

그에 비해 고등학생과 대학생의 시에는 답답한 방 안으로 대변되는 시적 화자의 내면과 창밖의 풍경에서 '자유' 또는 '하늘'로 표현된 시적 화자의 갈망이 대조를 이루고 있는데, 그렇게 완성된 시조는 초장에서 출발하여 중장을 거쳐 종장에서 갈무리되는 유기적이면서도 완결성을 갖춘 의미구조를 실현하고 있다. 여기서 고등학생의 시조가 전형적인 인식을 직접적으로 드러낸 편이라면 대학생의 시조는 비슷한 감흥이지만 좀 더 함축적으로 드러냄으로써 여운을 더하고 있다.

사람이 여기가 아닌 저기로 눈을 돌리는 것은 자기 스스로를 돌아보기 위해서일 것이다. 고개를 들어 저기를 보지 않고 여기만 보는 행위는 결국 자기 안에 스스로를 가두어 버린다. 이순신의 시조에서 '어디서'로 전환되는 종장이 없고 '한산섬 달 밝은 밤에 수루에 혼자 앉아 큰 칼 옆에 차고 깊은 시름 한다.'로 끝나버린다면 시로서 아무 감흥도 없을 뿐더러 자기 자신의 성찰이라는 측면에서도 의미 있는 결과를 얻지 못했을 것이다.

또한 저기만 보고 여기를 돌아보지 않는 것 역시 무의미하다. 학생 작품 중에는 창밖 풍경에 대한 묘사만 있고 여기에 대한 내용이 전혀 없는 경우도 있었는데, 주체와 세계의 상호작용이 결여된 그런 상태에서는 있는 경험이 일어나기 힘들다. '창을 열고 바라보니' 조직자는 실제로 창을 열고 눈에 보이는 것들을 열거해보라는 의미의 조직자가 아니다. 대상으로부터 감흥이나 의미를 얻으려면 대상과 나의 사이에 유사성이나 차이점 같은 관계를 먼저 발견해야 한다. 이것이 시조에서는 여기와 저기의 통합으로 표현된다.

조직자를 통해 시조의 의미구조를 직접 다루어보는 활동은 단지 시조 율격을 익히기 위한 목적으로 기획된 것이 아니다. 시조의 의미구조는 세계를 인식하고 정서적 문제에 대처하는 우리 언어공동체의 오래된 사고체계 및 경험 구조화 방식을 반영하고 있다. 오늘날의 학생들이 우리의 고유한 문화유산으로서 시조를 접한다는 것의 의미도 여기에 있다.

5. 마무리

세계의 여러 나라에는 소네트, 하이쿠[俳句], 절구絶句처럼 자신의 언어문화를 대표하는 정형시 양식이 존재한다. 이러한 정형시 양식은 해당 언어가 지닌 특성과 문화적 특성 그리고 그 언어문화의 사고방식의 총화라 할 수 있다. 이 중에 일본의 하이쿠는 세계에서 가장 짧은 형식의 서정시 양식으로 알려져 영어권 나라들의 초, 중등 문학 교재에 즐겨 수록되고 있으며 어린 학생들의 문학적 표현과 인식을 단련하는 도구로 애용되고 있다.

그에 비하면 우리의 시조가 가진 교육적 가능성은 국내에서조차 채 펼쳐지지 못하고 있는 듯하다. 시조의 보편적 가치는 결국 시조의 고유함에서 나오고, 시조의 고유함은 무엇보다 정형시로서의 특징에서 나온다. 따라서 학생들에게 시조의 형식과 율격에 대해 많은 설명을 하는 것보다 오히려 시조를 지어보게 함으로써 학생들이 그러한 시조의 독특성을 경험해 보도록 하는 교육이 의미가 있다고 보았다.

학생들은 자신의 언어로 시조를 지어봄으로써 시조의 의미구조를 자기화할 수 있고, 또 시조의 눈으로 세상을 바라보는 것 즉 시조의 의미구조를 매개로 자신의 인식과 경험을 언어로 정착시키는 과정을 경험해 볼 수 있다. 학교교육에서 시조교육이 모든 학생들을 시조 연구자로 길러 내거나 아니면 시조 시인으로 길러 내는 데에 목표를 두지는 않을 것이다. 대신 시조교육을 통해 모든 학생들이 시조를 자기 것으로 즐길 수 있기를 희망한다.9)

---

9) 이 글은 송지언, 「시조 의미구조의 경험 교육 연구」, 서울대학교 박사학위논문, 2012의 내용 중 일부를 이 책의 취지에 맞게 재진술한 것이다.

참고문헌

김대행, 「어부사시사의 외연과 내포」, 『고산연구』 창간호, 고산연구회, 1987.

김학성, 『한국고전시가의 전통과 계승』, 성균관대출판부, 2009.

정 민, 『한시미학산책』(개정판), 휴머니스트, 2010.

정재호, 『한국시조문학론』, 태학사, 1999.

吳戰壘, 『中國詩學』, 五南圖書有限公社, 1993, 유병례 역, 『중국시학의 이해』, 태학사, 2003.

Albert B. Lord, *The Singer of Tales*, Havard University Press, 1960.

John Crowe Ransom, *The New Criticism*, Greenwood Press, 1979.

찾아보기

차

집필진(집필순)

이찬욱┃중앙대학교
김봉군┃전 가톨릭대학교 교수
김석회┃인하대학교
신웅순┃중부대학교
유지화┃국민대학교
황충기┃고시조 연구가
임종찬┃부산대학교 명예교수
간호윤┃인하대학교
엄해영┃서울교육대학교
송지언┃서울대학교

시조 문학 특강   값 17,000원

초판 인쇄	2013년 8월 8일
초판 발행	2013년 8월 16일
지 은 이	이찬욱 김봉군 김석회 신웅순 유지화 황충기 임종찬 간호윤 엄해영 송지언
펴 낸 이	한정희
펴 낸 곳	경인문화사
편 집	신학태 송인선 김지선 문영주 조연경 강하은
주 소	서울특별시 마포구 마포동 324-3
전 화	02)718 - 4831~2
팩 스	02)703 - 9711
홈페이지	http://www.kyungin.mkstudy.com
E-mail	kyunginp@chol.com
등록번호	제10-18호(1973. 11. 8)

ISBN : 978-89-499-0954-7 (93800)